講談社文庫

Spiral《スパイラル》 めくるめく謎

ミステリー傑作選

日本推理作家協会 編

講談社

目次

犭(ケモノ)

道尾秀介《みちおしゅうすけ》

1975年、兵庫県生まれ。2004年、『背の眼』で第5回ホラーサスペンス大賞特別賞を受賞しデビュー。以降も、2007年『シャドウ』で第7回本格ミステリ大賞、2009年『カラスの親指』で第62回日本推理作家協会賞長編および連作短編集部門、2010年『龍神の雨』で第12回大藪春彦賞、『光媒の花』で第23回山本周五郎賞、2011年『月と蟹』で直木賞と、数多く受賞している。

1

鴉《からす》というのは、虫を食べるのだろうか。

春の日曜日、僕は椅子の背もたれに片手を載せて二階の部屋から外を見ていた。朝陽が射し込む窓硝子の中心に、黒い違和感が居座っている。屋根にとまり、声を上げもせず、身じろぎさえしないで、僕のほうをじっと見ている。ずいぶんと大きな鴉だった。間近にいるから、そう感じるだけだろうか。

その鴉と僕とのあいだに、一匹のモンシロチョウがひらひらと舞っている。さっきからずっとだ。離れていきそうになったかと思えば、上下に揺れながら不器用に方向転換し、また頼りない飛び方で同じ場所に戻ってくる。いま急にあの鴉が羽ばたいて、モンシロチョウの小さな身体を黒い嘴《くちばし》で挟み込んでしまったらどうしよう。あいつらは虫を食べるのだろうか。猫の死骸や生きている鼠《ねずみ》を、鴉が食べているのを見たことがある。もし腹が空いていれば、蝶だって食べないとも限らない。人間も、牛肉や豚肉のほかに、しらすを食べたりする。

僕は椅子の傍らから離れ、サッシの鍵を外して窓を開けた。両手で威《おど》かすような身振りでもして、モンシロチョウを遠くへやってみるつもりだったのだけど、相手はどういうわけかくるりと身体の向きを変え、僕のほうに向かって一直線に飛んできた。急いで顔を引いたが遅かった。モンシロチョウは左頰にぶつかり、驚いた拍子に僕は上体のバランスを崩して後ろ向きにたたらを踏んだ。そこにはちょうど椅子があった。僕は椅子にジャーマンスープレックスをかけられるようなかたちで半回転し、床に後頭部を打ちつけた。頭を強く打つと、目から火花が出るというのは本当だ——と考えることができたのだから、気を失うほどの衝撃ではなかった。

モンシロチョウはそのまま部屋の中をのんびりと飛んでいた。何なんだこいつは。後頭部をさすりながら身体を起こす。僕は無事だったが、椅子は無事ではなかった。丁寧な彫り物がされた四本の脚のうち、一本が外れて床に転がっている。この椅子はけっこう値が張ったと祖母が言っていたのを、僕は思い出した。

——女学校時代のお友達からゆずってもらったの。古いものなのよ。彫りの上手さに私が一目惚れしてね——

宅配便でこれが家に届いたのは、ちょうど二年前の、やはり日曜日の朝だった。

——刑務所作業製品だそうよ——

祖母は一階のリビングで、椅子に顔を近づけたり遠ざけたりしながら、満足そうに僕たちに説明していた。

——そういう製品があるってことは、知ってたわよね？——

言いながら僕のほうを覗き込んだ。口許には笑みが浮かんでいたが、目だけは試験官のようにひんやりとしていた。祖母の後ろから、父と母も、まるで実験の結果を待つ科学者たちみたいに僕の返答を待っていた。一歳下で、高校一年生になったばかりの妹は、顎《あご》を僅かに上げて、低い位置からにもかかわらず僕を見下ろすような目つきをしていた。

——知ってたよ——

と僕は嘘をついた。しかしその嘘は通じなかったようで、祖母と父と母の顔に、ふっと暗い影が差した。それでもまだ希望を捨てまいと思ったのか、父が口をひらいた。

——言ってみなさい。どんなものだか——

もちろん、僕は答えられなかった。刑務所作業製品。刑務所作業製品。刑務所作業製品。聞いたことがない。いや、どこかで聞いたかもしれないが、思い出せない。字面から、だいたいどういうものだかは予想がつくが、中途半端な答えは、この家では答えではない。僕が口ごもっていると、妹がわざと聞こえるように溜息をついて説明役を買って出た。

——刑務所で、受刑者にものをつくらせるんだよね。規律とか、自分の役割とか責任を自覚させるために。技術をおぼえることで、社会復帰にも役立つし——

祖母と父と母が、そのとおり、というように表情を和らげた。妹はちょっと眉を上げて付け加えた。

——このまえ趣味で読んだ本に、書いてあったから——

僕はこの家の中で、どうしようもない駄目人間なのだった。勉強ができない。ものを知らない。おぼえられないのだ、どうやっても。小学生の頃からそうだった。死んだ祖父や、祖母や父や母や妹のように、いっぺん見聞きしたことを決して忘れずにいて、こういうときにさらりと口にしてみせるということができない。

祖父は生涯警察官だった。祖母は、結婚するまで大学で法律を教えていて、祖父と結婚してからは専業主婦として夫を尊敬しながら生き、尊敬したまま見送り、見送ってからも尊敬しつづけていた。父は裁判所の事務官。母は大学病院の勤務医。妹は東大の法学部を目指す高校一年生。僕だけが、できそこないの穀潰《ごくつぶ》しの駄目人間だった。僕だけが、本当の意味で家族の一員ではなかった。

それでも今年の受験で、みんなが納得するレベルの大学に受かっていれば、もしかしたら家族に加えてもらえていたのかもしれない。しかし僕は失敗した。いつだって失敗する。成功という言葉から連想される思い出は、僕の中にはただの一つもない。

合格発表から帰ってきた僕の報告を聞くと、まず祖母が目をそらし、そっと溜息をついた。父と母は眉間を緊張させて無言で僕を見つめた。妹は小さく舌打ちをして自分の部屋へ上がっていった。あれから三ヶ月、僕はいま予備校生だ。祖母と父は、ことあるごとに「恥」という言葉を口にする。母は食事を用意してくれるだけの人になった。妹は目を合わせなくなった。僕の失敗は、どうやら家族の失敗らしかった。

毎日のように投げつけられる、見えない小石で、はっきり言って僕は傷だらけだった。もしもっと大きな石が、どこかの屋根からたまたま落ちてきて、頭を直撃したとしても、きっとこれほどの痛みは感じなかったことだろう。でも、明確な意図をもって投げられた小石は本当に痛かった。血が出ないのが不思議なくらいだった。

床に転がった椅子の脚を、なんとなく手に取ってみると、質のいい木を使っているのか、けっこうな持ち重りがした。一階から微かな笑い声が聞こえてくる。家族のものではなく、テレビの音だ。もうこの家に笑い声なんてない。

椅子の脚は金具で接続されていたのではなかったらしい。木軸というのだろうか、脚の断面と椅子の本体に、それぞれ四角い穴があけられていて、そこを木片でつないで固定してあったようだ。その木片が、いまはぽっきりと折れて、本体と脚の両方に半分ずつ残っている。工具を持ってくれれば、直せるだろうか。僕は右手に持った椅子の脚を見下ろして、

「ん……」

思わず声を洩らした。何だこれ。

脚の断面に、何か彫ってある。ラッカーの塗られていない、白い木の肌に、ものすごく細かな文字が刻まれている。急いでやったみたいに乱暴な筆跡。いや、筆跡とは言わないのかもしれない。文字のかたちをした刃物の跡。光の角度が悪くてよく読めなかったので、僕は椅子の脚を窓際に持っていき、あれこれ向きを変えてみた。すぐそばで重たい羽音がした。見ると、さっきの鴉が屋根を離れて飛び去るところだった。大きな羽を四度か五度動かすあいだにも、黒い身体はみるみる小さくなって、薄雲の広がった空の先に消えていった。

椅子の脚に目を戻し、僕は注意深く断面を見た。縦書きの日本語だ。字はあまり上手ではない。全部で四行になっていて、一行目は「父」……「は」……「尾」？……

いや「屍」か……「母は」……「大」？　そう読める。「屍」と「母」のあいだに少し隙間があり、つまり「父は屍　母は大」となっていた。「大」というのは何だろう。この文章は書きかけなのだろうか。スペースがなくて、つづきが書けなかったのだろうか。「大好き」？「大嫌い」？「大きい」？　まさか。二行目は「我が妹よ」で間違いなさそうだ。三行目は、「後」……「海」……違う、「悔」……「はない」……「後悔はない」……そう、そんなふうに読めた。四行目は人の名前だ。「S――」というフルネームが、そこには刻まれている。もちろん聞いたこともない名前だった。

二十秒ほど、僕は脚の断面を見下ろしていた。Sというのは誰なのだろう。いつどこで、どうしてこんなものを彫ったのだろう。答えの半分くらいはすぐに浮かんだ。つまり、Sは受刑者で、これを彫ったのは刑務所の中だということだ。そうとしか考えられない。では、どうしてこれを彫ったのかというと――それはわからなかった。「妹」へのメッセージなのだろうか。それにしても文章の意味がちんぷんかんぷんだし、そもそも妹へのメッセージを何故こんな場所に彫りつけたのか。刑務所の中にいたって、伝えたいことがあれば手紙を出すことができる。手続きさえ踏めば面会だって可能なはずだ。

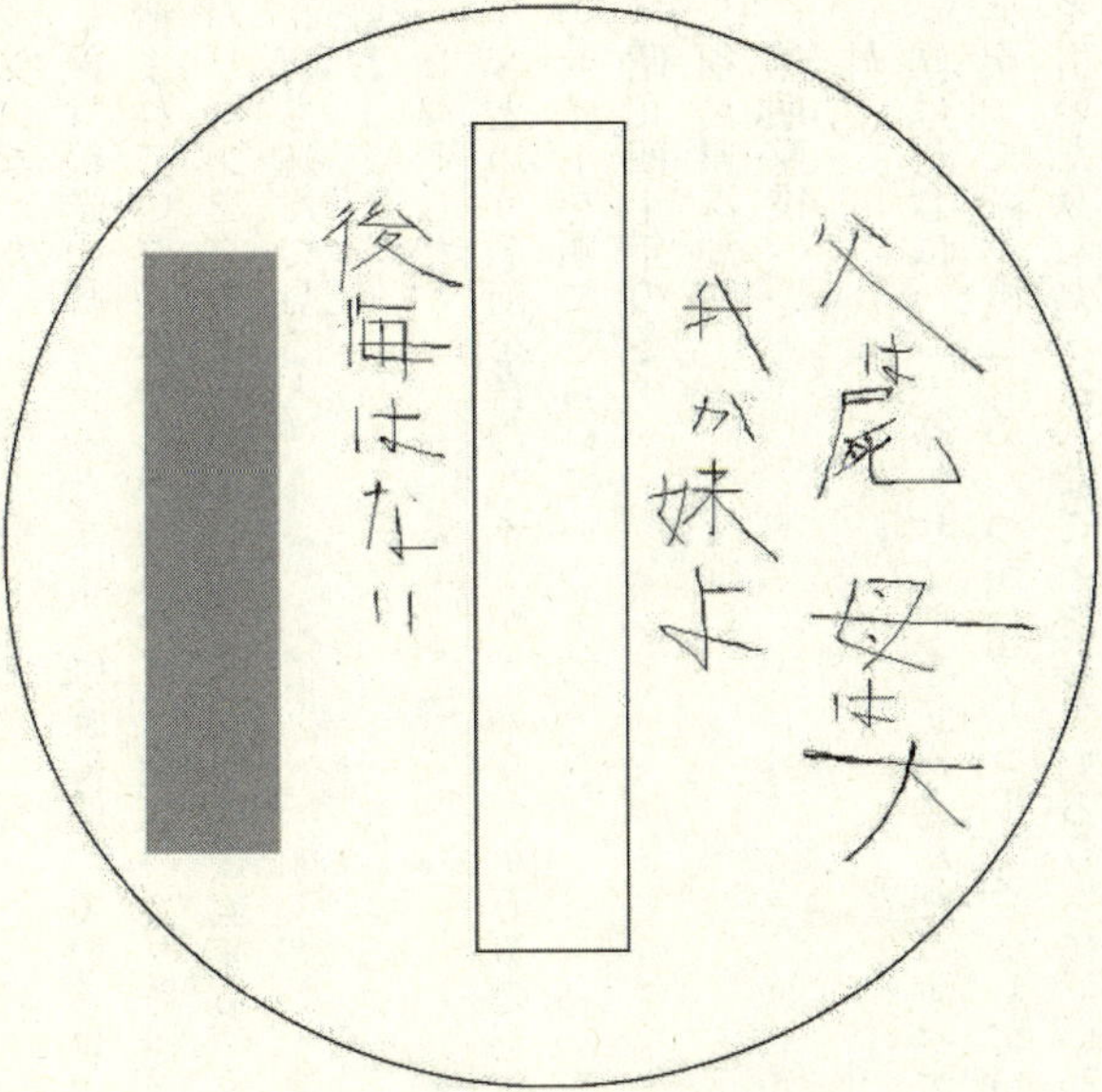
父は屍
母は大
我が妹よ
後悔はない

気になった。

僕は椅子の脚を持ったまま、勉強に使っているローテーブルの前に移動した。上に積まれていた赤本やら参考書やら予備校のカリキュラム表やらを脇へどかし、ノートパソコンを立ち上げてインターネットに接続する。Sというフルネームを検索ワードに打ち込んで見ると、

「お……」

ヒットした。

Sという名前を含むサイトが、いくつかあるのだ。僕は画面に顔を近づけ、それらのサイトを順にひらいていった。

昭和四十年の冬。

福島県湯湖《ゆこ》村。

無期懲役。

妹。

僕は丹念に一つ一つのサイトを読み込んだ。すべてを見終えると、また最初のやつに戻って読み直し、いくつかはプリントアウトして重要なポイントにアンダーラインを引いたりした。そんなことをしているうちに、いつのまにかけっこうな時間が経っ

ていた。といってもせいぜい一時間ほどだが、何かに一時間も集中していられるなんて僕にとっては珍しいことだった。

両手を尻の後ろにつけ、天井を仰いだ。腹の底のほうに、何かわけのわからない感情が渦巻いている気がした。こきこきと首を鳴らすと、さっきのモンシロチョウが目に入った。天井に、逆さまにとまっている。モンシロチョウは、黒い点のような目で僕を見ながら、左右の翅《はね》のうち片方だけを、ひら、ひら、と動かしていた。あんな動きが蝶にできるのか。その片方の翅は、部屋のドアのほうを向いていた。まるでモンシロチョウが僕に、行け、行け、と言っているかのようだった。

これまで僕は、いろんなことを自分でやって失敗してきた。いつだって失敗してきた。たまには虫の言うことを聞いてみるのも、悪くないかもしれない。行けと言うのだから、行ってみよう。もしよくない結果が待っていたとしても、それは僕のせいじゃない。モンシロチョウが悪いのだ。

「はい、決まり」

ぱちんと両手を鳴らして立ち上がり、僕はタンスに向かった。トレーナーを着替え、ジーンズを穿き替え、引き出しから財布を取り出して中身を確認すると、それを尻のポケットに突っ込んだ。ショルダーバッグを摑み上げ、その中にプリントアウトしたA4の紙と椅子の脚を投げ入れて肩に担ぎ、部屋のドアを出る。階段を下りたところで、賑やかなテレビの音が聞こえてきた。リビングの父。祖母。妹。キッチンに見える母の背中。誰も僕のほうを振り向きはしない。僕のことを気にする家族は、もうこの家にはいない。スニーカーに足を入れ、僕は静かに玄関のドアを出た。

2

東京駅から乗り込んだ新幹線やまびこ号は、日曜日のためか混み合っていた。自由席の車両は家族連れが多く、楽しげに喋り合うその姿がなるべく目に入らないよう、僕は窓際の席で景色を眺めていた。いかにも平和そうな日盛りの街並み。畑。河原。いったい僕は何をやっているのだろう。これから何をしようというのだろう。

Sの名前でヒットしたインターネットのサイトは、猟奇事件の情報を集めたものがほとんどだった。中には事件当時の新聞記事や週刊誌の紙面をPDFで公開しているサイトもあり、Sの生い立ちや、彼の起こした事件のことはかなり詳しく知ることができた。どうも、そういった方面に興味のある人々にとっては有名な事件だったらしい。

いま僕にわかっているのは、つぎのようなことだ。

昭和二十二年、福島県湯湖村で生まれたSは、幼い頃に母親と死別し、佃煮工場で働く父親と、父方の祖母の手によって育てられた。父親は取り立てて特徴のない男だったが、Sは小学校でも中学校でも評判の美男子だったという。死んだ母親が美しい面立ちをしていたので、その血を受け継いだのだろうと地元では噂されていた。

昭和三十八年、Sが十六歳のとき、父親が、勤めていた工場でボイラーの操作ミスによる爆発事故を起こした。父親は両足の膝から上に大怪我を負い、立ち仕事ができなくなって工場を辞めた。怪我はやがて回復し、困難ながらも歩行はできるようになったのだが、父親は職を見つけることができなかった。当時は障害者雇用に対する法整備がなされておらず、ハンデのある労働者はやはり敬遠されたのだ。Sと父親と祖母、一家三人は路頭に迷った。

しかしその年の秋に幸運が訪れる。父親の再婚が決まったのだ。しかも相手は会津牛の仲買で一財をなした、地元の名家の一人娘だった。Y子という女性だ。子連れで、しかも無職の男との結婚を、彼女の両親は当初反対していたが、娘の年齢が三十を少し越していたこともあり、最後には許すことにしたらしい。許すと決めたからには、そこは名家だけあって、新しい家族のための家も新築してくれた。Sと祖母と父親とY子は、その平屋建ての一軒家で暮らしはじめた。そのとき祖母はもうかなりの高齢で、大きな病気を抱えているわけではないが、だいぶ身体がきかなくなっていたという。

翌々年の昭和四十年、夫婦のあいだに女の赤ん坊が誕生する。つまりSとは腹違いの妹にあたる子だ。

事件が起きたのは、その赤ん坊が生まれて一週間ほど後のことだった。二月終わりの日曜日で、世界はアメリカがベトナムへの爆撃を開始したというニュースで持ちきりだったが、その福島県の寒村は、人の腰ほどまである雪に埋もれて、ただ静かだったらしい。

Sの家の惨状を発見したのは二十代後半の左官職人だった。家の新築工事を請け負った小さな工務店の跡取り息子で、もともとY子の実家にも出入りしていた人物だったとか。

前日の夜に大雪が降ったため、その左官職人は屋根の雪下ろしを手伝おうと思い立ち、シャベルを持ってSの家に向かったのだという。午前十時頃だった。彼はまず玄関の引き戸を叩いたが、応じるものはいなかった。戸には鍵がかかっている。門から玄関までの新雪にまったく足跡がなかったため、彼は不審に思った。足跡がないということは、出かけていないということだ。——彼は家を回り込み、庭のほうへ出てみた。すると居間の窓からSの姿が見えた。Sはぼんやりと床に座り込んで自分の首に包丁を近づけているところだった。左官職人は慌てて縁側に飛び乗り、窓を叩いた。Sはちらりと彼を見ると、素早く包丁を首の横にあてがった。それとほぼ同時に、左官職人は持っていたシャベルで窓を叩き割った。部屋に飛び込んでSの身体を押さえつけ、その手から包丁を奪い取ったとき、初めて彼は、Sの白いセーターとジーンズが広い範囲にわたって赤く染まっていることに気がついた。Sがすでに首を切り裂いてしまったのかと彼は思った。しかし首には傷が見当たらない。彼は事情を問い質《ただ》したが、Sは何も答えなかった。

左官職人は部屋の中を見渡した。Sの祖母が、炬燵に下半身を突っ込んだまま仰向けになり、咽喉を掻き切られて死んでいた。居間を出てみると、廊下の真ん中でY子が縊《くび》り殺されていた。玄関のそばでは、Sの父親が、浴衣の胸を血だらけにして絶命していた。血は、何故か遺体の下腹部からも大量に流れていた。そのそばに、なにやら赤い、切り刻まれたようなものが見えた。

生まれたばかりの赤ん坊のことを、左官職人は思った。すぐに彼は赤ん坊を捜しはじめた。夫婦の寝室の、毛布の上で、赤ん坊は生きていた。しかしその細い首には、両手のかたちに赤い血の痕が残っていたという。後にSが陳述したところによると、赤ん坊も殺そうとしたのだが、ためらいが生じ、どうしてもできなかったらしい。――左官職人は家の電話から警察に連絡をした。警察はすぐにやってきた。そのあいだSは、ただ呆然《ぼうぜん》とその場に突っ立っていた。

警察の捜査によると、Sが殺したのは、祖母、Y子、父親の順らしかった。最後に妹の命を奪おうとして、Sは踏みとどまったのだ。そして自らの命を絶とうとしているところを左官職人に発見された。逮捕されたSは、犯行の理由について、「普段から家族と気が合わなかった」と話している。それ以外の説明は一切なかったらしい。

当時マスコミの興味を最も引いたのは、Sが父親の遺体に対して行った行為だった。彼は、実の父親の局部を切り取った上、原形をとどめないほどに包丁で損壊していたのだ。そのことについてSは弁護士に対し、「わからない」とか「憶えていない」という言葉を、ただ繰り返していたという。

Sに言い渡された判決は無期懲役だった。当時は刑法に「尊属殺人」という項があり、〈自己又は配偶者の直系尊属を殺したる者は死刑又は無期懲役に処す〉と明記されていたので、Sの処遇は二つに一つだった。十八歳という当時のSの年齢を考えると、死刑が選択されなかったのは妥当な判断だったといえるだろう。「尊属殺人」というこの項は、いまでは刑法から削除されているらしい。ひと口に尊属殺人といっても、やはり様々な事情を抱えた事件が存在し、中には情状酌量せざるをえないケースもあることから、平成七年に法改正されたのだそうだ。

そして、Sは刑務所に入り、終わりの約束されていない懲役をつづけることになる。僕が見つけたあの椅子の脚のメモは、そのときに刻まれたと考えて間違いないだろう。

父は屍　母は大
我が妹よ
後悔はない

生き残った赤ん坊——Sがメッセージを残した「妹」は、Y子の実家が引き取ったらしい。

刑務所でSが自殺したのは、収監されて五年目の昭和四十五年冬だった。深夜、監視が手薄の時間帯に、Sは鉄格子に肌着をかけて首に巻き、縊死している。

足下に置いたショルダーバッグを摑み上げ、僕は中の感触を確かめた。丸くて硬い、椅子の脚。丁寧な彫り物がされた脚。ここに刻まれた三行のメッセージは、Sの遺書なのだろうか。看守の目を盗んで、誰にも見られないこの場所に、Sは遺書を残し、そして縊れて死んだのだろうか。

どこかで子供がくしゃみをした。男の人が何か言い、女の人が小さく笑った。

3

郡山で在来線に乗り換えて会津若松まで移動し、そこからさらにバスで湯湖村へと向かった。停留所でバスを降りると、いつのまに天気が変わったのだろうか、空は薄曇っていた。僕は空気の冷たさに驚きながら、疲れたような風景の中を歩きはじめた。

家畜小屋が近くにあるらしく、糞の臭いが鼻を突く。景色はひらけているのに、どこか密封されたような印象の土地だった。道の脇から栗の木が枝を伸ばしていて、もう新芽が出ているというのに、暗い空のせいか、無数の骸骨《がいこつ》が頭上に手を差し出しているように見えた。その並んだ骸骨の腰元に見え隠れしながら、痩せたおじいさんが何かやっている。しわしわになったレジ袋を片手に、歩いては腰を屈め、歩いては腰を屈め——どうやら地面から顔を出した山菜でも採っているらしかった。栗林のもっと奥のほうから、その様子を一人のおばあさんが眺めている。おばあさんの胸には、小型の毛布で全身を守られるようにして、赤ん坊が眠っていた。

Sの事件について、何か知っているだろうか。

僕は栗林のほうに足を向けてみた。おじいさんは、もともとそういう顔なのかもしれないが、怒ったような表情をしていた。僕が近づいていくと、眉根がさっと寄り、その表情がさらに険しいものになった。

「つかぬことをお伺いしますが——Sという人の起こした事件のことを知ってますか？」

おじいさんはその質問の意味自体がわからないというように、黙って首を突き出して僕を睨《にら》んだ。僕は四十三年前の、この村で起きた事件のことを、要点をかいつまんで話してみたが、やはりおじいさんは無言で首を突き出すだけだった。

「……知りませんか」

頭を一つ下げ、僕が立ち去りかけると、

「だって俺ら、ここさ来てまだ十年だかんね」

おじいさんがやっと言葉を発した。

「相馬から来たんだ。相馬ってほれ、海のほうの。いまはこの近くの息子んとこで世話んなってんだけどさ」

一見無口に見えたおじいさんは、意外と饒舌《じょうぜつ》だった。風邪でも引いているのか、話している途中でずずっと洟をすすり、鼻の下を人差し指でこすって、何かついたか確かめるように指の側面を覗き込むと、その指をズボンになすりつける。

「もともとそういうなに、ニュースやなんか？　あんまし興味ねえしよ」

そう言ってから、また同じ動作を繰り返す。ずず。こする。覗いてなすりつける。

「でも言われてみっと、なんか聞いたことあるような気もすんな。——おう！　なあ、おう！」

おじいさんはわざわざおばあさんを呼びつけて僕の話を伝えてくれたが、おばあさんも詳しいことは知らなかった。僕が得られた情報は、このへんでそんな事件があったかもしれないということだけだった。

「図書館は、どこかにありますか？」

訊いてみると、おじいさんは知らなかったが、おばあさんが知っていた。ここから、無理をすれば歩いて行ける距離にあるらしい。僕は二人に礼を言い、栗林を出て、おばあさんが丸まっちい手で指さしたほうへと歩き出した。低い雲が風景を押しつぶしているようだった。痩せてあばらが浮き、毛の抜けた犬が、地面を嗅ぎながら歩いていた。

図書館は思ったほど遠くはなかった。そして思ったよりも大きかった。広々とした綺麗なスペースに、書架がずらりと並べられている。ただしここにも人影はほとんどない。

Sの事件そのものについて調べに来たわけではなかった。調べてみたところで、きっとインターネットで仕入れた情報以上のものは得られないだろう。僕が考えたのは、Y子の実家――会津牛の仲買で一財をなしたという家について、何かわからないかということだった。古くからの名家なら、村史にいくらか情報が載っているかもしれない。

「おお、ビンゴ」

予想は当たった。『図と表で見る湯湖村の歴史』という分厚い本に、□□という家のことが載っていた。会津牛の仲買で有名になった家はほかに挙げられていなかったので、それがY子の実家だと考えて間違いないだろう。昭和四十年代の出来事が紹介されたページに、Sの事件のことも書いてあったが、□□家との関係には触れられていなかった。

館内にあったハローページを繰ってみると、□□という家は一軒しか載っていない。僕は受付でメモ紙とボールペンを拝借し、□□家の住所と電話番号を書き写し、ついでにタクシー会社の番号も写して図書館を出た。携帯電話でタクシーの配車を頼むと、十分ほどで来てくれるとのことだった。

もしや自分は、できそこないの馬鹿などではなかったのではないか。僕はそんなことを考えはじめていた。はっきり言って、興奮していた。トレーナーの首のあたりがじわじわと熱くなるのを感じた。勇気と行動力。そして道を切りひらく判断力。祖母も父も母も、いまの僕を見たらきっと、へえと思うことだろう。小学生の頃、僕が二日がかりで完成させた割り箸細工のライフルを披露したときのように、この子はやるなというような顔でうなずき合うことだろう。妹だって、ずっと小さいときに見せていたような、あの可愛らしい甘えた表情をもう一度見せるに違いない。僕が硬いジャムの瓶の蓋をあけてやったとき、ありがとうとは言わないけれど、妹はそういった目をして僕を見た。クラスの男の子は頭が悪いから嫌いだなどと言って、妹はよく僕の部屋で過ごしていた。友達から習った十円玉の手品を教えてやると、僕の隣でそれをいつまでも練習していた。あの頃は、僕のほうが妹よりもずっとたくさん物事を知っていた。それがだんだんと追いつかれ、そして追い越されていったのだ。はじめのうちは、妹にはそれが嬉しいようだった。庭の虫や雑草を指差して、あれはナントカカントカでこれはナントカなどと、得意になって説明していた。僕もそんな妹を、誇りに思ったりしていた。まだ妹が、笑うときに唇の端だけしか動かさなくなる前のことだ。

やがてやってきたタクシーのドライバーに、僕は目指す家の名前を告げた。ドライバーは住所を聞くまでもなく心得顔で車を発進させた。

「ナニお兄ちゃん、あそこの親戚か何か？」

「あ……ええ、そんな感じです」

適当に誤魔化した。

四十代後半くらいのドライバーは相当な喋り好きらしく、田舎道に車を走らせながらしきりに話しかけてきた。

「あの家、でっかいよね。俺、まだこっちの営業所に配属んなったばっかしなんだけどさ、最初に見たときはたまげたよ。がっちりした石垣がほら、ぐるうっと一周してるでしょうよ、家の周りを」

「してますね、はい」

そうなのか。

「映画に出てくる家みてえなんだもんなあ、俺たまげたよ。はっ、なんか俺たまげてばっかしみてえだね。えナニ、お兄ちゃんはどういう親戚なの？　あそこの娘さんの、甥っ子とかそういう？」

娘さん――というのは、まさかSの妹のことだろうか。

事件のあと、生き残ったSの妹は□□家に引き取られたという。彼女はいまでもそこで暮らしているのか。狂気のSが、どうしても殺せなかった妹。刑務所のSが椅子の脚にメッセージを残した相手。

「まあ、そんな感じです」

僕は曖昧《あいまい》にうなずいた。

「あそう？　そういやなんか、面立ちが似てるもんねえ」

ドライバーは僕の顔をよく見もせずに言った。

「車、使ってもらったことはねえんだけどさ、家の前を通りかかったとき、何度か門の中にいるの見たよ。綺麗な人だねえ、あそこの娘さん。娘さんって歳でもないのかな。お兄ちゃんのほら、おばさん」

「あ、そうですね。けっこう綺麗な感じで」

Sの妹は、いま四十三歳のはずだ。どんなタイプなのだろう。

「足はあれ、生まれつきなの？　こんなこと訊いちゃ悪いんだろうけどさ」

「足——」

「車椅子でしょうよ、いつも」

僕は口ごもった。ドライバーは自分が失言をしたと思ったのか、ちらりとルームミラーを見て、気まずそうに唇を結んだ。

車椅子。Sの妹は足が悪いのだろうか。生まれつきか——あるいは赤ん坊の頃、Sに殺されかけたときに怪我でもしたのか。いや、それはない。インターネットで調べた当時の新聞記事には、妹は首を絞めて殺されかけたが無事だったというふうに書かれていた。ほかに外傷があったとは書かれていなかった。

ほどなくして、灰色の景色の先にドライバーが言ったとおりの家が見えてきた。豪勢な石垣が道路沿いに真っ直ぐ延びている。石垣の上には白い土塀が載っていて、その向こう側から松の枝が覗いていた。石垣も土塀も松の枝も、夕焼けてきた空の光を吸って橙色に光っている。

タクシーを降りた。大きな黒い門のあいだから見える夕映えの庭は、そのまま絵葉書にでもなりそうな風格があった。腹の底から迫《せ》り上がってくるような高揚感をおぼえながら、僕は大きく一回深呼吸をした。

Sの妹は、はたしているだろうか。これから会うことになるのだろうか。僕が持ってきた椅子の脚を見たら、彼女はどんな反応を示すだろう。Sの遺書。妹に宛てた遺書。

ショルダーバッグ越しに、その遺書の感触を確かめながら、門柱についていたインターフォンを鳴らすと、十五秒ほど間があってから中年の女性の声が応答した。

『どちらさまでしょう』

「突然申し訳ありません。ちょっと……お届けしたい物がありまして、来ました」

何と説明していいのかわからなかったので、僕はとりあえずそう言ってみた。すると女性は、門は鍵が開いているから入ってきてくれという。僕はそのとおりにした。飛び石の上を進み、正面に見えていた大きな玄関に近づいていく。僕がそこに行き着くのとほぼ同時に、四角い磨り硝子の嵌《はま》ったドアが内側からひらかれた。顔を覗かせたのは小太りの女性で、地味な灰色の、ムームーのようなかたちのワンピースに、お腹にだけ白いエプロンをかけていた。彼女は僕の姿を見ると、訝《いぶか》るように目を細めた。片手に小さな何かを持っている。あれは判子か。どうやら宅配便か何かだと思ったらしい。

僕はSの名前を出し、曖昧に来意を告げた。じつはたまたまSのメッセージらしきものを見つけたので、それを届けに来たのだと。すると女性は、肉のついた頬をひくりと引き締めて、僕の全身を下から上まで視線でなぞった。やけに瞼が厚く、目の上にオムレツを二つくっつけたみたいに見えた。やがて女性はゆっくりと瞬いて声を返した。

「ちょっと待っててもらってもいいですか。私、手伝いの者なんで」

最後にもう一度僕の全身を眺め、彼女は足音を立てずに廊下の奥へ引っ込んでいった。どこかの部屋の襖が開《あ》け閉《た》てされる。ドアの隙間から見える家の中は、意外と言うべきか、あまり片付いてはおらず、靴箱の上にはチラシやら車のキーやら除草剤の箱が散らばり、廊下の端には古新聞が積んであった。たたきには工務店の名が書かれた工具入れが無造作に置いてある。――工務店。

さっきの女性が戻ってきた。

「お引き取りください」

僕は思わず「へ？」と相手の顔を見直した。

「そういったのは、すべてお断りしているとのことです」

「そういったのって……？」

「ですから、取材ですとか……とにかくあの件に関することはすべて」

完全に誤解されているようだった。いったいこの手伝いの女性は、家の人に何と伝えたのだろう。僕は苛立《いらだ》ちをおぼえつつも慎重に言葉を返した。

「メッセージがあるんです。Sさんからなんです。こちらの娘さんの、お兄さんが、刑務所で残したメッセージなんです。僕、それを偶然」

相手が言葉を遮った。

「何を言われても、帰ってもらうようにと」

ここまで来て、そんなことができるはずがない。

「どうしてですか？　もう一度家の方に伝えてください。僕、東京から来たんです。Sさんのメッセージを僕がたまたま見つけたんです。刑務所作業製品に、彫刻刀か何かで彫りつけてあったんです。外から普通は見えない場所に。妹さん宛なんです。僕が読んでも意味がわからないんですけど、ご本人に読んでもらえばもしかしたらわかるんじゃないかと思って、それで——」

驚いたことに、彼女は僕がまだ話しているあいだにドアのノブを摑んで引いた。閉じられようとするドアに、僕が夢中で両手を添えると、女性の顔が微かに緊張した。

ドラマの中の名探偵を気取っていた僕は、筋書きが変わりつつあることに戸惑って、夢中で言葉を継いだ。

「ここに持ってるんです。そのメッセージを持ってるんです。妹さんに――」

「無理ですよ」

女性はそう言って、まるで相手を諦めさせる殺し文句みたいな口調で告げた。

「彼女……どうせ読めませんから」

それからドアが勢いよく引かれた。あわや指が挟まれるという直前に僕は両手を放した。ドアが閉じ、鼻先にわっと空気があたり、中から鍵を回す音がした。

僕は呆然とその場に立ち尽くした。そうすることしかできなかった。せっかくここまで来たのに。謎のメッセージを伝えに来たのに。

のろのろと回れ右をし、門までつづく飛び石の上を進む。途中で、背後から奇妙な声がした。「う」と「あ」を同時に発音したような、長い声だった。女性の声。振り返ると、一階の廊下のカーテンが少しだけ隙間を開けていた。そこから、痩せた、蒼白い女性の顔が見えた。一瞬のことだった。すぐに女性の身体は九十度回され、カーテンの隙間からその顔が消え、同時に彼女の乗った車椅子も消え、ついで、それを押している高齢の女性の姿が映ったかと思うと、もう何も見えなくなってしまった。

あれが――Sの妹なのだろうか。四十三年前の事件の生き残りなのだろうか。いまの声は、あの人の口から発せられたのだろうか。

事件の真相を知らないでは、もう帰れないと思った。

大丈夫だ、僕にはまだ道が残されている。行くべき場所がもう一つある。Sの事件の第一発見者である左官職人は、□□家に出入りしていた工務店の跡取り息子だったという。そして、先ほど見た工具箱にはある工務店の名前が書かれていた。もし両者が同じ工務店ならば、そこへ行けば、事件の第一発見者に会うことができるかもしれない。

門を出ると、携帯電話のリダイアルボタンを押してふたたびタクシー会社に配車を頼んだ。タクシーが来るまでのあいだに急速に夕闇が迫り、周囲の景色を塗りつぶしていった。背後の門灯に明かりが入る。ふと思い立ち、僕はその明かりの下で、ショルダーバッグから椅子の脚を取り出し、もう一度断面を見てみた。色々と角度を変え、じっくりと。するとそのうちに、あることに気がついた。

「『大』……じゃないのか？」

4

小さな工務店の店先にある土間では、薄い白髪頭のおじいさんが一人、物憂い仕草で箒《ほうき》を使っていた。汚れた作業着を着ている。僕が近づいていくと、おじいさんは手を止めてこちらに目を向けた。僕は突然の来訪を謝った上で訊いた。

「経営者の方は、いらっしゃいますでしょうか？」

相手は数秒、目を細めていたかと思うと、半びらきの口からハッと力のない息を洩らした。

「経営者も何も……俺しかいねえよ、ここは」

それを聞き、僕の胸は高鳴った。事件の第一発見者。小さな工務店の跡取り息子。当時二十代後半だった左官職人。

「僕いま、□□さんの家にお邪魔してきたんです。そしたら玄関に、こちらの工務店さんの名前が書いてある工具箱が置いてあったものですから」

「ああ……今日明日で、あそこの框《かまち》を直してっかんな」

それがどうしたという顔で、おじいさんは僕に身体の正面を向ける。小柄だが、半白の眉は太く、鼻筋も通っていて、若い頃はかなりのハンサムだったのではないかと思われた。

「あちらのお宅は、ずっと前から、この工務店のお客さんなんですか?」

「まあ、先代から世話んなってっけど?」

「四十三年前もですか?」

この質問に、おじいさんは何も答えなかった。答えないかわりに、顔全体に力がこもり、僕を見る目つきが、まるで生ごみを見るようなものに変わった。その態度に僕は、はっとした。肋骨の内側で、心臓がどくんと鳴った。

「あの、もしかして——」

「お兄ちゃんが誰だか知らねえが」

抑揚のない声で、おじいさんが遮った。

「何も話さねえよ、俺は」

おじいさんはふたたび床に顔を向けて箒を動かしはじめる。やはりそうだった。僕があてずっぽうで撃った弾は、偶然にも的の中心に当たったらしい。信じられないことだが、どうやら間違いないようだ。この人は、四十三年前の事件の第一発見者だ。居間の窓を叩き割ってSの自殺を止めた人物だ。

「見て欲しいものがあるんです」

先ほどのように追い返されてはたまらないので、前置きは抜きにして、僕はショルダーバッグから椅子の脚を取り出した。興奮で呼吸が荒くなり、指先が少し震えていた。

「これ、Sさんが刑務所で残したメッセージなんです。僕が偶然見つけました。今日の朝、見つけました」

驚くほどの素早さで、おじいさんが僕に顔を向けた。それから視線を僅かに下げ、椅子の脚を睨みつける。僕はそれをおじいさんに差し出した。おじいさんは片手で椅子の脚を受け取り、口をすぼめて断面を注視した。文面のどこかを見た瞬間、す、と短く息を吸ったのがわかった。しかしおじいさんは、それを僕に気づかれまいとしたのか、痰を切るようなわざとらしい咳払いをした。

「父は……屍……母は……大」

しばらくのあいだ、おじいさんは睨みつけるようにしてその文面を眺めていた。三十秒——いや、一分くらいはそうしていた。咽喉のあたりから、羽虫が翅を震わせているような息の音が聞こえていた。やがておじいさんは苛立たしげに鼻息を洩らして首をひねると、いかにも意味がわからないという顔をしながら僕にそれを突き返してきた。

「ただの落書きだっぺよ」

しかし僕は受け取らなかった。

「『大』じゃないんです、それ」

じゃあ何だ、というような目で、おじいさんは僕を見据える。

「『犬』って——書いてあるんです」

先ほど□□家の門の前で、僕は気づいたのだった。椅子の脚の断面を、あれこれ角度を変えながら眺めているうちに、それまで見えていなかったものが目に入ったのだ。「大」の右上に打たれた点。長いこと使われて、断面に人の体重がかかり、その点が見えなくなっていたのだ。

犬——母は犬。

とはいえ、その「犬」という文字が何をあらわしているのかは、僕にはさっぱりわからなかった。

長いこと、おじいさんは手に持った椅子の脚を見下ろしていた。土間の天井にぶら下がった白熱灯の光を受けて、その姿は、なんだかずっと前からそこに生えている一本の木のように見えた。やがておじいさんは顔も上げずに言った。

「これ……くれるかい、俺に」

少し迷ったが、僕はうなずいた。するとおじいさんもうなずき返した。お礼を言われ、メッセージの意味がとうとうおじいさんの口から説明される瞬間を、僕は想像した。しかし全然違った。

「もう、帰ってもらっていいか」

おじいさんは僕に背中を向けてそう言ったのだった。

「わざわざ来てくれて、申し訳ねえが」

「え——ちょっと待ってください」

それはあんまりなのではないか。このままでは帰れない。帰れと言われたって無理だ。嫌だ。

「そのメッセージは、いったいどういう意味なんです？　父は屍、母は犬って、どういう意味なんですか？　僕が見つけたのは何なんです？」

「知ったって……しゃあんめえよ」

声というよりも、咽喉の奥が鳴ったというような感じだった。このおじいさんは知っている。僕の見つけたメッセージの意味を間違いなく知っている。

「おじいさん、Sさんの事件の関係者なんですよね。僕、パソコンで調べたんです。

おじいさんは、あの事件の第一発見者なんですよね」

返ってきたのは、気の抜けたような鼻息だけだった。僕に半分背中を向けたまま、手に持った椅子の脚の断面を、おじいさんはのろのろとさすっている。瘦せた手の甲に、縄のような静脈が浮いていた。

「さっきも言いましたけど、僕、いま□□さんの家に行ってきたんです。それで、Sさんの妹さんを見かけました。あの人は、四十三年前の事件で生き残った妹さんなんですよね？　瘦せた、車椅子に乗った――」

「頭ん中に……悪いとこがあってな」

急に、おじいさんが答えた。

「生まれつきなんだよ、可哀相に。そんで、はじめからああいうふうなんだ」

僕は思わず言葉に詰まった。Sの妹は、脳の障害を持って生まれたのか。

「あの子は、ぜんぶ背負っちまったのかもしんねえな」

疲れ切ったような声で、おじいさんが言う。

「背負った……何をです？」

僕は訊いたが、おじいさんは顔を上げなかった。しかしそれでも、微かな声だけは返してくれた。

「犬の罪をよ」

犬の罪。

犬。母は犬。

僕はおじいさんの背中に一歩近づいた。

「聞かせてください。教えて欲しいんです、何があったのか。僕これ、運命だと思ってるんです。自分の運命だって」

「うんめい？」

少しだけ振り向いたおじいさんの顔には、知らない単語を耳にしたような戸惑いが浮かんでいた。僕は自分の正直な気持ちを吐き出した。もう、それしかないと思った。

「そうです。今朝、僕はたまたま家にあった椅子といっしょにひっくり返りました。そしたら椅子の脚が取れて、そこに書いてあったメッセージを見つけたんです。この椅子、Sさんが刑務所の作業でつくったものなんです。それで僕、気になって、パソコンで色々調べて、一人でここまで来たんです。上手く言えないんですけど、僕は知らなきゃいけない気がするんです。Sさんの起こした事件のことを、ちゃんと知らないまま帰っちゃいけない気がするんです」

きっと、おじいさんは僕の気持ちを理解してはくれなかっただろう。僕自身もきちんと理解できていなかったのだから当然だ。しかしそれでも、おじいさんはとうとう話してくれたのだった。僕の意味不明な訴えに気持ちを動かされたのか、それとも単に僕を早く帰らせようと思ったのか、それはわからない。

おじいさんの口から出てきたのは、長い説明ではなかった。いや、説明と呼べるほどのものでもない、断片的で曖昧な言葉だった。

「ありゃあな、お兄ちゃん。あん人は——」

おじいさんは急にこちらを振り返った。

「あん人がやってたのは、犬のやることだった」

まるで硬いものを無理にねじったような感じで両頬が持ち上がり、それから肺を揺するようにして、おじいさんは上体をひくひくと動かしながら息だけで笑った。膿んだような二つの目だけは、笑わずに、僕の顔を見ていた。目尻に、ねばついた涙が浮かんでいた。背景が消え、おじいさんだけが切り取られたように僕の前に立っていた。

「あん人が結婚したときから……俺あ気づいてた……俺だけが気づいていた……何が

目的なのか……」

意識して抑えたような、息の多い声だった。

「目的――」

そのとき不意に僕の頭に、インターネットで見た一文が不意に浮かんだ。Sは評判の美男子だったという、あの一文。つぎの瞬間、頭の隅で何かが鳴った。おじいさんが片手に握った椅子の脚を、僕はじっと睨みつけた。文字の一つ一つを。

父は屍　母は犬
我が妹よ
後悔はない

二行目の「妹」という字。右側――つくりの部分が、少し違っている。本来の「未」ではなく、縦棒の下端が微かに撥《は》ねてある。そして、上の横棒の右端から、中心部に向かって斜めの線が下りている。何故か。どうしてこの字はそんなふうになっているのか。考えられる答えが一つある。それは、Sが別の字を彫りつけたあとに、考え直して「妹」という字に変えたというものだ。思えばこの一行にははじめから違和感があった。「我が妹よ」という呼びかけは、どこか不自然だと感じていたのだ。単に「妹よ」でもいいのではないかと。では、最初は何と彫ってあったのか。「妹」の下には何が書かれていたのか。その気になって見てみれば答えは簡単に出た。——「子」。最初にそこにあったのは、「子」という文字だった。子。我が子。

父親の再婚相手が赤ん坊を産んだ。それをSは「我が子」と呼んだ。

父は屍。母は犬。

屍というのは、意思を持たないことを指していたのではないのか。知っていながら何も言わなかった父親のことを指していたのではないのか。職がなかったから——再婚した妻のおかげで生活ができていたから、父親は何も言わなかった。いや、理由は経済的なものだけではなかったのかもしれない。そう、身体だ。身体にも理由はあったのではないか。Sの父親はボイラーの事故で下半身を損傷している。もしや父親は、男性としての機能を失っていたのでは？　しかもそれは、一見してわかるようなものだった。だから——だからSは父親の遺体の局部を損壊した。事件のあとで父親の身体の欠陥が露呈しないように。もし父親の障害が露呈したらどうなる？　赤ん坊の父親が彼でないことがわかってしまう。

そう——赤ん坊はSの娘だったのだ。犬の家。ケモノの家。

Y子は、そもそも若くて美貌のSが目的で、彼の父親と結婚したのに違いない。Sの身体が目当てだったのだ。そして、もしそのことをSの父親に勘づかれたとしても、彼が何も言えないこともはじめからわかっていた。

Sは、どういう気持ちで父親の結婚相手と身体を重ねていたのだろう。「母は犬」という表現から、Sが無理に相手をさせられていた状況が読み取れる。苦しみ、悩んでいたことが想像できる。Sは嫌がっていた。実の父親が結婚した相手なのだから当然だ。しかし、Sは拒めなかった。生活があったから。自分が拒んだら、また祖母と父親と三人で、路頭に迷うことになるから。

やがて母親は孕《はら》み、赤ん坊を産み落とした。その赤ん坊は、脳に哀しい障害を負ってこの世に誕生した。Sにとってはそれが、犬の関係によって生まれた命だという印のように見えたことだろう。そして、Sの心はとうとう壊れた。それまで頭の中に積み重なっていた小さな崩壊が、四十三年前の冬の朝、巨大な一つの崩壊となり、彼を狂気に走らせた。

Sは、犬の母を殺した。屍の父を殺した。警察の捜査によると、Sが最初に手にかけたのは祖母だったらしい。高齢の祖母。身体の弱っていた祖母。Sは、育ててくれた祖母に、自分がこれから描く地獄絵図を見せたくはなかったのではないのか。

「あん人は……俺に飽きてなあ……」

片方の下瞼を震わせながら、おじいさんは薄い膜がかかったみたいな虚ろな目をして、独り言のように呟《つぶや》いていた。呟くごとに、身体から力が抜けていくようだった。

そうか。

このおじいさんは、Y子が嫁に行く前、彼女と関係を持っていたのだ。彼女の実家に出入りしているときに。

「あん人が結婚するっちゅう相手を見たときは、信じられなかったよ……でもなあ、その息子のこと見たら、いっぺんで得心がいった。あの息子は、ほんとに……綺麗な顔をしてて……」

Y子が若い男を好むことを、おじいさんは知っていたのだ。

「もう、昔の話だ……昔々の……」

言葉を中途半端に切り、おじいさんは僕に弱い視線を向けた。

「忘れてくれ」

そして最後に、椅子の脚を軽く持ち上げてみせ、これは燃やしてしまってもいいかと訊いた。僕は構いませんと答えた。

5

帰りの新幹線は、最終電車の一つ手前だった。

やはり車両には家族連れが多かった。僕は窓硝子に額を押しつけるようにして、暗い景色を見ていた。

継母《ままはは》が孕んだと知ったとき、Sはどんな気持ちだったのだろう。彼女との関係に悩み、苦しんでいたとはいえ、その腹に宿ったのは自分の子供なのだから、やはり嬉しさも少しはあっただろうか。心のどこかで喜びを感じてはいたが、いざ子供が生まれてみると、脳に障害があることを知り、それが忌まわしい印のように思え——Sは狂ったのだろうか。

真相はわからない。

もう、誰にもわからない。

わかっているのは、彼らがどうしようもなく不運な人たちだったということだ。

四十三年前、Sの胸膜を喰い破って怖ろしいケモノが飛び出した。しかしそのケモノは、べつに珍しいものではない。昔もいまも、誰の胸にだって棲みついているものなのだ。それは人間の胸の底で、いつも胎児のように身体を丸めて息づきながら、成長せずに寿命を終えるのをじっと待っている。ただ、ときおりその口許に、不運という餌が落とし込まれてしまう。ケモノはぱっちりと目をひらき、その餌を翳《かじ》り、翳《かじ》り、翳《かじ》り、翳《かじ》り、全身に黒い毛を生やし、ついには四つ足で立ち上がる力を身につけてしまう。四十三年前、Sの中でそうなったように。

鼻の奥に小さな痛みが走り、目の前の夜がぼやけた。

Sはやり直すべきだった。そう、やり直すべきだった。狂気に走ってしまう前に、すべてを壊してしまう前に、取り返しのつかないことになってしまう前に——家族と向き合うべきだった。なんとかなったかもしれないのだ。いや、なんとかなったはずなのだ。ケモノを殺すことはできないが、その成長を止めることはできる。もちろん幸福な結末とまではいかなかっただろう。しかし、実際に起きてしまったことよりも、ずっとましな結末になっていたはずなのだ。

そして僕は思った。自分の抱えていた問題は、なんて小さく、軽いものだったのだろう。進路。受験。劣等感。そんなもので悩んでいた自分は、なんて下らない人間なのだろう。本当に——本当の意味で、僕は駄目人間だ。

電車の揺れを頭に感じながら、僕はずっと家族のことを考えていた。

部屋に入って明かりを点け、空っぽのショルダーバッグを床に投げ出すと、すぐそばで微かな空気の動きを感じた。そちらに顔を向けるのと同時に、白い翅がふわりと僕の肩に舞い降りた。

驚いたことに、あのモンシロチョウだった。今朝、天井から僕を見下ろして、行け、行け、と翅を動かしていたモンシロチョウ。僕をそそのかしたモンシロチョウ。部屋のドアは開けたままで出かけたのに、ずっとここにいたのだろうか。僕の帰りを待っていたとでもいうのか。

僕はそっと右手を伸ばし、自分の左肩にとまったモンシロチョウの翅を、指先で挟んだ。軽く指を引くと、モンシロチョウは何の抵抗も見せず、僕につまみ上げられて、黒い小さな目で僕を見た。しばらく、僕たちは顔を見合わせていた。モンシロチョウの口は、くるくる巻かれていて、それがときおり小さく動いた。まるで僕に、何か秘密のことでも伝えようとしているみたいだった。

僕は左手で、モンシロチョウの柔らかい身体を握りつぶした。手をひらいてみると、まだ脚の一本がぴくぴく震えていたので、今度は床に落として靴下で踏みつけた。あまりに小さすぎて、力がなさすぎて、足の裏には何の感触もなかった。

今朝僕は、このモンシロチョウにそそのかされて部屋を出た。インターネットで知ったSという人物と、彼の起こした事件が、自分にとって何か運命的な、重大な意味のあるものだと考えて。

でも——それは気のせいだったのだ。

意味などなかった。

やり直すべき。家族と話し合うべき。長い一日が終わり、僕が見つけた結論。しかし、そんなものに価値などまったくない。僕にとってはただの言葉にすぎない。

僕は床を見下ろした。部屋を出ていくときに脱いだ、血だらけのトレーナーとジーンズ。そばには、脚が一本とれてしまった、あの椅子が転がっている。そのまま視線を上げれば、電灯の傘から、切れないように三重にしたビニール紐がぶら下がっていた。

僕にはやり直す場所なんてない。話し合うべき家族なんていない。祖母の首は裂かれる前の状態には戻らないし、父の胸にたくさんあいた刺し傷も消えてはくれない。母のつぶれた咽喉は二度と呼吸を取り戻さないだろうし、妹の盛大に割れた頭なんて、もうどうしようもない。

一階のテレビから、また笑い声が聞こえた。僕の胸と咽喉を、聞こえない叫びが、ケモノの叫びが、内側から無数の針のように突き刺していた。床に尻をつけた。両腕で膝を引き寄せ、僕はそこに顔をうずめた。

（野性時代　２００8年5月号）

駈込み訴え

石持浅海《いしもちあさみ》

1966年、愛媛県生まれ。2002年、『アイルランドの薔薇』で本格的にデビュー。2006年『扉は閉ざされたまま』が「このミステリーがすごい！」2006年版で第２位に。2012年『三階に止まる』が第65回日本推理作家協会賞短編部門の候補作となった。近著に『トラップ・ハウス』（光文社）、『煽動者』（実業之日本社）、『フライ・バイ・ワイヤ』（東京創元社）がある。

「以上三点で、九百五十二円になります」

わたしはレジを打ちながら、明るい声で言った。

残業帰りのサラリーマンらしい男性が、無造作に千円札を出す。心の中で二円くらい持っていないのかと思いながら、にこやかに紙幣を受け取った。レジから四十八円を取り出して、男性に渡す。そのとき、わざと指先を相手の掌《てのひら》に触れさせた。男性の顔が一瞬緩《ゆる》み、すぐに戻った。

「ありがとうございました」

わたしの声を背中に聞きながら、男性が店を出る。さっきのちょっとしたサービスで、あの男性はまた来店してくれるだろう。

隣《となり》のレジに立っている陣内《じんない》が、掛け時計に視線をやった。

「九時四十五分」

そしてわたしに笑顔を向けてくる。

「菅田《すげた》さん、後十五分だね」

「そうね」

わたしはやれやれ、といった口調で答える。わたしの勤務時間は、午後五時から午後十時までの五時間だ。今日もようやく終わりを迎えようとしていた。

コンビニエンスストアのアルバイト。

今回のわたしの任務は、これだ。


政府転覆を企《たくら》むテロ組織。

世間には知られていないが、そんな団体は実在する。構成員であるわたしが言っているのだから間違いない。

組織の上層部、あるいは経営陣は、どうやら遠大な計画で日本を乗っ取ろうとしているらしい。全体像を見れば必要なピースであっても、そのピースしか見せられない下っ端にとっては、意味不明な図柄に過ぎない。今回わたしが与えられている任務も、まさに意味不明だった。

適当なコンビニエンスストアで、夜間にアルバイトすること。

これが、わたしに下された指令だ。通常組織の同僚である『久米《くめ》』や『輪島《わじま》』と三人で指令を受けるが、今回はわたし一人だ。いや、他の二人もどこかでレジを打っているのかもしれないけれど、少なくともわたしが指令を受けたときは、自分一人だった。

夜間にコンビニエンスストアでアルバイトすることが、なぜ政権を取ることに繋《つな》がるのか。わたしにはまったくわからなかった。とはいえ組織の構成員にとって、任務は絶対のものだ。だからわたしは不平を言うことなく、自宅からも組織の事務所からも離れた場所に仕事を見つけた。そして今、アルバイト仲間の陣内と、カウンターの内側に並んで立っている。

「菅田さんは、やっぱり週末は練習なの？」

客足が途切れたところを見計らって、陣内が話しかけてきた。菅田というのは、今回の任務のために用意した、わたしの偽名だ。組織では『宮古《みやこ》』で通っているが、これも偽名。二重の偽りで日々働いているわけだ。

わたしはうなずく。

「そうよ。みんな仕事を持っている人ばかりだから、平日の夜か週末しか、集まって練習する時間が取れないの」

「そうなんだ」大学院生で、平日の昼間でも時間を取りやすい陣内は、理解できるけれど実感が湧《わ》かない、という表情だ。

「やっぱり、劇団の練習っていうのは、大変なの？」

「そりゃあ、もう」

わたしは大げさに答える。「モロ体育会系のノリよ。鬼コーチのしごきが見どころの、スポ根ドラマみたい」

舞台女優を目指してフリーターをしながら劇団で稽古《けいこ》しているというのが、今回のキャラクター設定だ。自慢ではないが、容姿は整っている。女優志望と主張しても、怪訝《けげん》な顔はされない。それに、わたしは任務によって、様々な名前と身分を使い分けている。だからすでに女優だといえなくもないだろう。

「なんか、すごいな」

陣内は大きな目を輝かせた。「そうやって、自分の夢に向かって努力してるなんて」

「そんなことないって」わたしは手をひらひらと振る。「陣内くんなんて、頭いいじゃない。大学院まで行ってさ。将来は一流企業に就職でしょ」

「そんなことないって」

今度は陣内が笑う。「志を持って大学院に進学する奴《やつ》なんて、ごく少数だよ。ほとんどが、なんとなく学生を続けたいから上がるだけ。俺《おれ》もその一人。それに今どき大学院生なんて珍しくないから、きちんと就職できるかも怪しいよ」

謙遜《けんそん》なのか本音なのかはわからないけれど、一緒にアルバイトをしていて、陣内が頭の回転が速い人間であることはわかっている。超一流の人材とまではいえなくても、そこそこの企業でそこそこの活躍ができるだろうと、わたしは考えていた。

「陣内くんは、朝の五時までバイトでしょ」わたしは少し心配する口調に切り替えた。「大学院だから朝は多少遅いだろうけれど、そんなに睡眠時間が短くて大丈夫なの？　無理してない？」

「大丈夫、だいじょうぶ」

陣内は厚い胸板を拳《こぶし》で叩《たた》いた。

「こう見えても、高校時代はラグビーをやってたんだ。体力には自信があるよ」

その話は、以前にも聞いた。世界中すべてのラガーマンがそうなのかは知らないけれど、陣内が熱血の正義漢であることは、よく知っている。

「確かに」わたしは視線に笑いを含ませた。「掃除していて、力余ってモップの柄を折るくらいだもんね」

「あちゃあ」

陣内は自らの額《ひたい》をぴしゃりと叩いた。「それを言わないでくれ。あのときは店長にさんざん怒られたんだから。あれ、未《いま》だにガムテープでつないで使わせられてるんだ。使いにくくてしょうがない」

二人で一緒に笑った。

電子音と共に、自動ドアが開いた。客が入ってきたのだ。陣内は瞬時に仕事モードに戻り、「いらっしゃいませ」と来客に声をかけた。もうわたしのことは意識から消えている。アルバイトとはいえ、その職業意識の高さを、わたしは好もしく思った。

時計は午後十時を指している。もう拘束時間は過ぎているけれど、あの客が買い物を済ませるまでは、陣内につき合ってあげよう。

「コンビニエンスストアでのアルバイトは、順調に進んでいます」

わたしは『入間《いるま》』にそう言った。

都心にある組織の事務所。土曜日の昼下がり、わたしは「細胞」のリーダーである入間に経過報告をしているところだった。

「わたしとシフトが重なっているバイトは、六人います。その中で、国末《くにまつ》と織田《おだ》は、使い物になりません。さぼっているわけじゃなくても、手際が悪くて、見ていてイライラします。町田《まちだ》と平野《ひらの》、寺元《てらもと》は、まあまあ十人並みの仕事をします」

わたしはコーヒーをひと口飲んだ。入間が淹《い》れたコーヒーだ。といっても、彼が特別優しい上司だからとか、わたしが女性だから親切にしたとか、そういうわけではない。入間は、コーヒーだけは自分で淹れないと気が済まない質《たち》なのだ。一人分淹れるのも二人分淹れるのも手間は同じだから、わたしの分も淹れた。それだけのことだ。とはいえ、入間の淹れたコーヒーが美味しいのは事実だから、素直に感謝している。

「最もいい仕事をするのは、陣内です。ご存じのように、バイトに接客をさせて成り立っているコンビニエンスストアですが、接客の質が売り上げを左右するのも、また事実です。その点、陣内の業務態度は、確実に店舗の業績向上に寄与しています」

「そうか」

入間は短く答える。わたしの報告に満足したのかどうかもわからない。

「わかった。このまま任務を続けるように」

入間はそう指示したが、わたしはすぐには肯《うべな》わなかった。

「わたしは、いつまでバイトしていればいいのでしょうか」

わたしはまっすぐに入間の目を見る。

「どこか適当なコンビニにバイトを見つけて潜《もぐ》り込む。そして店内の様子や従業員、バイトの勤務態度を報告すること──それが今回の任務です。任務である以上きちんと対応しますが、いつまで続ければいいのですか？」

入間はわたしの質問に、瞬《まばた》きで答えた。

「しばらくの間は、このまま続けていてほしい。もう少し経《た》ったら、追加の指令が出るだろう。それまでは、女優志望のフリーターに徹していてくれ」

わたしはため息を飲み込んで、入間に了解の意を伝えた。

目的がわからない任務は嫌《いや》なものだ。仲間の久米などは、強い拒否反応を示す。わたしも同じ気持ちだけど、あまり入間に対して詰め寄らないようにしていた。なぜなら、任務の内容について、入間自身もわかっていない可能性があるからだ。

わたしたちのテロ組織は、細胞型の組織運営をしている。細胞型とは、組織を少人数の単位に分ける組織運営方法のことだ。そして少人数の単位のことを「細胞」と呼ぶ。細胞は組織の中枢からの指令で行動するけれど、中枢はおろか、他の細胞に関する情報も、一切与えられない。わたしたちの知識は、すべて配属された細胞の中だけで完結している。他の細胞のことを知らない代わりに、わたしの情報が他の細胞に渡ることもない。

仮にわたしが警察に逮捕されて、組織の存在を自供したとしても、わたしの自供から得られるのは、わたしが所属している細胞の情報だけだ。だからわたしがしくじったところで、被害はひとつの細胞の死に留《とど》まり、組織全体を危うくすることはない。つまり、セキュリティに優れた組織形態だといえる。

しかしながら、このような組織運営は非効率的だ。強い権限を持ったトップが一人いて、関係者全員がトップの手足となって働くのなら、大きな仕事ができるだろう。けれどそんな組織にしてしまうと、組織に透明性が必要になってくる。透明でなければ、構成員全員が自在に動けることはないから。そして透明であるということは、組織全員が一網打尽にされるリスクを負うということだ。わたしたちの組織が非合法なものである以上、細胞型の組織運営は必然だと、わたしは考えている。

というわけで、作戦の決行を専門とするわたしたちの細胞には、具体的な指令は来るけれど、その背景は教えてもらえない。組織の中枢部が、中間管理職である入間に指令を伝えるときも、彼に作戦の狙《ねら》いやそれによって得られる効果を説明しているとは限らない。だからわたしは入間に一度は問い質《ただ》しても、それ以上の追及は控えている。組織にとっては、入間もまた駒《こま》のひとつに過ぎないからだ。

今は、深く考えないようにしよう。

コンビニエンスストアでアルバイトすることは、真っ当な経済行為だ。それによってわたしが官憲に目をつけられることもないし、逮捕されることもない。だったら、追加の指令が下りるまでは、フリーターに徹しよう。肩に力が入ると、周囲に怪しまれるから。

「いらっしゃいませ」

客が店内に入ったのに反応して、わたしは機械的に声をかけた。客に視線をやり、どのような人間が入ってきたのかを確認する。もちろんコンビニ強盗の可能性もあるからだが、それ以上に常連や近所の人たちの顔を憶えることも、大切な業務だからだ。

二十四時間開いているコンビニエンスストアは、災害時やトラブルの際、逃げ込む場所になりうる。そのためにも、アルバイトとはいえ近所の人たちと顔見知りになり、いざというときに入りやすい場所になっておくことが大切だ。アルバイト研修のときに、そう教えられた。

もっとも、昼間シフトの連中には、別の意味合いも加わるようだ。彼らは子供たちの顔と名前を憶え、顔を見れば話しかけるようにしなければならない。そうすることによって万引きを防いだり、非行に走るのを食い止める効果を狙っているのだ。だから、たかがアルバイトと、いい加減な気持ちでできるものではない。結構大変なのだ。

そんな背景もあって客に視線を向けたわたしだったが、客の顔を見た途端、わたしの身体《からだ》は、隣の陣内に悟られない程度に固まった。

客は二人連れだった。若い男女。わたしが硬直した原因は、男の方だ。彼は中肉中背の身体にスーツを着込んでいた。二十代後半と思われるその顔を、わたしはよく知っている。

男は、同じ細胞の久米だった。

久米は同伴した若い女性に話しかけながら、買い物かごを取った。女性が雑誌や酒を買い物かごに入れている。店内を一巡して、久米が女性を連れてレジの前に立った。つまりわたしの前に。

たとえ同じ細胞のメンバーであっても、外ではお互い知らないふりをしなければならない。だからわたしは他の客と同様に「いらっしゃいませ」と声をかけ、買い物かごの品物をレジに入力していった。もちろん久米もわたしに対してまったく無関心を装っている。わたしを無視して、隣の女性に微笑《ほほえ》みかけていた。

わたしが働いている店に、久米が現れた。これは偶然だろうか。

バーコードを読み取りながら、わたしはそのことを考える。コンビニエンスストアでアルバイトせよという、不思議な指令。入間は、追加の指令があると言っていた。組織のメンバーである久米の出現は、その予兆なのか。久米は、任務でこの店にやってきたのか。

もちろん、そうでない可能性も存在する。久米はこの界隈《かいわい》に住んでおり、まったくのプライベートで買い物に来ただけだという可能性。わたしは偶然にも、久米のテリトリーに足を踏み入れてしまったのかもしれない。

どちらの可能性もあるが、わたしとしては、後者の方が気まずい。組織に入って何年にもなるけれど、任務以外で同僚の顔を見たことなど、今まで一度もなかった。久米とも、輪島とも、あくまで任務上のつき合いだった。それなのに久米のプライベートを覗《のぞ》いてしまうのは、なんとなく後ろめたさを感じる行為だ。おまけに女連れときる。

「お会計は、三千二十五円です」

わたしは久米にそう告げた。コンビニエンスストアで三千円オーバーの買い物は、結構な金額だ。ワインのフルボトルや、比較的値の張るつまみなどを買ったから、この値段になったのだろう。久米は財布を取り出し、釣り銭のないよう、きっちり三千二十五円を渡してくれた。

「レシートはご入り用ですか?」

わたしの質問に、久米は「ください」と答えた。レジから吐き出された感熱式のレシートを取り、久米に渡す。指先が久米の手に触れた。思わずどきりとする。

品物を入れたレジ袋を手渡しながら、連れの女性をさりげなく観察する。

やや小柄な、綺麗《きれい》な顔だちの娘だった。二十代前半といったところだろう。穏やかな好青年といった佇《たたず》まいの久米と並ぶと、よくお似合いだ——そう思いかけて、心の中で首を振る。妙に不釣り合いだ。

なぜか。理屈でなく直感で、わたしはその理由に思い至った。久米が連れている女性。彼女は水商売だ。別に派手な化粧をしているわけではないけれど、匂《にお》いでわかる。ホステスという仕事ではないにせよ、小料理屋のカウンターにいそうな雰囲気だった。

わたしは久米の私生活を知らない。でも、水商売の女性とつき合うタイプではないと思っていた。素の久米は、飲み屋の女を口説く男だったのか? それならそれで仕方がない。わたしに口出しする権利はない。では、彼が水商売の女性と親しくしているのが、任務だとしたら。それはいったいどのようなものなのか。そしてわざわたしの目の前で仲良くしてみせることも、任務のうちなのか。

まったくわからなかった。わたしが悩んでいるうちに、二人は店を出て行った。

「――陣内くん」

わたしは陣内に話しかけた。陣内がこちらを向く。「なに？」

「今の二人、見覚えあった？」

「二人？　ああ、今の女連れね」やはり陣内はきちんとチェックしていた。「男の方ははじめて見たけど、女の人は何回か買い物に来たことがあるよ。男と一緒なのは、はじめてかな」

「そうなんだ」

「あの人、確か『氷見《ひみ》』の人じゃないかなあ」

「ひみ？」

言葉の意味がわからず問い返したわたしに、陣内は指先で宙に字を書いて見せた。

「『氷』に『見る』で氷見。富山だか石川だかの地名なんだけど、そこ出身のオーナーがやっている飲み屋が、駅前にあるんだ。その店で働いている人だと思ったな」

やはり水商売か。わたしは自分の眼力に満足したが、かといって疑念が晴れたわけではない。

陣内が天井を仰いだ。

「綺麗な人だから気になってたけど、やっぱり彼氏がいたか」

ちらりとこちらを見る。陣内は、わたしに嫉妬《しっと》してほしいのだろうか。残念ながら、乗ってあげない。むしろ、彼を勇気づける発言をした。

「単に、常連客が口説いている最中なのかもしれないよ。お客さんだったら、親しげにすり寄ってくるのを、邪険にはできないでしょう。内心は、嫌々なんじゃないかな」

陣内は安心したような、がっかりしたような、複雑な表情を見せた。

「そうか。そうかもね。でも一緒にいた男の人はストーカーに見えなかったし、女の人も嬉《うれ》しそうにしてたから、やっぱり彼氏だな」

「見た目にだまされちゃダメよ」わたしは笑いながら言った。「真面目《まじめ》そうに見える奴ほどストーカーになったりするし、女は本心を完璧《かんぺき》に隠して楽しげに振る舞えるんだから」

まるで自分自身に言い聞かせているようだった。なぜ？

わたしは前回の任務を思い出す。入間の下した指令によって、わたしは一時的に、久米と敵対する立場になってしまった。任務は絶対だから、わたしは遂行に全力を尽くした。久米もだ。その結果、わたしと久米の間には、多少のわだかまりができてしまった。それは今後の任務遂行に支障が出るほどのものではなかったけれど、任務だからと割り切って忘れてしまえるものでもなかった。

なんらかの方法で、久米とのわだかまりを解消したい。それが本音だけど、かといって妙案もない。久米に対して宙ぶらりんな感情を持った状態で、彼がいきなり現れた。だからわたしは、少し混乱しているのだろう。

わたしは頭を振った。今は勤務中で、任務中だ。余計なことを考えるのはやめよう。

このときはそう思った。

数日後。

自動ドアが開くなり、大声が店内に響いた。

「俺は、やるぞ！」

入口を見ると、男の二人連れが店内に足を踏み入れたところだった。

「やってやるぞ！」

片方の男が、なおも言う。三十代半ばくらいの男だ。針金のように細い体格をしている。かなり酔っているようだ。顔が赤黒い。それを一緒にいた男がなだめていた。

「わかった。やるのはわかった。でも今は、静かにしてくれ」

聞き覚えのある声に、わたしは苦笑した。おやおやだ。

酔漢を連れてきたのは、細胞の同僚、輪島だった。

輪島は痩《や》せているわけではないが、太っていると指摘されるほどでもない。ややお腹《なか》が出てきたかな、といった程度だ。それでも細身の男と並ぶと、目の錯覚でかなり太って見えた。

丸い輪島が細い男を引きずるようにして、ドリンク類が冷やされているショーケースに向かった。扉を開けて、ミネラルウォーターのペットボトルを取り出した。

「お前はわかっていない。俺は男だ。絶対にやるんだ」

そうわめく男を連れて、レジまでやってきた。わたしに申し訳なさそうな顔を向ける。

「うるさくてすみません。これください」

わたしは慈悲《じひ》深い笑顔でペットボトルを受け取り、バーコードを読んだ。百五円。

代金を輪島から受け取り、輪島は酔漢を連れて店を出て行った。

——これは、間違いなく任務だな。

わたしは輪島の背中を見送りながら、そう判断した。久米だけならば、偶然彼のプライベートに触れてしまったこともあり得た。しかし輪島まで現れてしまえば、もはや偶然と考えることはできない。彼らは明確な意図を持って、この店に現れたのだ。そしてわたしに姿をさらした。これは任務なのだと。これから何かが起きるのだと。彼らはそれをわたしに教えているのだ。そう考えて、わたしは身を引き締めた。

けれど、納得できない点も存在する。わたしが指令を受けたとき、コンビニエンスストアの具体的な店舗名や、所在地の指定を受けたわけではなかった。指令は「適当なコンビニエンスストアで、夜間にアルバイトすること」なのだ。店の選択はわたしに任されていた。だからわたしがこの店を選んだのは偶然の産物であり、まったく違うエリアの店舗に応募する可能性もあった。仮に組織が、この町で日本政府を動揺させるような事件を起こそうとしたのなら、コンビニエンスストアを指定しなければならない。現実の指令がそうでなかった以上、組織がこの町を標的にしたとは考えにくいのだ。

いくらなんでも、わたしに無意識にこの店を選ばせるような芸当はできないだろう。それに、わざわざそのようなことをする必要もない。単に「この店舗に申し込みなさい」と指示すれば済むことだ。

それでも久米はここに来たし、輪島も来た。彼らの行動には、なんらかの意味があるはずだ。彼らが与えられた任務とは、いったい何なのだろう。

そして、わたしの任務は、何なのだろう。


それから二人は、週に一度か二度は、店にやってくるようになった。現れる時間帯は、ほぼわたしの勤務時間が終わる直前、午後九時半から十時の間だった。明らかに、わたしに自分の存在をアピールしている。

久米は女性を、輪島は男性を必ず連れてきているが、二組が同時に現れることはない。つまり、久米と輪島が顔をつきあわせることはない。たいてい曜日が違っているか、同じ日でも時間が違っている。この事実は、任務上の必要に迫られてのことだろうか。それとも単なる偶然か。

何の説明もないままに、わたしは彼らの訪問を受け、レジを打った。そして会話することなく、彼らを見送った。それをくり返すうちに、興味深い傾向を見出すことができた。

まず久米だが、久米が現れるときは必ず女性同伴だけれど、彼女は一人で来ることもある。そして二人でいるところを見ていると、久米と女性との親密度が増していない。一定の親しさはあるけれど、それは最初の訪問を受けたときと変わっていない。久米は女性の腰に手を回していないし、女性が久米の腕にぶら下がったりもしていない。その雰囲気は恋人というよりも、そう、パトロンのようだ。女性が久米の愛人だという意味ではなく、久米は彼女の後見人、あるいはなんらかの事情で世話をしているように見えた。女性の方も久米に甘えているというより、頼りにしているといった感じだった。彼らはいったい、どんな関係なのだろうか。

そして輪島の連れ合いは、いつも酔っていた。しかもあまりいい酒の飲み方をしていないようで、顔は不健康な色に染まり、目が据《す》わっていた。ときには足腰の立たない状態で輪島に連れてこられ、ミネラルウォーターかスポーツドリンクを手渡されていた。日頃の態度や言動から考えて、輪島は泥酔して周囲に迷惑をかける人間など、最も嫌いな人種であるはずだ。それなのに輪島は根気よく、そして愛想よく、男をなだめ、おそらくは彼の寝床まで運んでやっていた。その甲斐甲斐《かいがい》しさが、むしろ輪島が任務でやっているのだということを想像させた。

でも、それだけのことだ。どちらも、夜間のコンビニエンスストアにはよくある光景だ。誰も彼らを特別視したりしない。陣内も、他のアルバイトたちも。

わたし一人が、彼らの間に挟まっている。久米や輪島と共にテロ組織に参加しながら、一般市民の代表のような陣内と一緒に働いている。二股《ふたまた》をかけているといえば聞こえは悪いが、わたしはどちらの世界にも属している。

わたしは、これからどちらに重心を置いていけばいいのだろう。そう考えることもあるが、答えははじめから決まっている。組織の側だ。わたしには目標がある。組織がこの国を奪った暁《あかつき》には、どうしてもやりたいことがある。そのためには、世間的な幸せなど、どれほどの価値もない。そう信じている。

けれど、陣内のような普通で優しい男性と恋愛して、幸せになるのも悪くないとも思えるのだ。それは、この店でアルバイトをするようになってから湧いてきた感情だった。陣内個人を好きになったというより、コンビニエンスストアのアルバイト仲間という、普段自分が接しないコミュニティに身を置いたことが原因なのだろう。意味のわからない任務に就いているときに生じた、心の隙《すき》。陣内という存在が、そこに入りこんだ。そんなところだろうと、自分では考えている。

それでも、現実にはあり得ない。わたしは組織を捨てることができない。だから陣内と親密になることもあり得ないのだ。陣内には、そして自分自身には、申し訳ないけれど。

「あら、久米さんじゃない」

組織の事務所に入るなり、出ていこうとする久米と鉢合わせした。

「やあ、宮古さん。ひさしぶり」

昨夜も店に現れた久米は、平然とそう返してきた。訳知り顔でにやりと笑うこともなく、あいかわらず人畜無害な微笑み。その表情には、何のわだかまりも残っていないように見える。

久米は背後を親指で指し示した。「入間さんが来てるよ」

それはそうだろう。今日わたしは、入間に任務の経過報告に来たのだから。おそらくは久米も報告に来たのだ。彼はどのような報告をしたのだろう。「僕は順調に、飲み屋のお姉さんと交際を続けています」とでも言ったのだろうか。

「じゃあ、また今度」

久米はそう言い残して、事務所を出て行った。わたしはその後ろ姿を黙って見送った。

気を取り直し、入間と対面する。前回の報告とまったく変わらない、平和な日常の報告をする。入間は報告を、いつものように無表情で聞いていた。

「――以上で、報告は終了です」

わたしはそう締めくくった。いつもならここで終わりだが、今日は入間が口を開いた。

「君には、追加の指令が来ている」

全身に緊張が走った。背筋を伸ばして入間の顔を見る。

「なんでしょうか」

「明日、勤務している間に、店舗の自動ドアを壊《こわ》すことだ」

「壊す？」

思わず大声を出してしまった。しかし入間は無反応だ。イタリア製スーツのポケットから、紙片を取り出す。

「そう。ここに、故障に見える壊し方が書いてある。組織の、技術担当の細胞が作成したものだ。これに従ってくれれば、誰にも疑われずに遂行できるはずだ」

わたしは紙片を受け取り、目を走らせた。断線させ、それが人為的な原因ではないように偽装するという内容だ。この手の細かいテロ行為なら、以前から任務で何度もやっている。丁寧にやれば、失敗することはないだろう。

「わかりました」

「何か質問は？」

「ありません」

入間は満足したようにうなずいた。「それでは、私はこれで失礼させてもらう」

入間は、わたしの返事を待たずに歩きだした。玄関から出て行く。一人きりになった事務所で、わたしは黙って紙片を眺めていた。

ますますわからなくなった。

コンビニエンスストアのアルバイトというのも、国家を揺るがすテロ行為としては意味不明だが、そこの自動ドアを壊すというのは、もっとわからない。自動ドアが壊れてしまえば、お客さんが店に入れなくなってしまうではないか。それはテロというより嫌がらせだ。うちの組織は、いつからコンビニいじめをするようになったのだろう。

そんなことを考えていたら、電子音が鳴った。思わずびくりとするが、今のは、誰かが玄関の掌紋認証システムを作動させて、セキュリティから入室許可をもらったことを示す音だ。だとすると、組織のメンバーだ。わたしは少し安心する。はて、誰だろう。忘れ物を取りに来た入間か、あるいは輪島かもしれない。しかし現れたのは、そのどちらとも違っていた。

「やあ、宮古さんじゃないか」

背の高い男性が、わたしに微笑みかけてきた。よく日焼けした肌。長い顔。――『串本《くしもと》』だった。

串本は事務所の中を見回した。

「珍しく一人だね。久米くんや輪島くんと一緒じゃないのかな？」

「ええ」わたしは答える。「今回、わたしは一人で任務遂行中です」

串本も、細胞のメンバーだと聞いている。一緒に仕事をしたことはないけれど、なぜか事務所でよく顔を合わせて、そのたびに話をしている。比較的仲の良いメンバーといえるだろう。串本のテロや政治に関する深い知識と見識に、わたしはひそかに敬意を抱いていた。だから串本の出現にも、嫌な気持ちはなかった。

「そうなんだ」串本はそうコメントし、隅の冷蔵庫に向かう。中から缶ビールを二本取りだした。一本をわたしに手渡す。

「どんな任務なの？　よかったら聞かせてくれないか」

わたしは素直にうなずいた。同じ細胞のメンバーに対して、任務を隠す規則はない。手近な椅子《いす》に座ると、缶ビールのプルタブを開け、中のビールをひと口飲んだ。同時に串本も開栓したけれど、乾杯はしない。別にめでたくもないし、祝うこともないからだ。

「それがまた、変な指令なんですよ」

わたしは、自分が置かれている奇妙な平穏について話しだした。コンビニエンスストアのアルバイトという指令から、入間への報告内容、そして店に久米と輪島が現れたことまで、すべて。串本は、静かにわたしの話を聞いていた。

「というわけなんです」わたしは話し終えて、缶ビールを傾けた。それでビールが空いた。今度はわたしが席を立って、冷蔵庫から缶ビールを取り出す。両手に一本ずつ。既に一本目を空けていた串本に、新しいビールを手渡す。

「この細胞に下される指令には、妙なものも少なくありませんが、今度のはとびっきり変ですよね」

わたしの話を聞き終えてから、串本は少しうつむいて、何かを考えていた。しかし二本目の缶ビールを開栓するときに、顔を上げた。

「そうだね。奇妙に見える」

串本はこちらに顔を向けた。視線が合い、わたしは少し驚く。串本が、とても悲しそうな表情をしていたからだ。

「でも、組織は無駄なことはしない。宮古さんへの指令も、わたしたちの組織が日本を支配するためには、必要なことだと思う」

「必要なこと？」

わたしは聞き返す。串本の発言は、指令の背景を知っている人間のものだ。わたしがそう指摘すると、串本は首を振った。

「私も、組織の真意は知らない。入間くんから教えられたわけでもない。けれど宮古さんから話を聞いて、なんとなく考えたことはある」

「なんです？」

わたしは身を乗り出した。串本は、わたし自身がわかっていない任務の秘密を、わたしの話から汲《く》み取ったのだろうか。

串本は、もったいぶることなく説明してくれるつもりのようだ。少し考えをまとめるように、黙って缶ビールを傾けた。ビールを三口飲んで、息を吐いた。

「我々の目的は、現政府に代わって日本を支配することだ」

そう切り出した。「おそらく今の政府よりも、我々が管理する新政府の方が、日本をよい方向に導けるだろう。我々は、私利私欲のために日本を収奪したいわけではない。このままでは早晩壊れてしまう日本を、なんとかしたい。それが組織の行動原理になっている。ここまでは、いいかい？」

わたしはうなずいた。今までに、何度も話されてきたことだ。後を引き取る。

「そのための手段として、わたしたちはいくつもの事件を起こしてきました。ひとつひとつは小さくても、被害が軽微もしくは皆無でも、どれも政府に対する国民の信用を損ねるものです。そうして国民の政府に対する不信が高まっていくと、いつしか抑えきれないエネルギーに変わる。タイミングを見計らって蜂起《ほうき》すれば、国民はわたしたちの味方につくでしょう。今は、その準備段階です」

わたしがというより、久米がよく話していることだ。何度も聞いているから、話の内容はすっかり頭に入っている。

「そのとおりだね。君たちは今までに、政権交代への準備をいくつもやってくれたわけだ。大切なことだし、きっちりこなしてくれた君たちを入間くんが褒《ほ》めるのも当然だ。でもね」

串本はわたしの目を覗きこんだ。

「それだけで、準備は本当に十分なんだろうか」

「えっ？」

意味がよくわからない。串本は返答に困るわたしに、首を振ってみせた。

「国民が、今の政府に耐え難い不満を持つ。それはいいだろう。でも、そこに現れた我々を、国民は無条件に支持するだろうか。そんなことはないよね。だって我々が今の政府よりマシかどうかなんて、誰にもわからないんだから」

「………」

言われてみればそうだ。

「我々は、国民に対して、政権担当能力を示さなければならない。それなくしては、国民は我々を支持しない」

正論だ。串本は正しいことを言っていると思う。けれど、わたしはすぐに反論の材料を見つけた。

「おっしゃることは、もっともだと思います。けれど、その説には根本的な矛盾があります。だって、わたしたちはその存在を隠している非合法組織ですよ。隠れているのに、どうやって政権担当能力を示すんですか？」

反論された串本は、うろたえたりしなかった。むしろそのとおりだとばかりに、大きくうなずいてみせた。

「宮古さんの言うとおりだね。でも、別に我々自身が表に出てアピールする必要はないんだよ。表の顔を別に作ればいい。ダミー会社でもいいし、ＮＧＯでもいい。あるいはそうと知らずに我々に利用される団体でもいい。そんな連中が実績を積んで、我々が決起したときに『彼らは自分たちの仲間だ』と言えばいいんだから」

なるほど。そんな手段があるか。わたしは感心したが、そこで思考を止めてしまうほどバカでもなかったようだ。わざわざこんな話をした以上、わたしの任務は政権担当能力に関《かか》わることだと、串本は考えているのだろう。では、コンビニエンスストアのアルバイトが、どんな政権担当能力を証明するのだろう。

串本は話を再開した。

「政府がやる仕事は、それこそごまんとある。多すぎても問題だから、最近はどんどん民間に任せようとしているようだ。官僚の抵抗にあってなかなか進まなかったけれど、専売公社も電電公社も国鉄も、次々と民営化された。郵便事業ですら、民間会社が行うようになった。それでも、絶対に公、あるいは官が行わなければならない仕事がある。我々が能力を示さなければならないのは、その類《たぐい》の仕事だね。では、どんな分野の仕事なんだろうか」

「えっと……」

少し考えて、すぐに答えは出てきた。

「外交と軍事ですね。この両者は、国家運営で最も大切なことです。外交と軍事を自前で行っているかどうかが、国家と自治領の違いだと、聞いたことがあります」

「うん。それらも大切だ。けれど、今回の事例に関してはどうだろう。コンビニと軍事や外交は、ちょっと似合わないかもしれない」

わたしは思わず、コンビニエンスストアで、手榴弾《しゅりゅうだん》やライフルが売られている光景を想像してしまった。バカな。それでは国防どころか、日本の治安が悪くなるばかりだ。

そう思った瞬間、頭の中に火花が散った気がした。

「え……？」

外交、軍事。それ以外にも、やはりどうしても民間に移管できない業務があることに気づいたのだ。わたしはそれを口にした。

「ひょっとして、警察ですか？」

串本は微笑んだ。悲しそうな顔のまま。

「正解」

わたしはアルバイト研修のときに習ったことを思い出した。二十四時間開いているコンビニエンスストアは、災害時やトラブルの際、逃げ込む場所になりうる。これはつまり、交番機能ということではないのか。

わたしがそう言うと、串本は首肯した。

「そういうことだよ。組織は、全国に五万店以上あるといわれるコンビニに、交番機能を持たせる素案を持っている。店員は近所の住民を熟知し、積極的に子供に声をかける。困ったことがあったら、まずはコンビニに足を向ける。そんな社会の習慣を作ればいい。そうやって地域コミュニティを強化して、防犯に役立てるわけだ。もちろん犯罪捜査としての警察機能は別に用意する必要があるけれど、犯罪発生率の低下という観点では、コンビニは治安維持機関として、きわめて有用だ」

「………」

わたしは返事ができなかった。小売業界が主張している、コンビニエンスストアの防犯機能。正直言って、わたしは単なるお題目だと思っていた。利益追求のための方便だと。けれど組織は、それを真に受けているというのか。いや、違う。組織は業界のお題目を、真に有効なものに進化させようとしているのだ。

もし実現したら、高い防犯効果が得られるだろう。そしてすべてをプロデュースしたのがわたしたちの組織だと公表したら。串本の指摘したように、わたしたちには政権担当能力の一部があると示すことになる。

わたしは本気で感心していた。うちの組織も、たまにはまともなことをやるものだと。しかし、心のどこかに引っかかりを覚えた。その正体を探ると、短時間で見つかった。

「でも、串本さん」

わたしは、串本の長い顔に反論した。「その構想は、別にわたしがコンビニでバイトしてもしなくても、関係ありません。現在わたしが抱えている疑問は、なぜコンビニでバイトなのかということと、なぜ自動ドアを壊さなければならないか、です。コンビニの交番機能を強調するのなら、自動ドアが壊れていて入れなかったら、逆効果でしょう」

わたしは缶ビールをテーブルに置いて詰め寄ったが、やはり串本は動揺することなく、悲しげな表情を見せるばかりだった。

「宮古さん。君の反論はほぼ正しいけれど、一箇所だけ間違っている。自動ドアが壊れていたら、人が入れないと決めつけている点だ。二十四時間営業のコンビニで、自動ドアが壊れましたからお客さんが入れません、が通用するわけがない。だったら、店側は何をすると思う？——自動ドアを手動で開き、そのまま開けっぱなしにしておくだろう」

なるほど。確かにそれならば、お客さんも困った人も、楽に入ってこられるだろう。しかしこれでも、自動ドアを壊す理由にはならない。だって、壊れていない状態で、十分人は入れるのだから。わたしがそう言うと、串本は頭を振った。

「たとえば、誰かが何者かに追われて、逃げていたとしよう。逃げていく先にコンビニを見つけた。よし、あそこに逃げ込もう。そう考えて、その人物はコンビニの前に立つ。自動ドアが開いて、駈込む——そうはならないよね。自動ドアは、人間の存在を感知してから人が通れるほどに開くのに、多少の時間がかかる。その間、逃げている人物は、ガラスドアの前でじっとしていなければならない。そんなことをしていたら、追跡者に捕まってしまうだろう。つまりコンビニの現状では、いざというときに駈込めないんだ。将来的には、西部劇の扉みたいに、身体で押して開けられるようなドアの設置が必要だろう。けれど、それは今すぐには使えない」

「え、えっと……」

わたしは串本のシミュレーションを、頭の中で再現してみた。店の前までたどり着く。さあ、入ろう——ダメだ。彼の言うとおり、捕まってしまう。

「そこで宮古さんの出番だ。君が自動ドアを壊しておけば、修理が来るまでドアは開放状態にせざるを得ない。君の勤務時間である夕方から夜にかけて実行すれば、次の朝までは修理は来ない。その間、危険に直面した人は、安心して君が勤務するコンビニに逃げ込める。君の任務のポイントは、自動ドアを壊すことだ。アルバイトさせられたのは、自動ドアをばれないように壊すには、内部の状況を熟知している店員が最適だからだよ。入間くんは、明日自動ドアを壊せと指示を出したんだろう？　だとすると、明日の夜から明後日の朝までの間に、君のコンビニを舞台に、なんらかの事件が起きることになる」

「で、でも……」

話の急展開に、わたしは追いつけないでいた。

「事件といっても、何が起きるというんですか。わたしは、事件にどう関わるんですか」

そして、久米と輪島の役割は。二人の顔を思い出したとき、二人が来店したときの姿を思い出したとき、頭の中を何かがよぎった。しかし捕まえられない。

わたしが取り逃がしたヒントを、串本が捕まえてくれていた。

「宮古さんの店に現れた以上、もちろん久米くんも輪島くんも、コンビニ交番化作戦に参加している。彼らは何をしようとしているのか。ここからはかなり想像が入るけれど、思い出してごらん。輪島くんの連れは、ひどく酔っていた。——どこで飲んだんだろうね」

ぞくり。

今度こそ、はっきりとした悪寒が全身を襲った。わたしは、その答えを口にした。

「氷見……？」

串本は悲しげな顔で肯定した。

「組織は、可愛《かわい》い娘さんと、その娘さんにぞっこんな客がいる飲み屋を見つけ出したんだ。そして輪島くんが客に近づいて、話し相手になってあげる。正確に言うと、どんどん客を煽《あお》る。一方飲み屋の常連客になった久米くんは、あのとおり人畜無害顔だ。この人は信用できそうだと、飲み屋の娘さんがしつこい客がいることを相談してくる。久米くんは、まず警察に相談するよう勧める。けれどそれだけで警察が動くわけがない。それなら自分が店に来た日は、家まで送ってあげると請け合う。そして駅前の飲み屋から娘さんの家まで、久米くんが娘さんをエスコートすることになるわけだ。そして道の途中には、宮古さんのコンビニ」

「………」

「一方娘さんにぞっこんの客は、娘さんに恋人ができたことに愕然《がくぜん》とする。事実ではないけれど、輪島くんがそう吹き込む。客は怒るだろう。本当は久米くんを殴り倒したいけれど、久米くんの住居はつかめない。当然だね。現役のテロリストが、ど素人《しろうと》に尻尾《しっぽ》をつかまれるわけがない。自然と、客の怒りは娘さんに向かう。輪島くんがそう誘導する。追いつめながらね。自分と一緒になれないのなら、娘さんは死ぬべきだと思い込むほどに」

「輪島さんの連れが、久米さんの相手を、殺そうとする……?」

わたしはようようのことで、その言葉を絞り出した。久米と輪島は、そんな事件を仕組んでいたのか。

「客は、刃物か何かを持って、娘さんに襲いかかるだろう。久米くんがいない夜を狙ってね。しかし、あっさりとは成功しない。久米くんが前もって指示するからだ。危なくなったら、どこでもいいから他人のいるところに逃げ込めと。帰り道のコンビニあたりがいいかもしれないと。男に追いかけられた娘さんは、指示どおりにする。幸いなことに自動ドアは壊れていて、開放状態になっている。娘さんは凶刃《きょうじん》をかわし、なんとかコンビニに逃げ込める——だいたいそんなシナリオだろうね」

「それが、わたしたちの細胞の仕事だったんですね……」

わたしはぽつりと言った。

「輪島さんが犯人を追いつめ、久米さんが逃げる方法を教え、わたしが避難場所を確保する。そしてコンビニのおかげで助かった女性の存在は、マスコミで大きく取り上げられる。あれだけ可愛い娘ですから、テレビ映りもいい。そうしてコンビニの交番機能が世間に大きくクローズアップされる。そのことが、将来の日本奪取の布石になるわけですね」

ようやくすべての謎《なぞ》が解けた。わたしはそう思った。わたしの、いや、わたしたちの任務には、やはり大きな意味が隠されていたのだ。これで解決だ――そう決着をつけようとしたが、何か引っかかるものがあった。なんだろう。答えはすぐにわかった。謎を解いてくれた人物、串本の顔色が冴《さ》えないからだ。謎を解いたのに、あいかわらず悲しげな表情のままだからだ。

「串本さん、どうしましたか？」

わたしの問いかけに、串本は少しだけ長い時間、瞬きをした。

「惜しい。八十五点」

「八十五点？」

つまり、十五点分理解が足りないということか。それはいったい何だろう。串本の説明で、すべてのストーリーは完成した。輪島ならば、男を凶行に追いやるほど追いつめるのは簡単だろうし、久米ならば、女性に親身になって相談に乗ってやり、帰り道をエスコートすることも可能だろう。実現性は極めて高い計画だと思う。それなのに、何が足りないのか。

「コンビニの交番機能を宣伝して、将来利用できるようにする。この部分は本当だと思うよ。でも、さっきの私の解説には、足りないものがある。宮古さんは、それに気づかなかったかな」

「……」

無言。わからないものは、答えられない。串本も答えを期待していなかったようで、自ら話を進めた。

「さっき説明したストーリーで、コンビニの株は上がると思うよ。でも、それだけでは足りない。『コンビニがあんなに頑張っているのに、本家の警察は何をやっているんだ』と世間に思ってもらわなければならない。つまり、コンビニを上げるだけでなく、同時に警察も落とさないと、ただの美談になってしまうんだ。美談では効果は半減する。では、先ほどのストーリーで、どうやって警察を落とそうか」

どうやって警察を落とすか。わたしたち反政府勢力の人間にとって、警察は敵だ。だから彼らを貶《おとし》めるのは、精神的に嫌いな行為ではない。すぐさまいくつものパターンが浮かび、そのうちのほとんどを現状に合っていないから捨てた。そして残ったものを眺めていたら、不意に真相が見えた。

わたしは、串本を見つめた。

「まさか、殉職……？」

串本はうなずいた。

「そう。警察を落とすのに最もいい方法は、警官以外の犠牲者を出すことなんだ。でも、先ほどのストーリーでは、犠牲者は出ない。女性は無事にコンビニに逃げ込めた。でも、それだけで終わりなのかな。自動ドアは開きっぱなし。それならば、女性に続いて襲った客も入ってくるんじゃないかな。そして店内で追いかけっこが始まる。それを止めるのは誰だろう」

それは決まっている。店員だ。そして、明日の夜店内にいるのは――。

「陣内……」

わたしのつぶやきはごく小さかったけれど、串本の耳には届いたようだ。彼はすぐに首肯した。

「君の話では、バイト仲間の陣内くんは、体力に自信があって、しかも正義漢だということだった。それならば、逃げてきた女性を助けようとするだろう。しかしいくら腕力に自信があっても、ナイフを持った男に素手で対応するなんて、格闘技のプロでもなければ無理な話だ。そして彼は、凶刃の犠牲になる。娘さんは、久米くんの勧めに従って、一度は警察に相談している。でも警察は動かなかった。逃げてきた女性を命がけで護《まも》った店員と、何もしなかった警察。その対比こそが、組織が欲するものだ」

血まみれになって倒れ伏す陣内の姿が、頭に浮かんだ。途端に全身に鳥肌が立って、わたしは動けなくなった。それは吐き気がするようなおぞましい光景だった。

「おそらく組織の指示でコンビニに潜り込んだのは、宮古さんだけじゃない。様々な細胞から人が派遣されただろう。日本全国あちこちのコンビニからバイトの働きぶりを報告させて、犠牲になりそうな店員がいる店を探したんだ。君は、自分で店を選んだのに、なぜそこに久米くんと輪島くんがいたのか、理解できないと言った。でも順番が違うんだ。君の報告を聞いた入間くんは、作戦の条件を満たしていると判断しただろう。そしてリサーチ専門の細胞に依頼して、君のコンビニに近いところにある、ちょうどいい飲み屋を探しだしたんだ。そこからは久米くんと輪島くんの仕事だ。最後の仕上げに、君が自動ドアを壊せば完成する。コンビニ店員の死体と、警察の失点という絵がね」

串本の話は終わった。串本は、喋《しゃべ》り続けて熱くなった喉《のど》を冷やすように、ビールを飲んでいた。

一方のわたしは、下を向いて固まったままだった。あの陣内が殺されるというのか。わたしがそれに加担するというのか。

わたしは串本がずっと悲しげな顔をしている理由を、ようやく理解していた。彼は、わたしが陣内のことを憎からず思っているのを、わたしの話から気づいたのだ。もちろん任務は絶対だ。わたしにも覚悟はできている。組織が日本を掌握するためには、陣内の一人くらい犠牲にしても、なんら痛痒《つうよう》を感じない。それがわたしたちテロリストのはずだ。

でも――。

わたしは顔を上げた。目の前には長い顔。その顔に話しかけようとしたけれど、串本は首を振って止めた。口にしてはいけない、と。わたしはうなずき、黙って事務所を出た。

「陣内くーん」

わたしは自動ドアの前から、バイト仲間を呼んだ。

「どうした？」

陣内がカウンターから出て、近寄ってくる。

「自動ドアが開かないよ」

「ええーっ？」

陣内はドア上部に取り付けられたセンサーに向けて、両手を振ってみた。しかし反応はない。その後もまるでパントマイムのように身体を動かしたけれど、ドアは反応しなかった。当然だ。わたしが壊したのだから。

「ダメだな」そう言いながら、時計を見る。午後九時五十分。「この時間じゃ、修理を呼ぼうと思っても無理だな」

「どうする？　このままじゃ、お客さんが入ってこられないよ」

「仕方ない」陣内は苦笑してみせた。「力ずくで開けて、そのままにしておこう。開かないよりは、開きっぱなしの方がマシだよね」

「そうだね」わたしは同意する。「じゃあ、怪力自慢の陣内くん、お願い」

「おやすいご用だ」

古典的な返事をして、陣内がガラスドアの間に指を差し込む。そのままゆっくりと開き始めた。その隙に、わたしはバックヤードに移動する。そこには、掃除道具を入れたロッカーがある。ロッカーを開け、モップを探る。

あった。

以前陣内が柄を折ったモップだ。ガムテープでグルグル巻きにしてつないでいるが、ぐらぐらして使いにくい。わたしはガムテープを剝《は》がし、折れた柄の部分だけを手に取った。長さにして七十五センチくらいだろうか。腕力のある陣内が持てば、それなりの武器になる。

串本が解き明かした、組織のシナリオ。陣内が殺されるためには、刃物に素手で応対するという前提が必要だ。

しかし、モップの柄があったなら？

わたしはモップの柄を、カウンターの隅っこに置いておくつもりだ。さりげなく、でも陣内の目につく場所に。そんなときに暴漢が乱入したら、陣内はモップの柄を持って対抗するだろう。七十五センチの棒を持った筋肉男に、あの針金のような男が勝てるだろうか。勝てはしない。

コンビニエンスストアを交番にするのなら、それもいいだろう。しかし、現段階で陣内が死ぬことは、必須ではないはずだ。

組織を裏切っているつもりはない。わたしが受けた指令は「自動ドアを壊せ」だ。「陣内を殺せ」ではない。わたしはきちんと任務を果たす。ただ、折れたモップの柄を、カウンターに置くことの意味に気づかないだけで。

「開いたよ」

陣内がひと仕事を終えて、カウンターに戻ってきた。「冷房効率は落ちるけど、一晩のことだから許してもらおう」

「そうね」

わたしはそう言いながら、自分が着ているユニフォームを引っ張った。

「もう時間になったから、帰るね」

「ああ。お疲れさん」

陣内に軽く手を振って、更衣室のあるバックヤードに行こうとした。一度足を止める。「陣内くん」

「なに?」

わたしは正義感の強い大学院生に、最高の微笑みを投げた。

「がんばってね」


（ジェイ・ノベル　2008年8月号）

モドル

乾《いぬい》 ルカ

1970年、札幌市生まれ。銀行員などを経て、2006年に『夏光』で第86回オール讀物新人賞を受賞しデビュー。主な著書に、短編集の『夏光』（文藝春秋）、『プロメテウスの涙』（文藝春秋）、『あの日にかえりたい』（実業之日本社＝第143回直木賞候補作）、『蜜姫村』（角川春樹事務所）、『メグル』（東京創元社）、『てふてふ荘へようこそ』（角川書店）、『四龍海城』（新潮社）がある。

つなぎ蜻蛉《とんぼ》が群れを成して行きかう中を押し分けるように歩き、二階建ての古びた建物の前へ辿り着く。三段の階段を上り、観音開きのガラス戸を前に一息ついた。ガラスには数日前に降った夕立の跡が薄く見える。今しがた歩いてきた道を、自動車が一台通り抜けていく音がした。

真四角の黒い取っ手を押して、飯島涼子《いいじまりょうこ》は中へと入る。

多分そうだろうと思っていたが、やっぱり学生部棟は静まり返って人気がなかった。九月初め、後期の講義はまだ始まっていない。加えて時間帯が午後二時を少し回ったところ。普段でも訪れる学生の少ない時間帯だ。給湯室からはコーヒーの香りと女の微《かす》かな喋り声がする。大方女性職員が、男性職員のために淹《い》れているのだろう。法人化されたとはいえ、やはり国立大の職員なんてのんきなものだ。お茶やコーヒーをすすりながら適当に電話を取り、適当にパソコンを叩き、適当に学生をあしらうのだ。

大学に入学した年、父の職場を訪ねたことがある。無論訪ねたといっても父が職場にいる様子をそっとカウンター越しにロビーから眺めただけだが。父は当時地元地銀の支店長を務めていた。父のデスクにはもちろん、それ以外の行員のデスクにも飲み物など一つもなかった。ゴトオ日だったかどうかは忘れたが、とにかくどの行員も大変に忙しそうだった。整理券を受け取る機械に表示された待ち人数は二桁だった。

ここの連中とは大違いだ。

国立大学が独立行政法人化される前、職員は文部科学省の国家公務員という身分だったはずだ。ぬるい雰囲気は、親方日の丸の名残《なごり》に違いない。

持ち手の短いバッグを肩にかけ、奨学係の窓口へと歩く。受付のガラス窓越しに中を覗くと、いつも窓口近くに座っている長い髪の女がいない。給湯室のコーヒー係になっているのか。

飯島は奨学係の女性職員がコーヒーを淹れている様子を想像した。いつも無愛想な彼女が淹れるコーヒーはどうにも美味しくなさそうだ。もっと想像がつかないのは、給湯室で他の係の女性職員と雑談しているシーンである。ドラマや恋愛話に花を咲かせている姿など、到底似合わない。

給湯室から聞こえていたざわめきが大きくなる。

そちらを見ると、三人の女が歩いてきていた。先頭の一人が両手にそれぞれホーローの白いコーヒーポットを持ち、後ろの二人が丸い盆にカップを伏せて運んでいる。一番後ろが奨学係の女だった。

やはり彼女はざわめきには参加していない。薄い唇はいかなる言葉を乗せるのも面倒だといいたげに、きっぱりと閉じられている。彼女の歩き方は独特で、どこか気だるげだ。たまにゆらりと揺れる。その足運びのせいで、彼女の盆からはカップとカップがぶつかり合う音がした。

右足を引きずる癖があるのか、ときにサンダルの底が床とこすれて、耳ざわりに鳴る。

彼女は飯島に目をやることもなく、そのまま事務室内へと消えた。

それがなぜか飯島には不服だった。不服の理由を問われれば、飯島自身も分からないのだが。

飯島は奨学係窓口の横にある掲示板の前に立った。

B5サイズのビニールファイルに入った求人票が二つ、L字型のフックに引っ掛けられている。

一つは引越しの手伝いで一日のみ。

もう一つは隣接するI市で行われる、コンサートのステージ組み立てスタッフだった。こちらは二日の契約である。

飯島は舌を打った。どちらも募集対象が男という時点で自分は蚊帳《かや》の外だ。いつもここの求人にはろくなものがない。大学の部署を通す以上、おそらく仲介する上での様々な条件があり、それをクリアしたもののみがこうして掲示されるのだろうが、飯島が想像するにその条件とやらは随分とお堅いものに違いない。

とにかくまず短期であることが大前提にあるようで、長くても三日以内に終わるバイトがほとんどである。あの日の直前、二週間のスパンで募集をかけているものを一度だけ見たが、後にも先にもあれきりだった。報酬も悪くなく仕事内容も楽そうで、珍しく男女問わずだったこともあり、飯島も応募しようと思ったのだが、尿意に負けてトイレに行っている隙に誰かがかっさらっていった。あと、デスクワーク的な仕事はほぼ無いと言っていい。体力勝負の肉体労働がメインだ。だから必然的に男子学生向けが大半を占めることとなる。

凝《こ》りを感じる首を右、左と倒す。関節が鳴った。奨学係の女が同じ動作をしたら、あの長い髪の毛がふわりふわりと波打つのだろう。飯島はせいぜい襟足にかかるくらいだ。幼い頃から長い髪は似合わない容貌だった。

もう一度舌打ちする。やはりこんなところの求人に期待したほうが間違いだった。アルバイト情報誌をさらったほうがずっといい。

バイト——飯島は肩のバッグをかけなおす——何かないだろうか。家にはいたくない、戻りたくない。かといってただ街をブラブラしているのも性に合わないし、なによりお金が欲しい。家に寄り付かなくなったせいで、外食代がかさみ、財布の中身は軽くなる一方なのだ。

一日中時間をつぶせるようなバイトをしたい。

こんなことになるのなら、東京の大学を受験すれば良かったと、いまさらながらに後悔する。

——幼稚園から大学まで、すべて公立で徒歩圏内だなんて、けっこう親孝行でしょ？

H大学法学部に合格を決めた日の祝いの夕餉《ゆうげ》で、飯島は両親にそんなことを言った。もちろん、望めば東京にでも京都にでも進学させてくれたとは思うし、当時の飯島家が困窮していたわけでもない。

ただ、そのとき父は「そうだな、親孝行だな」と笑ってくれた。そうして出前で取った寿司桶から中トロの握りをつまみ、もう一度「親孝行な娘だ」とひとり言のように呟いた。

——やっぱり進学のときに家を出ておくべきだった。そうしたら多少心配でも、一緒にすごすよりは気楽だ。

飯島は廊下に並んだ背もたれのない長椅子に腰かけた。座面の黒いビニールはところどころ破れて、中から黄色いスポンジが覗いていた。

——お父さんもお母さんも、お互いに疲れて。それなのにちょっとしたことでお父さんは怒って。お母さんは泣いてばかりで。

ひとたび家の中に入ると、煤《すす》の微粒子がそこらに浮遊しているみたいに、空気からして暗い。息が詰まる。部屋にいても聞こえてくる。父が湯飲みを取り落とす音や、それに対して母が何かを呟きながら片付け、すすり泣く声が。そんな母が気に入らないのか、父がろれつの回らない口調でまた怒鳴る。

毎日がそんな感じだ。

六月、父が倒れさえしなければ。

そして、あの日、あんなことが起きなければ。

飯島は大きくため息をついた。

適当に学内をぶらついてからファーストフード店にでも入ろうかと思いつつ立ち上

がったとき、奥手の事務室のドアが開いた。

奨学係の女が出てくる。

月の動きのようにゆっくりとこちらへやってくる。

手には、求人票の入ったファイル。

知らず立ちすくんだ飯島に、彼女は視線を向けた。

ガラス玉のような目だ、と飯島は思った。茶色くて透き通っている。でも感情が見えない。

陳腐を承知で表現するなら、まるで『人形』——春まで所属していたESSの仲間が、そんなことを言っていた。飯島もそれには同意だ。単純に整っているだけで、何の面白みもない女。名前も知らない。先端にウェーブのかかった栗色の髪が、彼女が歩を進めるたびに緩くリズムを取る。不快指数九十七パーセントの日でも、汗一つかかないような肌。

彼女は飯島から五十センチほど離れた場所で立ち止まった。

掲示板のフックにファイルを引っ掛けるのかと思いきや、彼女はそれをすいと飯島の目前に突きつけた。

「バイト、探しているんでしょう?」

そっけない口ぶりでいながら、探してませんという返答などまったく想定していない雰囲気だった。もちろん奨学係の窓口前にいる以上それに間違いはないのだが、このつかみどころのない女に否定の言葉を思いっきり投げかけてやりたい、という対抗心が頭をもたげる。どんな顔をするだろう？

「飯島涼子さん、でしたね」

飯島は驚いて少し身を引いた。いつこの女は自分の名前を知ったのだろう、しかも顔と一致させたのだろう？　確かに一年以上前、奨学係から一度だけ家庭教師の斡旋《あっせん》を受けたが、まさかそのたった一回を覚えているのか？

「今、募集依頼があったばかりのバイトよ」

奨学係の女は受け取れと言いたげに、ファイルから出した求人票を飯島の目の前にもう一度突き出した。

「掲示板の二つは見て分かるとおり男子学生用。でも、これは男女問わずです」

女のペースに乗せられかけていると自覚しながらも、飯島はつい差し出された紙を手に取った。

目を落とす。

期間は明後日の一日のみ。飯島はカレンダーを頭に浮かべる。日曜日だ。

朝十時から夕方六時まで。昼食がつくとある。

バイト代は一万円。

業務内容は店舗商品の入れ替え作業。筆記用具持参。

「交通費はつかないけれど……あなたなら必要ないでしょう?」

勤務地は、H大学医学部付属病院内、だった。

「はい、紹介状。先に渡したものは控えです。先方にはあなたのことを連絡しておくわ。バイトが終わったら控えの下の欄に担当者のサインをもらって、三日以内に提出してください」

「え、ちょっと」

紹介状には既に飯島の名が書かれてあった。

誰もまだ引き受けるなんて言ってないのに、と反駁《はんばく》しかけた飯島を、彼女は相変わらずの感情を悟らせない目で見据え、こう言い切った。

「あなたは行くべきよ。断らないでね」

*

付属病院の外来は、土日祝日が休診である。飯島は見舞い客用の入り口から病院内へと入った。

飯島にとっては、すっかり通い慣れたルートだった。

建物内に入っても、個人病院のような薬くささはほとんど感じない。温度や湿度も適度に保たれている。

――あの日とは大違いだ。

飯島は俯《うつむ》いて自分の足元を見た。スニーカーの爪先に少し泥がついていた。

小学校の体育館ほどの広さは優にある待合ロビーには、ほとんど人がいなかった。入院患者と思しき老人が数名、何の目的かは分からないがたむろしている。中には点滴をぶら下げたスタンドを横に、会話に興じている患者もいる。

外来のない日にはよく目にした光景だった。

――お父さんが入院したのは六月初めだった。

ロビーの壁には職員がパソコンで作ったのだろう注意書きが貼られてある。

『定められた場所以外での携帯電話のご利用はご遠慮ください』

『盗難・置き引きにご注意ください。貴重品は必ずお手元から離さぬようお願いします』

ゴムのソールがキュッキュッと床に鳴る。飯島は肩にかけたバッグの中から紹介状と求人票の控えを取り出し、隅から隅まで見たはずのそれをもう一度精読した。

備考に、勤務開始の十分前までには現地へ行くこと、とある。

腕時計の針は九時四十分ちょうどだった。トイレに寄っても間に合うという目論見のもと、飯島は指定された勤務場所へと下りる階段をいったん通り過ぎ、廊下を少し行った先にあるトイレに入った。

用を足して手を洗ってから鏡を見る。

どうせ肉体労働なのだから、となおざりにしてきた化粧のせいで、自分の顔色はどこか良くない。くたびれている。

ブラウンの半袖カットソーは、汚れてもいい代物で、大して気に入りでもない。ジーンズも一番安いものを穿いてきた。

鏡の中の自分に、ため息をついた。

バッグの中から化粧ポーチを取り出し、鏡の下から突き出している陶製の小物置きの上に置く。脂取り紙で鼻の頭を押さえた。

鏡の横にはまたしても『貴重品の盗難・置き忘れにご注意ください』の注意書きがある。

ロビーのものは以前からあったが、トイレのこれはあの一件以降に貼られたものだ。

あの日、母はここのトイレに入ったと言った。

だから飯島は必死で這いずり回って、このトイレの中も探したのだ。当然この小物置きの上も全部確認した。手洗いの排水口も覗いた。

嫌なことを思い出した――飯島は鼻に皺を寄せ、脂取り紙を丸めて屑物入れに捨てた。

トイレを出て、ロビーに戻る。ロビーは三階まで吹き抜けになっていてその開放感はただ事ではない。正面入り口から入ると、ちょうど突き当たりの位置に上の階へと続くエスカレーターがある。しかし今日の飯島が向かうべき場所は地下なのだった。

飯島は先ほど通り過ぎた階段を、手すりを摑みながらゆっくり下りた。

地下一階には食堂と売店がある。外来患者や職員も利用できるものだ。

父の入院中、飯島はここの食堂も売店も利用した。食堂で食べたザルそばはゴムを嚙んでいるみたいで、汁の味も薄かった。病院なのだから仕方のないことなのかもしれない。売店はというと、ちょっとしたコンビニ程度の規模があって、入院生活で入り用になるもの――例えば下着とかタオルとか――は常時取り揃えてあった。

その売店に、今はスチールの棒を格子に組んだシャッターががっちりと下りている。

中のレジ付近に男が一人いた。丸顔。年齢は四十代半ば。短く刈った頭は、頭頂部が薄くなっている。

見覚えのある人物だ。

シャッターに近づき、揺らして音を立てると、男は飯島に気づいた。

「あれえ」

男はしゃがんでシャッターの下部を操作し、飯島が潜《くぐ》り抜けられる程度にそれを上げた。

飯島は身をかがめて売店の中へと入り、一礼する。

「おはようございます」

「アルバイトの飯島さんって、君だったの」

「はい。お世話になります」

飯島は奨学係の女から受け取った紹介状を男に渡した。男はそれを流し読みし、何が分かったのかふんふんと数度軽く頷いた。

「前回は男の学生さんだったんだけど、まあいいか。肉体労働だけどそれほど怪力が要る作業でもないしね」

　そこで男は陽気に笑い、飯島に右手を差し出した。

「僕は桑田《くわた》といいます。桑畑の桑に田んぼの田ね。ああなんか変な感じだね。お互い顔は知っていたけれど名前は知らなかった。とにかく今日一日、よろしくお願いします」

　握手とはこれまた随分外国かぶれな、と思いつつ、飯島は差し出された手を握り返す。

「こちらこそ、よろしくお願いします」

「仕事はね、簡単なんだ」桑田はシャッターに取り囲まれた店舗をぐるりと見渡した。

「これから季節はずれになる商品を撤去してね、秋冬物に替えていくっていうだけだから。飯島さんも知ってのとおり、簡単な衣服やパジャマ、下着も置いているからね。あと化粧品ね。女の人なら分かるでしょ、化粧水とかファンデーションなんかも季節で替えるんだよね？」

　飯島は床に無造作に積まれている段ボール群に視線を送った。あの中に寒い季節に向かう上での新商品が入っているのだろう。『割れ物注意』の赤字がある、小さめの箱が一番上にあったが、それが化粧品かもしれない。

最初にここの売店に足を踏み入れたときは、なぜ化粧品が売られているのか、心底不思議に思ったものだ。病院なのに、と。

「あと、お菓子やアイスの類《たぐい》ね。夏っぽいもの、季節限定のものは今日で取り下げて、寒い季節でも売れそうなものにする。トロピカル風味のもの、カキ氷、酸っぱいアイスキャンディーなどの商品だね。それをよくあるでしょ、冬だけの口どけ、みたいな宣伝文句のついたチョコレートや、寒い季節でもそこそこ売れる普通のバニラアイスと取り替える。清涼飲料水も、ラムネなんてのは要らないね。南国フルーツ系のジュースも。そのかわりに、温かい飲み物コーナーを設置する」

「分かりました」

「じゃ、まずはそこの女物のパジャマを全部取り出して、残数を数えてこれに記入してくれる？」

桑田はメモ帳を一冊飯島に握らせると、棚の一角を指差した。飯島はバッグの中から三色ボールペンを取り出し、そこへ向かった。

——涼子、ちょっと。

眠りの中にいた飯島を揺り起こしたのは母だった。呻《うめ》きながら目を開けた。枕もとの目覚まし時計を見たら、蛍光表示のデジタルは03：28だった。初夏の夜明けは早く外は白み始めてはいたが、それでもカーテンを閉ざした部屋はまだまだ薄暗く、母の丸い顔面が蒼白なことだけが何となく分かった。

——ちょっときて。お父さんが変なの。

起きぬけの頭では、母が抱える不安を即座に読み取ることは出来なかった。飯島はベッドの上に広げていたガウンをはおって、母の後について中二階にある自室から二階の両親の寝室へ行った。

部屋に入る前から、妙な音が聞こえてくるのに気づいた。

仰向けにされ、むき出しの腹を踏みつけられているヒキガエルが発するような音声。

両親の寝室には電気が煌々《こうこう》とついていた。

その中で、父はベッドに仰臥《ぎょうが》していびきをかいていた。

ヒキガエルの鳴き声はそれだった。

明るくなった部屋でも、目を覚ます気配など微塵もなかった。口を透明な卵でも咥《くわ》えるかのようにぱっくりと開け、若干開いた瞼《まぶた》からは白目が見えた。

——ね、ちょっと……変でしょう？

背が低く小太りの母は、両手を胸元に合わせてもじもじとしながらそう言った。蛍光灯に照らされて、むっちりとした左手薬指の肉に埋もれている結婚指輪が銀色に煌《きら》めいたことを、今でもはっきり覚えている。

飯島はすぐさま階下に駆け下り、救急車を呼んだ。ちょっと変、などという状態でないことはすぐに分かった。119番にかけるのは生まれて初めてのことだった。なにを訊かれるのだろう、と緊張する自分に、落ち着け落ち着け、と必死で言い聞かせたが、そのたびに父の異常な様態が思い出されて、飯島は吐きたくなった。

『はい、119番です。救急ですか、消防ですか』

オペレーターは女だった。飯島は上ずる声で答えた。

「救急です、父が……」

『落ち着いてください。まず住所をお願いします……』

救急車が到着するまでは、果てしなく長い時間がかかったように思われた。実際到着したのは十五分以上経ってからだったと、飯島は思っている。到着するまでの間、飯島は一度トイレで戻した。胃液しか出なくて、喉の辺りが焼け付くように痛んだ。

母は寝巻きのまま相変わらずおろおろするのみだった。何一つ気が回らないといった様子だった。母は元来そういう人だった。おっとりとしていると言えば聞こえはいいが、言い換えれば反応が鈍くて気が利かない。

自分がしっかりしなくては、と飯島は心を奮い立たせ、大急ぎで着替えをし、保険証と財布、家の鍵を持った。そうしているうちにようやく遠くからサイレンの音が近づいてきたのだった。

父を見るなり、隊員の中で一番年かさと思われる男は「頭、あまり動かさないように」と言った。飯島とともに母も寝巻きのまま救急車へ乗り込んだ。相変わらず父は変ないびきをかき続けていた。

父を受け入れてくれたのは、飯島が通うH大学の医学部付属病院だった。

緊急手術となった。飯島にはナースから呼び出しベルのようなものと院内の案内図を渡され、ベルが鳴ったらここへくるようにと、図面の中に丸印で囲まれている部屋を示された。手術が終わるまで、飯島は母とロビーにいた。何も話さなかった。母は寝巻きを着たままの自分のいでたちを恥ずかしがるでもなく、ただ寒さを堪《こら》えるように手で両の太腿をさすり続けていた。そんな身の置き所のないような人たちが、飯島と母子の他に三グループいた。

そのうちに受付カウンター内に職員が姿を現し始め、院内がざわめき始めた。外来に人が集いだした。自分たち以外の急患の家族達は、どこへ行ったのかもう見えなかった。

飯島が持つベルが鳴ったときには、父が運び込まれてから実に六時間が経過していた。

母とともに指定された部屋へ行くと、程なく執刀を担当したと思われる医師がやってきた。医師はシャウカステンに父の脳内輪切り図をいくつか引っ掛けて、飯島と母に淡々と説明をした。大きな脳出血を起こしていたこと、詰まっていた血腫を取り除く手術を行ったこと、今は意識がないこと、死亡の危険性、後遺症が残る可能性等々。

「手術は成功しています。ですが予断は許さないというのが正直なところです。意識を取り戻しても、右半身に麻痺やしびれの後遺症が残る可能性があります。言葉にも影響が出るかもしれません。リハビリが必要となりますが、それにはご家族の協力が不可欠です……」

一通りの説明の後、医師は飯島と母に疑問点はないかと尋ねてきた。なんでも答えるから少しでも不明なところがあれば遠慮なく訊いてほしいと。飯島は首を振った。入院生活の中でそういったものが生じたらその都度質問していいか、とだけ問うと、医師は大きく頷いた。母はなにも訊かなかった。

医師と入れ替わりに看護師がやってきて、入院手続きの説明と、事後ではあるが手術同意書へのサインを求められた。入院に際しての保証人には二人の名前が必要だった。母はひどくゆっくりとサインをした。寝巻きの袖で母は鼻の下を拭った。

「良かったら、地下一階に売店があるので、そこで簡単な服を購入することが出来ますよ」

黄色と白のチェックのパジャマを着た母に、看護師は親切にそう教えてくれた。

あの日、初めてこの売店に来た。

グレーのエプロンをつけた桑田が店番をしていたことを、飯島はちゃんと覚えている。母はここでTシャツとスウェットのズボンを買った。

トイレで着替える母を待ちながら、飯島は個室の中で静かに泣く声を聞いた。

「桑田さん、女性用パジャマ数え終わりました」

「じゃあそこの段ボールから秋冬物を出して陳列してくれる？　あ、段ボールの中に納品書が入っているはずだから、サイズと数のチェックも。それ終わったら次は男性用。そこまで終わったらお昼にしよう」

「分かりました」
飯島は段ボール群の中から『パジャマ（女用）』のシールが貼られてあるものを見つけ出し、梱包のガムテープを勢いよくはがした。

三日三晩の人事不省の後、父は意識を取り戻した。だがそれは飯島一家にとってさらなる労苦の始まりとなった。

娘の飯島から見ても、父はきっちりと折り目正しい人間だった。銀行の支店長、という肩書きがこの上なく似合っていた。どんな理由があっても怠惰は許さない、といった性格だった。他人にも厳しいが、それ以上に自分に厳しい人だった。

おっとりと大人しい母は、そんな父の性格をよく把握していたのだと思う。母がアイロンをかけた父のワイシャツにはいつも小皺一つなかった。かといって父のようにいつも四角四面でいるわけでもない。どこかしらのんびりとした雰囲気を持っていた母は、まさしく父とは破《わ》れ鍋に綴じ蓋で、それなりに円満な家庭を築いていたのだ。

だからこそ、倒れてから思うようにならない自分自身の体に一番苛立っているのは父自身であることを、飯島は理解していたし、母も当然承知していたはずだった。食事から下の世話まで人頼み、というのも、父のプライドを大いに傷つけたに違いない。

だが、理解していたところでどうにもならないことだってあるのだ。

医師の危惧したとおり、父には後遺症が残った。

右半身の麻痺と言語障害。

医師は「リハビリである程度の回復が見込めます」と励ましたが、それがどの程度父の心のよりどころになったか不明だ。

——ろうせ……いんこーにぁ……ほおえなひ……。

どうせ、銀行には戻れない。

父が不自由な口で漏らした言葉は正鵠《せいこく》を射ていた。傷病休暇は得られたものの、父の状態を知った本社人事部からは、暗に早期退社を勧める文書が届いた。

父は徐々に周囲に、特に母に当たるようになった。自分自身へのイライラがたまりにたまって処理しきれぬようになり、ついには外へ飛び出した、といった感じだった。入浴の介助をしてくれる看護師にまで怒りをぶつけたと聞き、飯島は母とともに菓子折りを手に、ナースステーションまで頭を下げに行った。

「いやあ、気にしないでください。皆さんそうですから」

そんなこと慣れっこですよ、と笑ってくれた看護師たちに、飯島はますます肩身の狭い思いをしたものだ。母は母で、やはりストレスをためていたのだろう。その矛先は当然飯島に向けられた。

——お母さんは毎日毎日お父さんの世話で大変なのに、あんたは。

——どうしてお母さんがあんたのご飯まで作らなきゃいけないの。

——今日は晴れていたのに、布団くらい干しておくという気がどうして回らないの？

おっとりとしていた母も、徐々に人が変わったようになった。目に険が生じ、皺が目立ち始めた。ふくよかだった体型も過去のものになっていった。情緒が不安定になり、ちょっとしたことで涙をこぼした。

言語関係の後遺症で、父の訴えることはよく分からない。飯島も何度も要求を間違えては父の左足に蹴られた。

大学の講義がある飯島はそんな気詰まりな病室から一時《いっとき》逃れることが出来るが、母には逃げ場がない。

夜中、水を飲もうと自室を出ると、両親の寝室から母が声を殺して泣く声が耳に届く、そんなことがままあった。

母に自分のやるせなさをぶつける父も、そのストレスを娘にぶつける母も、飯島はたまらなく嫌だった。せめて兄弟がいたらと自分が一人っ子であることを呪い、タイムマシンで過去に戻り、高校三年生の自分に「進学先は東京にしておけ」と強く訴えたかった。

前期試験のさなかは、勉強にかこつけて閉館ぎりぎりまで図書館に居座った。父はその頃からリハビリを始めていたが、それは『自分の体が自分の意に沿わない』事実をより直接的に父に突きつけるものでしかなく、母はますます激しくなった父の八つ当たりを一身に浴びていたらしい。

そして、あの日が来たのだ。

「疲れたかい？」

桑田が横から飯島の顔を覗き込むようにしてきた。クリームパンを齧ろうと大口を開けていた飯島は、慌てて作り笑顔をする。

「全然です。大丈夫です」

「飲み物、お代わりしていいからね」

昼食付きって求人票に出しておいて、実際は店舗内の商品から選ばせるのも悪いけどさ、と桑田は言い訳がましく頭をかいた。

「ところでお父さん、調子どうなの?」

饇ったクリームパンを缶コーヒーで流し込んでから、飯島はまた無理に笑った。

「相変わらずです。物は壊すし、言っていることはさっぱりだし」

「うーん、でもねえ。お父さんが悪いわけじゃないしね」

「仕方がないことだというのは、私も分かっているんです。でもやっぱり八つ当たりされると理不尽だなって思っちゃいます。父も悪くないですけど、だからといって私のせいだというわけでもないし」

「そうだね」桑田は五百ミリリットル入りのペットボトルの緑茶を飲み、梅おにぎりを頬張った。「誰も悪くない。だから余計にしんどいんだよね」

おにぎりを三口ほどで平らげ、桑田は続ける。

「僕もね、この売店にいるおかげで、いろいろな患者さんやその家族を見たよ。ああいうふうに倒れちゃった人はね、大抵リハビリのときに家族を泣かせてしまう。でも本人だって泣きたいんだよね」

「桑田さんは、このお店、長いんですか?」

「いや、実はそんなに長くない。去年の春からかな」

こぼれそうなカスタードクリームを、なるべく下品に見えないように飯島は舐めた。桑田はポテトチップスを一袋持ってきて、それをパーティ開けにする。

「飯島さん、これも良かったら食べて」

「ありがとうございます」口の中が甘くなってきたので、これ幸いと飯島はそれを一つ取る。「桑田さんの他にももう一人お店番の方がいますよね。女の人で……」

「ああ、あれね。僕の嫁さん」

嫁さん、と言った時だけ桑田は相好を崩したが、すぐさまどこか飯島に詫びるような、すまなそうな表情を浮かべ、呟いた。

「家内からちょっと聞いたよ、あの日のこと。大変だったね」

飯島は頷く。「はい、大変でした」

あの日の、あの出来事さえなければ、両親の険悪さもここまでひどくはなかっただろう――そう思うと、飯島はどうしようもない苦々しさを覚えるのだった。

あの日。忘れもしない、七月三十日。

悪いことが重なりすぎた。

まず、恐ろしくいい天気だった。

朝から空には雲一つなく、太陽がこれでもか、と言わんばかりに容赦なく照り、熱を振りまいていた。

この地域には珍しく、蒸してもいた。飯島の体中から汗が噴き出た。

そんな中で、院内の空調が上手く作動しなくなった。

病棟から診察室、検査区域、ロビー等、すべてがダウンしたわけではない。室内を適温に保つことが出来なくなったのは、入院病棟四階の西側半分だけだ。

しかし、飯島の父はその西側半分の病室にいた。

窓を全開にしたところで、カーテンはそよとも動かず、室内の温度は刻々と上昇していくのみだった。

父は午前の歩行リハビリでノルマをこなせなかった。

指先のリハビリをかねての昼食でも、手をつける前にスプーンを取り落とした。

それで父は機嫌を悪くした。倒れてから人が変わったように気難しくなった父だが、その日の異常な不快指数が、さらに父の苛立ちに拍車をかけたことは明白だった。

ろれつの回らぬ口で母に怒鳴り散らす父の声は「隣室の患者から苦情が来ている」とナースに窘《たしな》められるほどだった。もっとも、苦情を言った隣室の患者も、不条理なほどの暑さでイライラしていたのだろう、という想像は飯島もついた。しかしいずれにせよ、その日父はベッドに縛り付けられた手のつけられない暴君と化したのだ。

午後二時少し前だっただろうか。父は唐突に母に命じた。

――スポーツ新聞とM屋の団子とアイスキャンディーと枇杷《びわ》を買って来い。

相変わらず聞き取りづらい口調には違いなかったが、父の指定した四品は慣れもあって分かった。飯島は、思わず父を見た。自分の目には責める色があったに違いないと、振り返って思う。スポーツ新聞と団子とアイスキャンディーはまだ分かる。しかし枇杷は少し季節はずれだ。

父は母を困らせたいだけではないか？

実際母は困った顔をして、他の果物では駄目か、とおずおず訊いた。だが父は頑として首を縦には振らなかった。

――腹が減っているし暑い。早く買って来い。

父が空腹なのは、昼食時にスプーンを取り落とした自分に腹を立てて、勝手に食べなかったためである。なのに、決して父は自分の非を認めようとはしなかった。

母は一度鼻をすすって部屋を出て行った。

飯島はそんな母の態度も気に入らなかった。父の世話ですっかりやつれきった表情を隠しもせず、家に帰れば飯島の前で同情を誘うかのようにため息をつく。中年女にありがちな丸っこい体型だった母は、その頃には目に見えて細く小さくなり、父の介護で苦労しているのも十分読み取れたが、父の度を過ぎたわがままは、その言いなりになる母にも原因があるように思われた。もっと毅然《きぜん》として出来ないことは出来ないと告げ、甘やかさずにリハビリをきちんとやらせればいいのに、と飯島は歯がゆかった。

もしかしたら、飯島が見ていないところで母はそうしていたのかもしれない。でも、それはあくまでも『もしかしたら』だ。

母は父に尽くしていながら、父の機嫌を悪くさせている。空回りしている。それで母が疲れる。そんな辛気臭い様子に父がますます腹を立てる。

完全な悪循環に陥っていた。

父と二人きりでいることに耐えられなかった飯島は、学生の言い訳番付筆頭である『勉強』を口実にして図書館へ行った。学生が持つ『勉強しなくちゃいけないから』という印籠ほど強いものはない。もちろん、蒸し暑い病室にいられるか、という思いもあった。

二時間ほどして病室へ戻ったとき、それは既に起こっていた。

買い物に出かけた母が、出先で指輪を紛失してしまったのだ。

父の様子が変だと言いにきたときにも薬指に煌めいていたプラチナ。

小さなダイヤモンドが等間隔に六つ入り、内側には結婚記念日と二人のイニシアルが彫り込まれてある。

その、夫婦を象徴するようなリングが、母の指から消えていた。

母は泣き、若い看護師が怒鳴る父をとりなすようにし、ある程度元気で暇そうな患者たちが、思い思いに紛失場所を推理しては首を捻っていた。


「桑田さん、お菓子の入れ替え終わりました」

「じゃあ次はジュースだね。これは一緒にやろう。ちょっと待ってて」

「段ボール開けて数だけ数えておきますか？」

「お願いするね」

あの日母はこの売店でも買い物をした。スポーツ新聞四紙とアイスキャンディー。

それもわざわざ父の好物の小豆《あずき》クリームバーを二本。

買い物を言いつけられた母は、まず病棟内のトイレで用を済ませ、M屋に向かった。M屋は中央区の外れに店がある。地下鉄に乗ってそこまで行き、数量限定の団子を買ってから街中に出た。そしてデパ地下の青果コーナーをしらみつぶしに見て回った。もちろん、枇杷を探して。

無論、駅近くの果物屋もチェックしたが、やはりなかった。代わりにそこで大粒のピオーネというぶどうを選んだ。父はぶどうが好きだったから、これで我慢してもらおうという目論見だったのだろう。

病院へ戻って、ロビー横のトイレに寄り、売店でスポーツ新聞とアイスキャンディーを買い求め、相変わらず灼熱地獄の病室へ帰ってきたのが三時半ごろ。団子のパックとアイスキャンディーの袋を父のために開けてから、母はいったんその場を離れ、洗面所に行った。ピオーネを洗うためである。

母が再び病室へ戻ってきたとき、父は既に小豆クリームバーを一本食べきり、醬油だれのかかった串団子を口に運んでいるところだった。母はベッドの脇の椅子に腰掛け、ピオーネの皮を剝き小皿に一つ一つ置いた。

そのとき、父が見咎《みとが》めたのだ。母の左手薬指から、結婚指輪が消えていることに。

——どうしたんだ、おまえ。

母はそれまで紛失に気づかなかった。どこかに置き忘れたか、だとしたらそれはどこだ——飯島が帰ってきたのは入院患者や看護師を巻き込んでの騒動となりつつある、そんなタイミングだった。

母の足取りを詳しく聞いて、足を踏み入れたM屋とデパート、果物屋すべてに連絡を取った。ただ歩いているうちに指輪がするりと落ちるなどあまり考えられなかったが、それでも何もしないわけにはいかなかった。とにかく父が怒っているからだ。母も「何人かの人とちょっとぶつかった」などと言っていたので、そういった見知らぬ誰かと接触した際に何かに引っかかって抜けてしまったに違いない、と主張する自称探偵の患者もいた。もちろん、母の衣服のポケットはあまさずチェックした。

飯島は院内をつぶさに探すべきだと考えた。指輪を外してどこかに置き忘れたのではないか？　水仕事をするとき母は指輪を外さないが、ソープをつけて手を洗うときは外している。行き帰りに寄ったトイレの洗面台付近を、飯島は這いつくばるようにして調べた。排水口に落ちていないかどうか、蛇口の脇にぽつんと光ってはいないか。嫌だったが、排水口の中に指を入れもした。黒くぬるっとしたものが爪の間に入った。

あるいはピオーネを洗うときにも外したかもしれない。母に問いただしたところ

「暑くてよく覚えていないし、さっと洗うだけだから、いつもなら外さないと思う」

とのことで、飯島はその記憶力の弱さに苛立ったが、父に責められて涙する母を見るのも忍びなく、洗面所へ行ってトイレと同じように検分した。

が、結果はすべて空振りだった。

母がスポーツ紙とアイスキャンディーを買った、地下の売店にも行った。そのときレジ番をしていたのは三十代の女性で、先ほどの話によると桑田の奥さんだったのだろう。

新聞・雑誌コーナーとアイスケース付近の床を重点的に見、その上で訝《いぶか》しげな視線を投げかけてきていた桑田の奥さんにも、こう尋ねた。

「一時間ほど前、ここでスポーツ新聞とアイスを買った中年女性を覚えていますか？」

桑田の奥さんは、いきなりなんだろうとでも言いたげな、戸惑いの表情を浮かべつつも、

「覚えています」

と答えた。

「あの、その女性の左手薬指に、指輪があったかどうかは分かりませんか？」

さすがに表情は『戸惑い』からはっきりと『困った』に変わった。

「ごめんなさい、そこまでは……」

飯島も内心で、いきなりこんなことを訊かれては困るのも無理はないな、と思った。よほど特徴的なリングを嵌めているならいざ知らず、よくあるプラチナの結婚指輪なのだ。印象に残らないのも当たり前の話で、飯島はすぐに話を切り上げた。

「すみません、変なことを訊いてしまいました」

「何かあったんですか？」

隠す理由は一つもない。飯島は母親の指輪が紛失した顚末を簡単に話した。

「そうなんですか。じゃあ、この売店を閉めるときに私も床をよく見てみますね」

「お手数をおかけします」

「でも……困ったわね。よくあるのよ、病院内での盗難って」

うっかり目を離した荷物の置き引きなどはさほど珍しいことではない、と桑田の奥さんは言った。

「だから、もしかしたらだけれど……もしもトイレに置き忘れていたら、そしてそれを正直じゃない人が見つけちゃったら、そのまま持って行っちゃうってことも大いにありうるでしょうね」

飯島は礼をして売店を辞した。

病室に戻ると、母は泣き止んでいたが、意気消沈したせいか、椅子に座る背はますます小さくしぼんだように見えた。ゴミ箱を覗くと、パックの中に串が三本、アイスキャンディーの棒が二本捨てられていた。

しかし母が皮を剝いたピオーネは、手をつけられぬまま、皿の上で温《ぬる》くなっていた。

病室はまだ暑かった。ちょっとした事件の発生に野次馬根性むき出しであれこれ言い合っていた患者たちは、さすがに飽きたのだろう、それぞれのベッドに納まり、テレビを見たり雑誌を読んだりしていた。

やがてご飯と味噌汁の匂いが漂ってきた。夕食の時間になったのだ。

ベッドの上の可動式テーブルに載せられた盆を見て、父は、

——いらない。

と呟いた。

自分でスプーンを手に取ろうとしない父を見かねたのか、母がそれに手を伸ばした。

次の瞬間、父は動く左手で一気に盆ごと食事を床に払い落とした。

ピオーネが載った皿も共に落ちて、割れた。

音を聞きつけたのか、すぐさま看護師がやってきて父に注意したが、父は一言も発せずまだ明るい外を睨んでいた。板ガラスに青色ペンキ一色だけで塗りつぶしたような空の中、太陽だけがバカみたいにぎらぎらしていた。

自宅へ戻るとき、ナースステーションに寄った。父がわざと床へ落とした夕食の始末をしてくれた看護師がいたのでそれを詫びると、彼女は明るい口調で「気にしないでください」と笑った。さらに、指輪がどこかで見つかったらすぐに連絡を入れるとも言ってくれた。

家に帰るとき、飯島は母より半歩ほど先を歩いた。というより、母がわざと少し遅れたのだと思う。外はまだ暑く、飯島はポケットからハンカチを取り出して額を拭った。

後ろで母が鼻をすすっていた。

急に飯島は怒りを覚えた。人通りのある交差点でちょうど赤信号に引っかかったとき、飯島は母を振り向いて怒鳴った。

「なんであんな不注意なことをしたの？　なんで無くしちゃうの。どこに置き忘れたのかも思い出せないなんて信じられない。もう絶対出て来ないよ。誰かが持ってっちやったよ」

母は目と鼻の穴をまん丸にして飯島を見つめた。そんな表情がますます飯島の怒りに油を注いだ。

「お父さんがあんなふうになったのは、お母さんのせいだよ。責任とりなよ。お父さんもわがままだけど、それはお母さんが許すからだよ」

――じゃあ、どうすればいいのよ……。

母は激しく瞬《まばた》きをした。鼻の頭と目のきわが赤くなっていた。周囲の人たちが飯島たち母子を遠巻きにしつつ、様子を窺っているのが分かった。

「どうすればもないよ、もうどうにもならないよ。お母さんぼんやりしすぎ、何も考えてないんでしょう？　もう私、お父さんとお母さん見ているの、嫌だ」

青信号になったとたん、飯島は走った。母と一緒にいるのが耐えられなかった。母はついてこなかった。飯島は一人でそのまま家まで帰り、ドアの鍵をかけた。本当はチェーンもしてやりたかった。はっきりと「こういう理由で」と言葉には出来ないのだが、なぜかしら無性に腹が立って、同時にやりきれなかった。自室にこもって飯島はベッドの上に置いてあるスヌーピーのクッションを何度も壁に投げつけた。そのうちに涙が出てきた。

玄関の鍵を開ける音がしたのは、飯島が帰宅した時間よりずっと遅かった。

その後一時間ほどして、夕食の支度ができたと飯島を呼ぶ母の弱々しい声がした。

飯島は無視した。

結局、お盆前に父が退院となるまで、母の指輪は見つからずじまいだった。


「飯島さんは力持ちだし飲み込みがいいから、案外早く終わっちゃいそうだね」

レジ横のスペースにホット用の飲料ケースを設置してから、桑田は笑った。

「もちろん六時前に終わっても、日給はちゃんと満額出すから」

飯島は苦笑した。「ありがとうございます」

「次は……化粧品か。これもすぐ終わりそうだ。段ボール開けようか」

「はい」


母の指輪が紛失した翌日、飯島は一人で付属病院へ行った。父の病室を覗くと、リハビリの時間なのか姿がなかった。空調は直っていた。

ナースステーションで指輪のことを尋ねたが、首を振られた。

地下の売店にも行った。レジにいたのは桑田だった。父の入院生活も長くなっており、その頃には桑田とは既に顔見知りだった。名前までは今日に至るまで知る機会はなかったが。

話しかけると「ああ、指輪のこと。大体聞いていますよ」と桑田は闊達《かったつ》に言い、すぐさま口元をへの字にひん曲げた。

「昨日閉める前に一通り床を見たらしいんだけど、落ちてなかったそうです」

さほど期待はしていなかったから、飯島もすぐに頭を下げた。

「お手数おかけしました」

「いやいや。でも病院って盗難珍しくないんですよ。大学生協で白衣売ってるでしょう？　あれを着て堂々と病棟に入って貴重品盗っていく輩《やから》もいるらしいし」

「昨日の女性もよくあるっておっしゃってました」

「あんまり気を落とさないで、ってお母さんに伝えてあげてください」

母の陰気なオーラを思い出して、飯島は内心でうんざりした。「はい」

そうこうしているうちに、入院患者と思われる客が売店にやってきた。五十代の女だった。女は棚の一角にしゃがみこみ、熱心に商品を選んでいた。

やがてその女は、ファンデーションと口紅をレジに持ってきた。

「三千二百四十円になります」

女はヴィトンの札入れから五千円を出した。桑田は五千円の端を指で弾いてからレジの中に入れ、つりとレシートを渡した。

「ありがとうございました」

化粧品を買った女は、ゆっくりと桑田に礼をしてから店を出て行った。

「あの、全然関係ないんですけど、ちょっと訊いていいですか？」

女の姿が完全に見えなくなってから、飯島は桑田に尋ねた。

「いいですよ、何？」

「ずっと不思議に思ってたんですけど、どうして病院内の売店でああいう化粧品を置くんですか？」

父が急患で運び込まれた日、母の衣服を買いに売店を訪れたときから、飯島はそのコーナーが設置されている意味を量りかねていた。化粧水程度なら洗顔時の必需品として理解できるが、病人が化粧までするだろうか。見舞い客や外来患者がここで化粧品を買い求めるわけはないから、ファンデーションからマスカラ、口紅、アイシャドーやチークまで、店の品揃えはすべて入院患者のためのもののはずだ。病の身でそんなことまでするだろうか、と。

「もちろん、全部の病院がうちみたいな商品を置いているわけではないと思うけれど」

あのとき桑田は別に嫌がりもせず、飯島の疑問に率直に答えてくれた。

「でもね、やっぱり女の人は病気でも女の人なんだね。きれいでいたいんでしょう。長患いしていたらそんな気力もなくなるだろうって考えるかもしれないね？　でも案外そうじゃない人も多いんです。きちんとお化粧して、ネックレスや指輪もつける。きっと誰のためでもない、自分のためなんだろうけれど、僕はそういう人、嫌いじゃない。だから置いているんです」

飯島は失った母の指輪を思い起こした。看病に疲れ、どんどんやつれていっても、母はあの指輪だけは常に嵌めていた。

あれは単に自分を飾るためのアイテムとしてだったのだろうか。

内心で飯島は首を振った。いや、そうではない。部分的にはそういう要素もあったかもしれないが、なによりあれは父と母を繋ぐ、夫婦たらしめる象徴だった。母もそう感じていたからこそ、荒れる父の前であれを嵌め続けていたのだ。

父ももしかしたら、そんな母の意図に気づいていたのかもしれない。

ゆえに、母のミスは致命的なものになったのだ。

その溝は、もう埋められないかもしれない。

戻らねばならない家の、あの薄墨を流したような空気を考えて、飯島はひどく憂鬱になった。

「やっぱりお父さん、心配でしょう」

桑田が白のフックにレフィルのファンデーションを引っ掛けながら問うてきた。

「心配ですけど、なんというか、母も悪いと思うんです。すぐめそめそするようになったし。そんな母を見て、父がますます腹を立てる、みたいな」

飯島の返答に桑田は少し眉をひそめた。

「大変だね」

「だから私、家にいるの嫌で。バイトを探してたのも実はそういう理由なんです」桑田に自分の気持ちを打ち明けるのもどうかと思ったが、たった一日だけのバイトだという気安さが飯島の舌を滑らかにさせた。

「なるべく家には寄り付かないようにしているんです。辛気臭いし、父の何言っているかよく分からない声も、母のすすり泣きも聞きたくない。でもいつも外に出ているとお金がなくなるから……」

六色の口紅を並べ終えて飯島はふっと息をついた。

「……やっぱり、あの事件が決定的だったと思います」

桑田がエプロンの前を払いながら立ち上がる。「でも、お母さんも辛いんじゃないかな？」

「そうかもしれないけれど、自業自得です。バカみたい、大事な指輪を無くすなんて。もう戻りっこない、誰かに持っていかれたんですよ」

「指輪か……」桑田は腕組みをした。「トイレや洗面所には無かったんだよね」

「ええ、排水口にも落ちていませんでした。私が見た限りにおいては」

「お母さん、ここでは何を買っていったんだったっけ？　飲み物？」

奥さんから詳しく聞いていなかったのか、と思いながら飯島は答える。「スポーツ新聞四紙と小豆クリームバー二本です」

「あ、アイスだったのか。うちの奥さんね、基本的におしゃべりなんだけど肝心なことは言わないんだなあ。小豆クリームバー……小豆クリームバー……ね」

呟きながら、桑田はアイスケースに視線をやった。

「父が好きなんです」

「そうか……飯島さん、じゃあ次はアイスケースの中身を入れ替えよう」

桑田がいきなり張り切りだしたので、飯島は少し戸惑う。

「あの、私はどうすれば」

「そこに発泡スチロールの箱があるでしょ？　その中にドライアイスが入っている。それを持ってきて」

飯島は言われたとおりにする。蓋を開けると冷気が初秋の山霧のように立ち上った。

「この中は結構ぐちゃぐちゃしてるから、とにかくまずその箱に全部移す。そこから秋冬でも動く商品をケースに戻すんだ」

「それ以外はどうするんですか？」

「基本的に廃棄なんだけど、飯島さん、食べたいのがあったら食べていいよ」

桑田が両手をケースの中に突っ込んで、飯島との間に置いた発泡スチロールの箱にがばりがばりと移していく。飯島もそれを真似た。自然と桑田がケースの右半分を、飯島が左半分を担当する形となった。

桑田が白い綿の手袋を貸してくれたが、冷気ですぐ指先の感覚は鈍くなる。

「僕ね、小さい頃近所のスーパーに母親と行ったとき、こういうアイスクリームのカップを」

桑田は百三十円のバニラアイス――よく木のへらですくって食べるスタンダードな

タイプのものだ——を摑みあげた。

「何を思ったのか、つい舐めちゃったんだよね。蓋」

汚いですね、とはさすがに言えず、飯島は「はあ」と気のない相槌《あいづち》を打つ。

「そうしたら舌が凍って蓋から取れなくなっちゃって」

「えっ」

「あれは焦ったなあ。剝がそうとすると痛いし」

「どうしたんですか？」

話しながらも桑田は手を休めない。白い底が見えてきた。

「どうもこうも無いさ。子どもだったし、大人に見つかるのも怖いから、痛いのを我慢して無理矢理」

あのアイスクリームの蓋には僕の舌の組織が付着しただろうなあ、桑田は懐かしげに呟いた。いるのかいないのかは定かではないが、もしいるとするならば、そんな見知らぬ子どもが蓋を舐めたアイスクリームを買ってしまった誰かに、飯島は同情を禁じえなかった。

「血がいっぱい出てね」

「アイスクリームを買うのが嫌になる話ですね」

桑田は猛烈に手を動かしながら笑った。

「そうだね」

話が途切れる。飯島も桑田に負けじとアイスキャンディーを移した。発泡スチロールから流れ出てくるドライアイスの冷気が、ジーンズの裾からふくらはぎに忍び寄ってくる。

飯島のサイドも、底が見え始めた。

懐かしい、小豆クリームバーがたった一本、ケースの端のほうでつまらなそうに転がっている。

飯島はクリームバーを手に取った。

その下に、銀の輝きを見た。

「あっ」

思わず声を上げた飯島に、桑田は「どうしたの」と身を乗り出して覗き込む。

飯島は輝きを拾い上げた。

プラチナのリング。周囲には等間隔に六つの小さなダイヤモンド。

内側には彫り込まれた結婚記念日と二人のイニシアル。

「ああ、やっぱりそこにあったか」

飯島はぎょっとしてそう言った桑田を見あげた。桑田はまた一人で何かを納得したように何度も頷いてから「良かったね」と微笑み、また作業に戻った。

アイスケースの中からは、飯島の母親のリングも含め、計三つの指輪が見つかった。

眼鏡のレンズを拭く布で、桑田はプラチナのリングを丁寧に磨いてくれた。

「残りの二つは事務局に届けておくよ。持ち主が無事分かるといいけれどね」

そしてティッシュで包み、切手を買ったときに使われるような透明の小さな袋にそれを入れ、セロハンテープで厳重に留めた。

「お母さん、喜ぶだろうね。お父さんも」

渡されたそれを、飯島はしげしげと見つめた。失ったはずの母親のリング。もう絶対見つからないと思ったのに、戻ってきた。

「肝心なものを忘れていた」

桑田はレジ台の引き出しを開け、茶封筒を取り出した。

「はい、お疲れさまでした。日当ね。確認してくれる?」

中には一万円札が新券で入っていた。

「あとは……そうだ、サインがいるね」

奨学係の女から受け取った控えを差し出すと、桑田は慣れたようにフルネームを書いた。桑田真澄《ますみ》。どこかで見た名前だが、思い出せなかった。

「飯島さんもこれに住所と名前をお願いします」

桑田はレジ台の下から領収書を出した。飯島は言われたとおりにした。

領収書を返してから腕時計を見た。午後五時二十分。早く終わった。

桑田はレジ台の上でどこか申し訳なさげにしている二つの指輪を眺めている。

一つは立て爪で濃い青色のストーンが一つある。

もう一つはどちらかというと若者向けのデザインだった。ブランドはブルガリのようだ。

「持ち主ね……誰かな」ひとり言のように桑田は呟き、リングの内側を検分する。

「サファイアのほうは何か彫ってあるな。でも、よく読めない」

「あの、一ついいですか」飯島は必死で目を凝らしている桑田に尋ねる。「母の指輪が見つかったとき、『やっぱり』って言いましたよね？」

桑田は手にしていたサファイアリングをレジ台の上に置いた。

「ああ、言ったかな」

「分かってたんですか？　アイスケースの中にあるって」

エプロンの胸の前で、桑田は腕を組んだ。そして目をつぶる。

口元は微笑んでいた。

「小豆クリームバーを買ったと聞いたとき、もしかしたら、とは思ったよ」

「どうしてですか？」

「去年もあったんだ。あの」桑田はアイスケースの方向に顎をしゃくった。「あの中に、指輪が落ちてた。二つ」

「なんで落ちてるんでしょうか」

中年男にしてはどこか繊細な指で、桑田は自分の頰を撫でさすった。

「もちろん、痩せちゃうからなんだろうね」

飯島は母の背中を思い出した。丸くてころころしていた母親が、今は小さく弱々しくなっている。

「長患いで、指輪のサイズが合わなくなるくらい痩せてしまう。でも、やっぱり化粧と同じで、大切なものやきれいなものは外したくないんだろうね。元気でやっていた頃の面影を断ち切りたくない、っていうのもあるかもしれない。そんな指が冷たいアイスケースの中をかき混ぜる。特に何かを――好きな種類のアイスを一生懸命探したとしたら――緩くなった指輪は知らないうちに落ちてしまう。冷たいから皮膚感覚も多少鈍るしね」

「でも、母は病人じゃないのに……」

桑田の口元にはまだ笑みが残っていた。

「一つ、おじさんの説教を聞いてくれるかい？」

「説教？」

嫌です、という間もなく、桑田は飯島に告げた。

「去年指輪を落とした一人は、やっぱり入院患者じゃなく、そのご家族だった。病気をしている本人も、家族も、辛いのは一緒」

みんな、一緒なんだ。家族はね。

桑田は念を押すようにもう一度断じた。

帰り道、家の近くのコンビニエンスストアで、飯島はアイスを買った。小豆クリームバー。二本買った。

レジでもらったばかりの手が切れそうな一万円札を差し出すと、バイトと思しき若い男は少し嫌そうな顔をした。

「ただいま」

玄関に入り、飯島は中にそう声をかけた。ひどく久しぶりに「ただいま」と言った気がした。

リビングに入ると、父がソファに横になりながらテレビを眺めていた。

その父に、コンビニの袋から小豆クリームバーを一本取り出して渡した。

「はい、おみやげ」

父は少し驚いたように飯島を見上げた。

「食べなよ。こっち持ってるから、お父さんはそっちを引っ張って」

飯島は小豆クリームバーの袋の片側をつまみ、もう一方を父の方へと差し出した。

左手で父が袋を摑んだ。飯島は注意深く力をこめ、包装を開けた。

「お母さん」

いつの間にか母がキッチンからやってきていた。

「お母さんにも一本あるよ。食べて」

「でも今、てんぷらを……」

「私が見ているから。あ、それと」

飯島はバッグを開けてピルケースにしまいこんだ小さくて大切な包みを渡した。

「もう、無くさないでね」

飯島はきょとんとする母の横をすり抜けて、いい塩梅に温度が上がっている油の中に、衣をつけた海老を滑り込ませた。細かい雨が固い土を叩くような音がして、いったん沈んだ海老はすぐに浮き上がってきた。

リビングから両親の驚きの声が聞こえた。

「涼子、これ」母がキッチンに駆け込んでくる。「どうしたの、どこにあったの？」

訳が分からぬといったふうに見開いた目には、険がなかった。

飯島は次々と海老を油に投入しながら、それには答えず、

「この海老、結構美味しそうだね」

と小さく言った。

＊

また、コーヒーの匂いがする。暑さが戻り、飯島は半袖シャツの胸や背中に染みる汗を気にしながら、学生部棟の廊下を歩く。

奨学係の窓口を覗く。あの、髪の長い女はいない。

他の男性職員は飯島の存在に気づいているのかいないのか、とにかくパソコン画面を睨んでいるのみだ。その画面に何が映っているのか、もしかしたらネットで遊んでいるんじゃないかとも疑《うたぐ》りつつ、飯島はジーンズのポケットからハンカチを取り出して、額の汗を拭った。

三人の女がさざめきながら給湯室からやってくる。正確には、二人の女が三人分さざめいているだけなのだが。

一番後ろから盆を持って続く彼女が、ちらりと飯島を見た。

飯島はため息をつき、廊下の椅子に腰かけた。掲示板には求人票が一つ。遠目からでも『男子学生』の欄に丸がついているのが分かった。

バッグの中から桑田のサインが入った控えを取り出す。

あの女は、まだ席に座らない。

と、給湯室とは逆方向のドアから、奨学係の女が廊下に出てきた。

こんなに暑いのに、長袖のブラウスを着ている彼女は、それでも一人で五月の風に吹かれているように涼しげだった。

手にはいつものように求人票が入ったＢ５判のファイル。

「飯島涼子さん、でしたね」

飯島は椅子から立ち上がった。

「はい」

控えを彼女に渡す。彼女は相変わらずの無表情でそれを受け取った。

「ああ……付属病院の」

「終わりましたので、提出に来ました」

彼女は長いまつげに縁取られた両目を、自分の手元にある求人票へ落とした。

「飯島さん、まだバイトを探している？」彼女は抑揚のない口調で訊いてきた。「一つ、新しいのが入ったけれど」

飯島は首を振った。

「もう、しばらくはいいです」

彼女は緩いカーブを描く、形の良い眉を微妙に上げた。そうすると、人形に少し人間らしさが生まれた。それはどこかしら愉快な出来事を期待しているような表情に見えた。

「しばらく、家のことを手伝おうと思ってます――まあ、出来る範囲で」

「そう」

彼女の唇の端がちょっとだけ動いた。

笑ったのかな、と飯島は思い、彼女に対してそう思ったことに自分自身でびっくりした。

「じゃあ、これは別にいいわね」

奨学係の彼女はファイルから求人票を取り出し、胸ポケットに差してあったボールペンでその中の一部を書き直した。そして再びファイルに入れ、掲示板のフックに引っ掛けた。

「……お疲れさまでした」

一礼して、彼女はゆっくりと歩き去り、学生部の室内に消えた。

飯島は彼女が掲示したばかりの求人を見た。

『男女問わず』を囲んでいた印が二重線で消され、『男子学生』に丸が付け直されていた。

業務内容は、市立病院内店舗商品の入れ替え作業、とあった。

（ミステリーズ！　２００８年10月号）

第四象限の密室

澤本《さわもと》　等《ひとし》

1956年、静岡県生まれ。1994年の処女作『赤石に死す』、1996年の『狂獣の森』がいずれも鮎川哲也賞の最終候補作となる（以上２作の筆名は「山瀬翠」）。表題作は、二階堂黎人編の公募アンソロジー『新・本格推理08』（光文社文庫）の入選作。その他に、講談社メフィスト賞応募作『白澤和尚の公案』などがある。

フェル博士は大きな足音を立てながら、椅子から立ち上って行ったが、女の顔と同じほど青ざめた顔で、じっと女を見つめていた。
「わたしはまた一つ犯罪を犯してしまったよ、ハドレイ」と、博士は言った。「わたしはまた真相を探りあててしまったのだ」

J・ディクスン・カー著　『三つの棺』（三田村　裕訳　ハヤカワ・ミステリ文庫）

1

「おい、タクちょっと来い」

真田《さなだ》係長が、窓際のデスクからわたしを手招きした。

「次は、こいつを外注に出すことになった。お前が現場監督だ」

「この《叉塔《しやとう》きょむ》ってのは？」

わたしは、係長から手渡された注文書をパラパラとめくりながら訊いた。

「F市の郊外にある鉄筋コンクリート四階建の賃貸マンションだ。そこの404号室が現場になる。詳しいことは、添付してある調書を読んでくれ」

「で、外注先は？」

「草馬《くさめ》事務所だよ。あそこはリーズナブルだからな」

係長という自分に残された最後の牙城を、定年までなんとか固守することだけに汲々としている小人《しようじん》である。自分の実績を上げるには、なるべく安い外注費で仕事を発注し、経費削減に努めなくてはならないと思っているのだ。

そんなわたしの胸のうちを悟ったのか、取りつくろうように、係長は言葉を継いだ。

「もちろんそれだけじゃない。なんといっても、この事件は不可能犯罪というべきものだ。現場の状況が密室だったらしいからな」

注文書の表紙には、こう書かれていた。

【《叉塔きょむ》における傷害事件】

ここは、建設会社の事務所などではなく、県警の刑事部屋《デカ》なのである。

先に自己紹介をしておくことにしよう。

わたしの名前は、関拓哉《せきたくや》。年齢、三十三歳。職業は刑事。S県警─刑事部─捜査共助課─特別捜査係に所属している。

〈捜査共助課〉とは、他都道府県や外国との捜査の相互協力や指名手配に関する業務を行う部署である。警視庁を始めとして全国の刑事部にある、この捜査共助課に〈特別捜査係〉なるものが設置されたのは二年ほど前のことである。

これに至った経緯は、まだ国民に広く認知されていないようなので、まだご存知ない読者の方がいるかと思われる。そこで、少しだけ説明しておくことにしよう。

平成二十×年、警察機構の腐敗と捜査官の低レベル化による未解決事件の多さに業を煮やした政府は、《平成の公安革命》という至極《しごく》大仰な御旗のもとに、未解決事件の捜査を民間に委託する法律を制定する。

相次ぐ行政民営化に続き、平成二十一年から始まった《民間人の裁判員制度》などと同じく、刑事事件の捜査の一部も民間に外注委託出来ることになったのだ。

噂では、ワンマンで通っていた先の総理大臣が大のアクション映画好きで、お気に入りの俳優――スティーブ・マックイーンが主演した『ハンター』という映画（アメリカ中を廻って指名手配犯を逮捕してくる賞金稼ぎの物語）に甚《いた》く感動し、この構想を思いついたらしい。

噂の真偽はともかく、国会審議に出されたその法案は、絶対多数を誇る与党の力で、すんなりと可決された。

国民の賛否両論渦巻く中で〈特別捜査係〉が全国の警察に設置されたのだったが、委託された民間事務所の捜査員が腕利き揃いだったのか、こんなことは言いたくないが、それまでの警察の捜査業務が怠慢だったのか、とにかく、この二年間で結構な業績を上げていたから、その社会に及ぼす功罪の判断は別としても、どうにか国民の一応の理解は得られたようだった。

実は、一番の問題は警察内部にあった。それはそうだろう、民間の捜査機関が実績を上げれば上げるほど、自分たちの肩身が狭くなっていくのだから。

他の部署の連中は、我々〈特別捜査係〉のことを「がいちゅう」と呼ぶ。確かに捜査を民間に外注するのだから、その呼び名は間違ってはいないのだが、真の意味は厄介者の「害虫」――つまり、獅子身中の虫なのである。

そんなわけで、ほとんどの都道府県の例にもれず、わがS県警の〈特別捜査係〉も日当たりが悪く薄汚い部屋を割り当てられ、所属する刑事も――まあ自虐的ではあるが――能力のない、いわば落ちこぼれの寄せ集めみたいな体《てい》をなしていた。この部署の刑事には、捜査能力などさほど必要ないのである。捜査は、公認された民間事務所の職員（もちろん〈犯罪捜査士〉なる国家資格が必要である）が行うのだから。

ただし、その捜査にあたっては、的確かつ、社会に対して公明正大でなければならない。そこで、〈監督刑事〉なるものが必要になるのだ。いわば、建設業における現場監督のようなものである。監督刑事は、一事件に対してひとりの割合で就《つ》くのが原則だった。全国を騒がすような大きな事件は、いまのところ外注に出ないからである。

とにかく、現場の監督が〈特別捜査係〉に配属された刑事の役目となる。監督とはいっても、民間の捜査員に金魚の糞のようにくっついていて、必要なときに警察手帳を（時と場合によっては、拳銃も）懐から取り出すのが主な仕事なのだ——

「じゃあ、行ってきます」

踵《きびす》を返そうとしたわたしに向かって、係長がいつものように釘をさした。

「いいか、あの〈くしゃみ探偵〉の手綱をしっかり握っておくんだぞ。何を仕出かすかわからん男だからな」

「ええ、よくわかってますよ。あいつとは、学生時代からの付き合いですから」

学生時代、同じサークル（ミステリ研究会である）で知り合ってから、草馬とはずっと腐れ縁が続いている。当時、わたしたちは、他の仲間から〈インフルエンザ・コンビ〉と名づけられた（老婆心ながら、クシャミとセキだからである）。

しかし、それは単なる駄洒落だけのことではなかった。わたしたちに不用意に近寄った者は、目眩《めまい》や頭痛、悪寒《おかん》や吐き気を覚えるなどの症状を訴え、悪くすると身体に変調をきたして寝込んでしまうのだ。

そして、その元凶は、ひとえに草馬の奇矯《ききょう》な言動によるものだった。わたしは、単にやつにいいように操られていただけなのである（悲しいことに、わたしは騙されやすい単細胞の筋肉馬鹿らしい）。

逆に、草馬には、他人を騙すことにかけては天賦の才がある。探偵よりも詐欺師になったほうが大成するのではないかと思うほどである。やつなら、悪魔も騙しかねない。

確かに、草馬の探偵としての資質は認める。いままでにも、捜査一課が匙《さじ》を投げた奇怪な殺人事件を何度も解決に導いているのは紛《まぎ》れもない事実だ（捜査の過程で、一課の連中から嫌がらせを受けることも少なからずあったにもかかわらず）。

問題は、草馬の傍若無人《ぼうじゃくぶじん》とも思える捜査の仕方（それは、やつの天邪鬼《あまのじゃく》な性格が大きな影響を及ぼしているのだが）なのである。

幸いにも、今のところ外注の仕事上で訴訟事件に発展するような大きなトラブルが発生したことはないが、もし万が一、何かトラブルが生じたときには、事件の監督刑事がその責任の一端を負わねばならない。

ようするに、体のいいスケープ・ゴートなのである。だから、使いものにならない人間をこの〈特別捜査係〉に配属していると言っても過言ではない。

ついでだから申し添えておくが、係長が、草馬のことを「くしゃみ探偵」と呼んだのは、単に冷たい親爺ギャグをかましたというだけのことではない。もうひとつ大きな理由があるのだ。

草馬は、不思議な特異体質を持っている。花粉症の人が、空中に漂う微細な杉花粉に敏感に反応してくしゃみを発するように、草馬は、事件の解決に繋がりそうな事象に接したとたん、大きなくしゃみを発するのである。

なぜそうなったのかはもちろん誰にもわからないが、あるいはそれは、この世の悪を懲らしめるべく、神がその使者として選んだ者に与えた特殊能力のようなものであり、つまりは名探偵たることの証でもあるように思えるのだ。

だから、捜査の最中は、わたしも草馬のくしゃみに注意している。草馬が事件の真相を解き明かす前に、こっちが先に解いて、やつの鼻を明かしてやろうと思うのだ。

だが、悔しいことに、未だその目論《もくろ》みは果たされていない。

これを読まれている方の中には、草馬がどれほどの名探偵なのか、ひとつ挑戦してやろうと思っている奇特な方がいらっしゃるかもしれない。そんな方は、わたしと同じように、ぜひ草馬のくしゃみに注目していただきたい。

あなたに、くしゃみのご加護があらんことを——

2

ある日を境に、夢と現《うつつ》が逆転した。

緑原裕子《みどりはらゆうこ》は、二年前に遭遇した交通事故の瞬間を、いまだにふと思い出す。フロントガラスの向こうで両眼を見開いてこちらを凝視する若い男。そして、男の端正な顔に浮かぶ絶望的な予感の影——

その禍々《まがまが》しい記憶は、裕子の脳裏の奥底にひっそりと、だが執拗に住み着いていて、まるで長く生き続けるための息継ぎでもするかのように、時折ふわりと意識の表面に浮かび上がってくるのだった。

あるいはそれは、目覚めているときに思い出すのではなく、転寝《うたたね》の夢で垣間見ているのかもしれない。そんなときは必ず、その光景の直後にやってきた全身がバラバラになるほどの強烈な衝撃を感じて、ようやく我に返ることが出来るのだから。

しかし、そうしてようやく立ち戻った現実は、皮肉にも悪夢のように拠《よ》りどころのない漆黒の闇に包まれていた。

裕子が事故にあったのは、早朝にふらりと出かけた散歩の最中だった。

徹夜で静物の素描に取り組み、疲れた頭を冷やそうと思って外に出た彼女は、家の近くにある川沿いの道を物思いに耽りながらのんびりと歩いていた。まだ通勤時間帯前で、車の通行もまばらだった。

途中で、ふと彼女は足を止めた。道の向こうにある日当たりの良い土手に可憐な花を見つけたのだ。一輪草の花だった。まだ冬枯れの残る殺伐《さつばつ》とした景色の中で、その一輪草の花の周りだけは、ほんのりと暖かな空気に包まれているように思えた。

〈確か、一輪草は、中国では〈夢の花〉として知られてるんじゃなかったかしら。まるで、自分のこれからの未来を祝福してくれているようだわ〉

彼女の、まだ幼さの残る顔に微笑が浮かんだ。

ふた月ほど前に、裕子は、ずっと憧れ続けてきたT美術大学の入学試験に合格していた。そして、いよいよ明日は、そのT美大の入学式だった。これで、ようやく本格的な絵の勉強ができる。まさに、彼女の前に夢の世界の扉が開かれようとしていた。

彼女は、一輪草の香りを無性に嗅ぎたくなった。きっと、ほのかな甘い香りが、希望に膨らむ胸を満たしてくれることだろう。

それは、魔物に魅入られたというしかない。夢見心地に虚《うつ》ろな瞳をした彼女は、スカートの裾をふわりと翻しながら、何のためらいもなく目の前の道を横切ろうと足を踏み出した。

そして、運悪くカーブを曲がってきた乗用車に撥《は》ねられたのだった。

もしかしたら、車の運転手も徹夜明けで、注意力が散漫だったのかもしれない。しかし、結局それはわからず仕舞いだった。彼女を撥ね飛ばした車は、土手に片輪を乗り上げて体勢を崩し、もんどり打つようにして道脇の電柱に激突した。その衝撃で、運転していた若者は、あっさりとあの世へ行ってしまったのだった。

一方、裕子のほうは、十メートルあまりも撥ね飛ばされたにもかかわらず、奇跡的にもたいした怪我を負わずに済んだ。整った瓜実顔《うりざねがお》にも傷痕ひとつ残らなかったが、ただひとつだけ外見ではわからない障害が残った。しかしそれは、彼女から全てを奪い取ってしまった。彼女は、視力を失ってしまったのである。

そしてそれからというもの、彼女の現実に対する認識が逆転してしまったのだ。

夢の中では光が存在し、絵を描くことも出来れば、テレビを視ることも出来る。しかし、いったん目覚めてしまえば、そこは闇の帳《とばり》に覆われた手探りの世界だった。

いったい夢を見ているのか、それとも現実なのか。彼女は、混乱した意識の中で、失意の日々を送った。

だが、最近、その闇ともようやく折り合いがついたように思う。

（なにもかも、美江《みえ》さんのお陰だわ）

裕子は、立ち直るまでの苦い思い出をかみ締めながら、自分を救ってくれた女性に感謝した。

ひとりっ子だった裕子は、両親に甘やかされて育ったせいか、人見知りする性格で、親しい友人というものがなかった。ただ唯一の気の置けない人物というのが、高校時代に美術クラブの顧問をしていた橙堂《とうどう》美江という若い女性教師だった。橙堂は、裕子の絵の才能を認めてくれたし、また私生活においても、実の妹のようにしてあれこれと面倒をみてくれた。交通事故の知らせを聞いて真っ先に駆けつけてくれたのも、彼女だった。

事故直後、絶望に打ちひしがれた裕子は、両親も手を焼くほどの粗暴ぶりだった。何をするにも癇癪《かんしゃく》を起こし、自分の身に降りかかった運命を呪い、周りの者に対してことごとく反発する。ようやくそれが治まったかと思うと、今度は無気力で、魂が抜け落ちてしまったかのような虚《うつ》ろな顔をさらすという有様《ありさま》。その繰り返しの間も、裕子は光ある現を紡《つむ》ぎだす世界——つまり夢を見る縁《よすが》であるベッドから一歩たりとも動こうとしなかった。

その悲惨な状況を見かねた橙堂は、裕子を家から連れ出すことを両親に承諾させた。自分自身の意志と行動がなければ日常生活も成り立たない場に置くことによって、裕子の自立心を取り戻させようというのだ。

橙堂は、自分の住んでいる賃貸マンションの隣の部屋に裕子を強引に押し込んだ。盲目の少女をひとり住まいさせることは、本人自身だけでなく、周りの者にとっても辛い試練だったが、橙堂の力強い励ましと献身的な介護の甲斐あって、裕子はなんとか生きる希望を取り戻すことが出来たのだった。

そして、今ではもうほとんどのことは自分ひとりで出来るようになり、ひと月ほど前からは、盲人を対象とした職業訓練校へ通うようになっていた——


「ねえ、今日の夕食は何なの」

裕子は、居間のソファーで、甘い林檎《りんご》を口にしながら、隣の台所にいる橙堂に向かって大きな声で訊いた。

台所からは、小気味よい包丁の音、鍋に入れた湯が沸騰するカタカタという音とともに、いい匂いが漂ってきている。

昼間はそれぞれの生活があるために離れ離れでいるが、夕食だけは、なるべくお互いの部屋に呼び合って一緒にとることにしていた。

「当ててごらんなさいよ」

橙堂の快活な声が、台所から返ってくる。

(匂いの具合からすると、美江さんの得意なシーフード・スパゲティーに違いない)

裕子は、そう確信していた。目が不自由になってから、聴覚だけでなく、嗅覚も敏感になった。でも、すぐに当ててしまうと、いかにも自分が食い気に走っているようで恥ずかしい。

「チキンライス」

わざと間違えて答える。

「あら、あなた鶏肉が嫌いって言ってたじゃない」

橙堂が笑い声を上げた。「どう、その林檎、美味しい?」

「うん、とっても甘い」

「じゃあ、後で好きなだけ持って帰ればいいわ。だって、こんなにたくさんわたしひとりじゃ食べきれないもの。お向いさん、折に触れて何かくれるんだけど、こっちは独り身でしょう。いつも量が多すぎて、困っちゃうのよ」

〈お向いさん〉というのは、403号室に住む玄岩《くろいわ》夫婦のことだ。さっき、里帰りしたお土産だといって、奥さんが段ボール箱いっぱいの林檎を置いていったところだった。

「ふふ。自分たちの食生活が標準だと思ってるのかもね。あとで、私からもお礼を言っとく」

「それは止めといたほうがいいわ。だって、あの奥さん、根はいい人なんだけど、疑り深いところがあるでしょう。『なぜ自分にはお土産を持って来ないの』って嫌味を言ってるふうにとられたら嫌でしょう」

「まさかぁー。そんなことありえないわよ」

あの、いつも暖かい励《はげ》ましの言葉を掛けてくれる夫婦が、そんなこと思うはずがない。

「ネンネのあなたは、まだ世間のことを知らなすぎるのよ」

橙堂は、いつになく辛辣《しんらつ》な言葉を口にした後、「ねえ、裕子ちゃん。もう六時になったわよ」と、付け加える。

「まあ、たいへん」

裕子は、慌てて前のテーブルの上にあるラジオの電源を入れた。彼女が日頃愛用している小型のFMラジオである。スピーカーから軽快なリズムが流れ出る。『パステル・ドリーム』のテーマソングだった。

裕子は、このラジオドラマが大好きで、毎日欠かさずに聴いていた。万が一、放送時刻に用事があるようなときには、橙堂の持っているカセット・コンポで録音しておいてもらい、後で必ず聴くようにしている。

彼女が、それほどこの番組に愛着を持つのにはわけがあった。

『パステル・ドリーム』――それは、ひとりの少女が一人前の画家に成長するまでの過程を、名画の解説を織り交ぜながら展開していくという構成の連続ラジオドラマだった。光を失った今、せめて自分の夢をドラマの主人公に託すつもりで、この夕刻の十五分間は身じろぎもせずにラジオが紡ぎだす物語に耳を傾け、一喜一憂するのが裕子の何よりの気晴らしだったのである。

ラジオのテーマソングに別の音楽が割り込んできた。最近流行っているＪポップス。橙堂の携帯電話の着信音だった。

「いやだわ、スパゲティーを茹でてる最中なのに」

橙堂がぼやきながら携帯を取り上げる気配が伝わってくる。

「別にラジオのボリュームを下げなくていいからね」

橙堂が気を利かして言うのが聞こえたが、その後は声を潜めるような小声になった。

「ねえ、もうその話はしないでって言ったじゃないの……そんなこと言ったたって、仕様がないじゃないのよ……」

途切れ途切れに聞こえる橙堂の声は、感情の高ぶりを隠すようにトーンを落としてはいたが、憎悪にも似た暗い色合いを帯びていた。

（いったい、誰からの電話かしら）

裕子は、紅茶を口にしながら電話のやり取りを頭の片隅で何気なく聞いていたが、やがてラジオから物語の開始を告げるナレーターの声が流れ出すと、スピーカーに向かって身を乗り出し、次第にドラマに没頭していった。

番組が始まって五分も経ったろうか、物語は思わぬ展開をみせた。

横断歩道を渡ろうとしていた主人公が、車に撥ねられたのだ。

キキッー！　というブレーキの音に続いて、グシャンという低い衝撃音。そして、甲高い女の悲鳴――

（ああ……）

裕子の脳裏に、忘れかけていた事故の記憶が鮮明に甦った。

（く、苦しい。息が、息が出来ない……）

額に脂汗を浮かべ、喘《あえ》ぎながら、裕子は新鮮な空気を求めてソファーから立ち上がった。よろけながら窓に近づくと、横に大きく引き開ける——

そのときに事件は起こった。窓の外から何者かが押し入ってきたのだ。

キャッ！　と悲鳴を上げるのと同時に、裕子は相手に突き飛ばされるようにして横ざまに倒れた。頭に鋭い衝撃が走る。

テーブルの角に頭をぶつけたらしい。意識が朦朧《もうろう》としている。

ガラガラと物が崩れ落ちる音。荒い喘ぎ声に混じって、

「ま、まさか、あ、あなたは……に、いたはずじゃあ……な、何でこんなことを……」という橙堂の声を聞いたような気がしたと思うまもなく、交通事故のときに体験したのと同じ世界、奈落の闇へと落ちていった——

3

目の前には、丸い花瓶に無造作に活けられた何輪ものヒマワリの花が、力強く勢いのあるタッチで床いっぱいに描かれていた。それを取り巻く周囲の壁や天井も、黄色を基調としたものでコーディネートされている。

その鮮やかな黄色の色彩の渦中に、まるでわざと全体の調和を乱すために投げ入れ

られたかのように、一輪の大きな薔薇の花が咲いている。いや、それはもはや薔薇には見えなかった。かつては鮮やかな深紅だったはずの花びらが、今は枯れ果てたようにどす黒く変色している。

腐敗の花——それは、眩いほどの光に満ちた日常の片隅にある小さな日陰に、ふと芽吹き、いつのまにか大輪の花を咲かせた狂気をも連想させた。

その禍々しさは、黒い花びらから四方に伸びた、奇妙な具合に捻じ曲がっている異《い》形《ぎょう》の枝によって、さらに増幅されていた。

(もし、ゴッホがこの光景を目の当たりにしたなら、いったいどんな想いを抱いただろうか)

事件現場に立ったわたしは、足元を見下ろしながら、そう思った。

被害者の女性——橙堂美江は、玄関先に敷かれている、ゴッホの『ひまわり』を模写した絨毯の上で、うつ伏せになって倒れているところを発見された。何者かに横腹を刃物でズブリとひと突きされ、出血多量の重態だった。被害者の着ていたダークグレーのトレーナーの上下は、ベットリと血で汚れていたという。

その出血の跡が黒い花びらだった。そこから、橙堂が発見された大の字の状態を示す白いチョークの線が四方にのびている。

橙堂が刺されたのは、奥にある居間の窓際付近だったらしい。そこから、助けを求めて玄関に這い寄ったらしく、そこいら中に小さな血痕が転々と落ちていた。意識を失うまで、かなり苦しんだ様子が、そこから見て取れる。

ちなみに、凶器に使われた包丁は現場に落ちていたが、その柄からは橙堂の指紋しか検出されていなかった。腹から自力で包丁を引き抜いたらしい。包丁は、大量生産されている普及品であり、どこの刃物屋でも扱っているもので、今のところ出所は不明である。

現在、橙堂は、《県立総合病院》の病室で生死の境をさまよっている。

この、賃貸マンション《叉塔きょむ》の404号室で殺人未遂事件が起きたのは、二週間前の十月十日。例年になく、ひどく冷え込んだ夕刻（午後六時過ぎ）のことだった。

捜査一課において、この事件が犯人逮捕の可能性が低いと判断された理由は、容疑者にアリバイがあること、そして何より現場が密室状態だったからである。密室殺人のような事件は、現場の状態が変わってしまうと捜査に支障が出る恐れがあるため、早めに外注に出される場合が多い。

「まさに密室にふさわしい状況だな」

わたしは、思わず口にしていた。

さっき、寝室やトイレも覗いてみたのだが、全てのインテリアが黄色を基調としていた。クロゼットの中にある洋服も黄色系のものばかりだ。被害者は、よほど黄色が好きだったらしい。それは、橙堂という名前からきているのかもしれないし、もしかしたら風水の関係かもしれない。

まあ、それはどうでもいいことだった。わたしは、世界でもっとも有名な密室ものと言われる、ガストン・ルルーの『黄色い部屋の謎』を思い出したに過ぎない。

「密室ってのは、どうもぼくの性に合わない」

居間の窓から外を眺めていた草馬が言った。

細身で小柄な身体を相変わらずの鼠色の背広で包み、同じような色のネクタイをだらしなく締めている。根が不精であり、一般の通念が著しく欠如している男である。掃除洗濯は無論のこと、仕事のときくらい身だしなみを整えようという気もさらさら持ち合わせていないのだ。

「生憎《あいにく》と、こちとらはカーのような、密室フェチじゃないんでね」と、草馬が続ける。

本格ミステリの三大巨匠のひとり、J・ディクスン・カーは、その全作品の中で百二十余の密室トリックを創り上げたと聞いたことがある。その密室の大家を変態呼ばわりするのは、密室好き（フェチ？）のわたしには不本意だった。

それを感じ取ったのか、

「確かに、カーが密室の第一人者だということは認めるよ。『三つの棺』の中の密室講義は、乱歩《らんぽ》の密室分類と並んで評価されてしかるべきものだ。ただし、あの作品のなかの密室は、ちょっといただけなかったね」と、その不満な点を指摘した後、草馬はこう締めくくった。

「皮肉なことに、あの作品中で展開される、クイーンばりの論理的考察のほうが、よほど僕には魅力的だったよ」

「だけど、今までも何度か密室の謎を解いてるじゃないか。だから、今回、おまえのところに注文が出たんだ」

「馬鹿言うなよ。不可解な事件が専門だからというよりは、美味しい仕事は天下りのいる大手の事務所が先取りして、ぼくのところのような零細事務所には、捜査に手間ばかり掛かって採算がとれないような、特殊な事件しか回って来ないからだろ」

確かに草馬の言うとおりだった。外注契約書に書かれている金額は、あくまで事件解決に成功したときの報酬であり、解決できなかったら微々たる基本料金しか支払われない。だから、今回のような不可能犯罪めいた事件は、みんなから敬遠されるのだ。

「嫌だったら、今からでも遅くない。依頼を断ってもいいんだぜ、他へ回すから」

「いや、折りよく民間の依頼が切れたところだからな。暇つぶしにちょうどいい」

あんな場末の狭くて汚らしい探偵事務所にやってくる民間の依頼者がいるとは思えない。それに、密室事件を暇つぶしにするとは、驕《おご》るにもほどがある。

「やけにご大層な言いっぷりじゃないか。で、もしこの密室が解けなかったらどうするんだ」

「まったく、君ってやつは、腹はすぐ減るくせに、口の減らない男だな。じゃあ言ってやる。いいか、この密室が解けなかったら、己の不甲斐なさを恥じて飛び降り自殺でもしてやるよ」

そう言うやいなや、草馬は引違い窓の戸を横に引き開け、腰丈ほどの窓枠をまたぎ越えた。

「お、おい。馬鹿な真似はやめろ」

驚いたわたしが声を上げる間もなく、窓の外でこちらを向いた草馬の上半身が一瞬にして下方に消える。窓枠にかろうじて摑まる細い指先だけが見えた。

やつは非力だ。このままでは、一分と持たない。しかも、ここは四階である。いくら名探偵でも、落ちたら助からない。

「くそっ。おれが悪かった、謝る」

わたしは、慌てて窓際に駆け寄る。

「君は、単純な上に、極めて早とちりでもあるな。言うならば、ワトスンやヘイスティングズもあきれるような粗忽者《そこつもの》ってやつだ」

草馬の顔が、窓の下からヌウッと出てきて言った。やつは、窓の下にある幅五十センチほどのコンクリート板（それは、下の部屋の窓に雨が降り込まないように取り付けてある庇《ひさし》だった）の上にしゃがんでいたのだった。

「なあ、草馬。今までのミステリにない画期的なプロットを思いついたぜ。忠実なはずのワトスン役が名探偵を殺すんだ」

あんまり腹が立ったので、そのまま突き落としてやろうかと思いかけたときだった。

「失礼します」という、優しい声が聞こえた。

振り返ると、そこにひとりの少女が立っていた。いや、実際はもはや少女と呼ぶ年齢ではないのかもしれないが、小柄で華奢《きやしや》な体格、肩まで伸ばしたまっすぐな黒髪、柔らかそうな化粧気のない頬を少し引きつらせて不安げに佇《たたず》む姿は、わたしにとっては初々しい美少女そのものだった。

誰が見立てたのか、フリルの付いたカーディガンにグリーンのデニムパンツというキュートな服装が良く似合っている。

しかし、違和感のある白い杖を携え、空中の一点を見据える澄んだ瞳には、青春を謳歌する者が持つ、あのはちきれんばかりの輝きは宿ってはいなかった。

「あの、刑事さんですよね。わたしのところを訪ねて来たって、管理人さんに聞いたものですから。きっと、ここにいらっしゃるんじゃないかと思って——」

彼女が、事件の唯一の目撃者（彼女の場合、目撃者という言葉を使うのは正確ではないのかもしれないが、ほかに妥当な言い回しが思い浮かばない）の、緑原裕子だった。

実は、この部屋に来る前に、彼女を訪ねるつもりでいたのだが、生憎と留守だった。一階に住むマンションの管理人によると、彼女は今どきの娘にしては珍しく携帯電話を持っていないらしかったし、なにより被害者の橙堂が入院している《県立総合病院》に出かけているということなので、先に現場にやってきたのである。

管理人が気を利かせて、病院から戻ってきた彼女に、わたしたちのことを知らせたようだ。

「やあ、わざわざここまで出向いてくれたんですか。ぼくが、名探偵の草馬です。それから、こっちにいるワトスンきどりの不遜な男が、刑事の関——」

いつのまにか室内に戻っていた草馬が、まるでペットのモルモットをいとおしむかのように、両手で裕子の白い手をおし包んだ。

日ごろ女嫌いで通っているやつが、まさかそんなことをするとは思わなかったので、わたしは驚いていた。

裕子も驚いたように何度も瞬《まばた》きをする。しかし、その手を引き抜くことはなかった。むしろ、ホッとしたような、なにやら恍惚感さえ覚えているような穏やかな表情が浮かんだ。

草馬は、裕子をソファーに座らせると、

「さて、それじゃあ事件が起きたときのことを教えてくれないか……いや、慌てることはない。ゆっくりと、思い出すことからでいいんだよ」

草馬に優しく促《うなが》されて、裕子が、犯人に押し倒されて気絶するまでの経過を話し出す。

しかし、注文書に添付されていた調書に書かれている事柄以外に、これといった目ぼしい発見はなかった。

いや、発見はなかったと書いたが、それはわたしの場合であって、草馬は違ったらしい。やつは、裕子が気絶する直前に聞いたという、橙堂の言葉を耳にした瞬間に大きなくしゃみを放ったのだ。

「やあ、驚かせてごめん。ちょっと風邪気味でね……いや、風邪といっても、天才特有の知恵熱による症状だから、他の人にうつるようなことはないから大丈夫だよ」

草馬は、いい加減なことを言うと、「で、君が目を覚ましたのは？」

「激しくドアを叩く音で気づいたんです」

裕子は、遠くを見つめるような目をして言った。「私、何度も美江さんの名前を呼んだんだけど、返事がなくて……とにかく、玄関のドアを開けようとして、何か重たいものに躓《つまず》いてしまったの。それで、いったい何だろうと思って触ってみると、それが美江さんの身体で、私の手のひらにヌルヌルとしたものが……それが、血で。美江さんの血で……」

こらえきれなくなったのか、裕子は低い嗚咽《おえつ》を漏らす。彼女の光を失った両目から大粒の涙が零《こぼ》れ落ちるのを見て、わたしは不思議な感動を覚えた。

「で、その後、君は玄関のドアを開けたんだね」

草馬は、美少女の涙を見ても動揺ひとつ表さない。

「ええ。慌ててドアに這い寄って、チェーンを外しました」

「確かに、玄関ドアのチェーン・ロックは掛かってたんだよね」

「はい。でなければ、とっくに管理人さんたちがドアを開けて入って来てたはずです」

玄関ドアの錠自体はオート・ロック式のもので、異変に気付いて駆けつけてきた管理人が合鍵を使って開錠したが、内部からチェーン・ロックが掛かっていてドアを開けることが出来なかったのだ。調書によると、玄関のドア錠やチェーン・ロックには細工された形跡は見うけられなかった。

「今、管理人さんたちと言ったよね。そのときドアから入ってきたのは、管理人と誰だったかわかるかな」

「一度に何人もの人が入ってきたみたいなんで、わかりません。最初に、『わしの思ったとおりだ』っていう管理人さんの声が耳に入りました。その後に、『こりゃあ、だめかもしれん。もう虫の息だ』って誰かがつぶやきました。それを聞いて、私はまた気を失ってしまったんです。後で聞いたら、藍藤《あいとう》さんがわたしの部屋に運んでくれたらしくて……」

落ち着きを取り戻したのか、裕子は恥ずかしそうに目を伏せる。

「犯人について、何か思い出すことはないかな。何かしゃべったとか。あるいは、匂いがしたとか」

「いえ。さっき言ったように、ふいに突き飛ばされたので、何も感じる余裕はありませんでした」

「じゃあ、犯人についての心当たりは？　たとえば、橙堂さんにいいように玩《もてあそ》ばれて、恨みを抱いていた男がいたとか――」

「美江さんは、そんな人じゃありません」

裕子は、キッとなって、盲目とは思えない澄んだ目で草馬を睨んだが、やつは物怖じする様子も見せない。

逆にわたしのほうが、罪悪感にひたりながら、「変なこと訊いてすまなかったね」と謝った。しかし、相手は所詮まだ二十歳そこそこの小娘で、しかも盲目である。きっと、彼女の知らない隠された暗い部分が、被害者の生活にはあるように思えた。

「いや、どうもありがとう。とりあえず、今のところはこれで結構です」

草馬が、裕子の手をとって、玄関のところまでエスコートして行く。踏みしめる絨毯の上には、まだ血痕が残っているのだが、裕子にはそれがわからない。

わたしは、彼女が盲目であることに感謝した。

「おや、鍵が靴の中に入ってるよ」

草馬は、玄関に脱いである裕子のスニーカーの中に手を差し入れると、そこからストラップの付いた鍵を取り出した。

ファックショイ！

鍵を手にした草馬が、くしゃみを放つ。グスンと、手の甲で鼻をひと擦《こす》りしてから、鍵を裕子に手渡した。

「いつもの習慣で、つい入れちゃったんだわ。この部屋に来たときは、いつも脱いだ靴の中に部屋の鍵を入れておくんです。そうすれば、帰りに絶対に忘れないでしょ。前に、よく忘れて。わたし目が見えないものだから、通路に落としたのか、部屋に忘れたのか見当がつかなくて、美江さんを煩《わずら》わせたことが何度かあったものだから」

裕子が苦笑する。

草馬が玄関のドアを開けてやると、表の通路からスゥーっと涼しい風が流れ込んできた。

ファックショイ！

草馬がまた大きなくしゃみをした。それから、何事もなかったように、裕子を送り出す。

別れ際、草馬は裕子の耳元に顔を寄せると、何か囁《ささや》いた。裕子が短く答えると、また草馬が囁く。すると今度は、裕子がフフフと意味深な低い笑いを漏らして、小さくうなずいた。

「おい。今、彼女に何を言ったんだ」

わたしは、戻ってきた草馬を問い詰めた。

「いや、別に大したことじゃない」

「大したことじゃないなら、話してみろよ」

「また後で、君の部屋にお邪魔することになると思うんで、そのときはよろしくって言ったのさ」

(また後でお邪魔するってのは、いったいどういう意味なんだ?)

わたしが不埒《ふらち》な想いに囚われていると、

「いやあ、美少女ってのは、泣いても怒っても笑っても絵になるねえ」

草馬が、しらっとした顔で言った。

「おまえは、あのいたいけな娘の心を玩んでいたのか。いや、心だけじゃない、ひょっとしたら――」

「おいおい、変なこと言うなよ。他人が聞いたら、ぼくの人格が疑われるじゃないか」

疑われる段階はとうに過ぎてるわい。

そう言ってやりたいところだが、とにかく事件の解決を急がねばならない。でないと、いつまでもこの変態探偵の相手をしなくちゃならない。

わたしは、開いた窓に歩み寄る。吹き込んでくるそよ風で怒りを抑え、冷静な頭を取り戻した。

「まず、密室の謎を解く必要がある」

「もちろんだよ、関くん。いよいよ、君が活躍するときがやってきた」

草馬が笑みを浮かべた。嫌な予感がする。わたしを「くん」付けするときには、ろくなことがないのだ。

「君は、ぼくと違ってスポーツ万能だからな」と、草馬が近寄ってくる。己の運命を悟ったときには、すでに草馬によって窓の外に押し出されていた。

わたしは、窓枠の下七十センチほどのところにあるコンクリートの庇の上に立っていた。つまり、さっきとは立場が逆になったわけだ。

「犯人は、そこから侵入した。何か犯人が残した形跡がないか調べるんだ」

事件当時、この居間の窓、そして寝室の窓も施錠されていなかった。しかし、開錠したのは、橙堂と裕子がこの部屋にやってきてからである。もちろん、オート・ロック式の玄関のドアはそれまで施錠されていたし、管理人たちが踏み込んでくるまでは、チェーン・ロックがかかっていた。

犯人は、いかにしてこの庇の上に立ったか。それが密室の謎を解く鍵だった。庇は、建物の東西両脇の外壁にしかついていない。（平面図参照）

従って、南側の中央にある屋外階段から庇に取り付くことは不可能である。

さらに調書によると、事件当日、屋上へ上がる扉には鍵がかかっており、屋上にある手摺や構造物にもロープを結んだような形跡はどこにもなかった。雨水用の竪樋《たてどい》は、庇から隔《へだ》たった場所にあり、垂直の外壁はコンクリートの打ちっ放しで、登り降りの足掛かりになるようなものは全くない。

だが、実際に犯人は窓から押し入ったのだから、何らかの方法で、ここまでやって来たはずだ。しかし——

「調べろって言ったたって……」

庇の幅はわずか五十センチほど、もちろん手摺などない。コンクリート剝き出しの、全平《まったい》らで灰色をした外壁にも、摑まるものなど何もない。

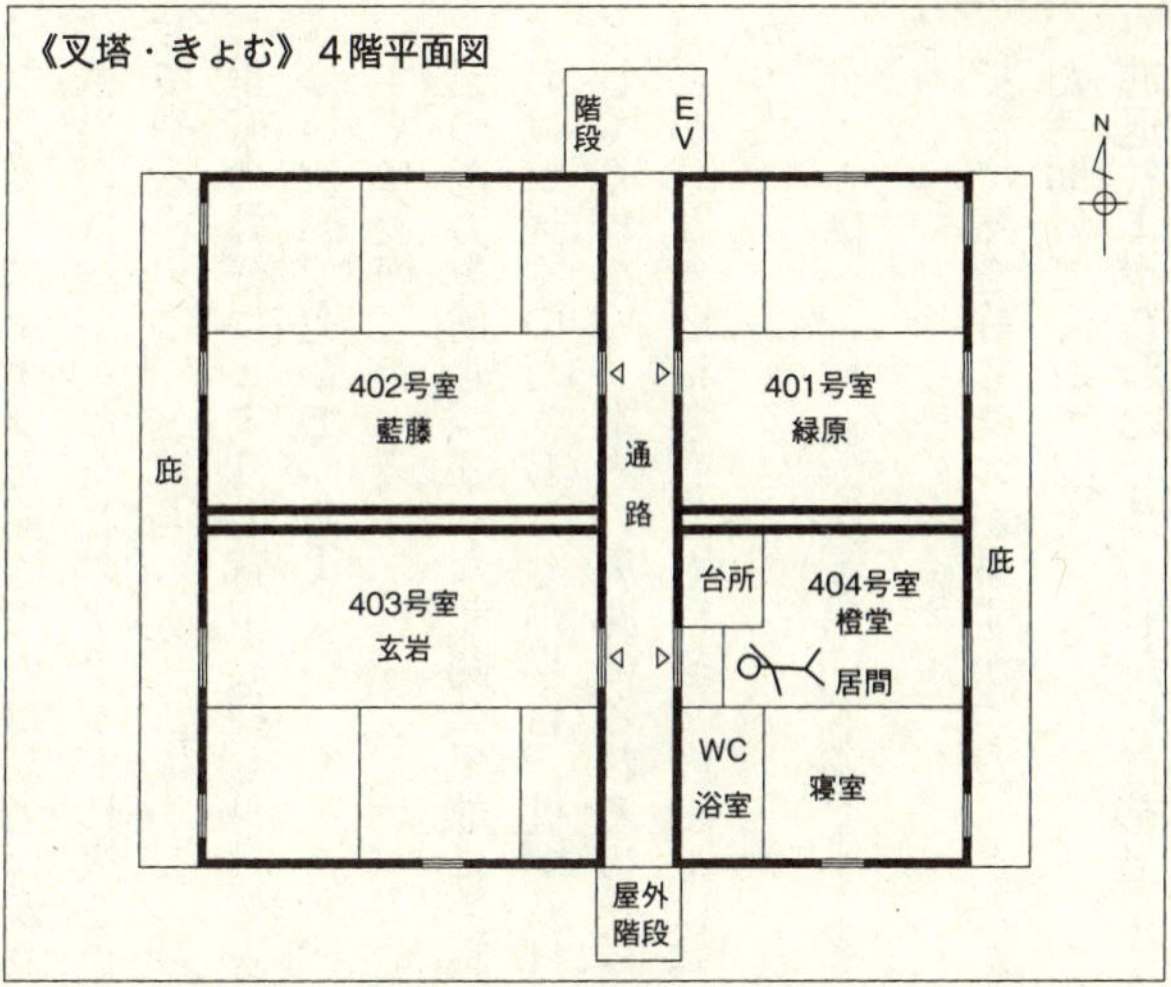
《叉塔・きょむ》４階平面図
階段
EV
N
402号室
藍藤
401号室
緑原
通路
庇
403号室
玄岩
台所
404号室
橙堂
居間
WC
浴室
寝室
庇
屋外
階段

「なんだ、スポーツ万能ってのは、名ばかりなんだな」

草馬の言葉が、わたしのプライドに火を点けた。いいだろう、筋肉馬鹿の意地をみせてやる。

垂直の外壁にピタリと背中を押し付け、身を摺り寄せながら、ソロリソロリと蟹の横ばい状態で進んでゆく――

すぐに後悔した。

己の能力を信じ、様々な難関に果敢に挑戦する筋肉馬鹿が賞賛されるテレビ番組とはわけが違うのだ。わたしの場合、健闘及ばず途中で力尽きて落ちても、誰も感動などしてくれない。本当の馬鹿にされるのが落ちである。

だが、とき既に遅し。もはや、庇の上に残された犯行の痕跡を確認する余裕などなかった。

何とか隣の部屋の窓際まで辿り着き、少しだけ出っ張っている窓枠に指がかかった。

そこで気を許したのがまずかった。とたんに膝に震えがきて止まらなくなった。

「た、助けてくれ」

進退谷《きわ》まったわたしは、窓から首を出してこちらの様子を窺っているはずの草馬に

SOSを出す。

が、そこに、草馬の姿はなかった。

そのときわたしは悟った。あの変態探偵野郎は、さっきわたしが自分に対して殺意を抱いたのを根に持っていたのだ。

草馬は、危険に対して無頓着である。それどころか、自分の身を危険に晒《さら》すことを楽しんでいるようにさえ見受けられるのだ。けっして運動神経がいいわけではない。いや、運動神経や体力は人並み以下で、自慢するわけではないが、スポーツ万能のわたしの半分も持ち合わせていないと思う。

ただ、度胸がいいというか、単に鈍感なだけなのか、とにかく、高い場所から身を乗り出してみたり、台風の日に大きな波しぶきの打ち寄せる海岸へ出たりする。『危険！　立ち入るべからず』という看板でも目にしようものなら、躊躇《ちゅうちょ》なくそこに入って行き、どのくらい危険なのか確認しようとする男である。

そんなやつが、この庇の上を歩く楽しみを犠牲にしてまで、わたしに任せたのには、理由があったのだ。ワトスン役が名探偵を殺すのではなく、その反対に、名探偵が忠実なワトスン役を殺そうとしているのだ。

確かに、そんなプロットのミステリは読んだことがない。いや、さほどミステリに精通しているわけでもないわたしが知らないだけのことで、数多《あまた》の作品の中には、そんな事例が存在するかもしれない。だが、それを確かめることは、もう出来ないだろう。

殉職を覚悟したときだった。

「刑事さん、こっちこっち」

すぐ横の窓が開くと、裕子が顔を覗かせた。

(助かった……)

「すいません。お邪魔します」

命からがら部屋に入り込む。ヘナヘナと床に頽《くずお》れたとき、

「君も行儀が悪い男だな」

そこに草馬がいた。

「お、おまえ――」

「馬鹿だな、何を血相変えてるんだ。さっき教えてやったじゃないか」

「何をだよ」

「彼女に、後で部屋にお邪魔すると言ったのは、君が危険にさらされるのを想定してのことだったんだよ」

（そういうことだったのか――）

「いや、もう騙されないぞ」

「草馬さんの言ってることは本当です」

裕子が言った。「窓の錠を開けておいてくれって言われたんです。私、隣の部屋に行くときは、ほとんど窓の錠はかけたことがないから、今も開いてますって答えて――」

ハックショイ！

話の腰を折るように、草馬がくしゃみを放つ。

「こいつのことは気にしないでいいよ」

わたしは、裕子に続きを促した。

「で、何で窓の錠を開けておくのって訊いたら、今から、あなたが庇を伝わって行くんで……あの、それで……」

裕子が言葉を濁す。

「躊躇《ためら》わなくていいんだ。こいつが言ったことを、正確に復唱してくれないか」

「あの。きっと、途中で小便ちびって動けなくなるだろうからって――」

「………」

わたしは、恥じらう美少女も絵になるなと思った。

4

「この建物の四階は呪われていまさあね」

マンションの管理人、矢田孝蔵《やだこうぞう》は、真っ先にそう言った。

昭和ひと桁生まれだという小柄な老人は、管理人として置いておくにしては、いささか頼りなげに見えた。しかし、口だけは人一倍達者なようで、

「あっしは、ここの持ち主の中井《なかい》さんに言ってやったことがあるんでさあ。〈四〉なんて縁起の悪い階をつくると、ろくなことはないよってね。ところが、ご当人ときたら、そんなことは迷信だなんて、てんで受け付けようとはしねえ。それどころか、もしそんな不思議なことが起こるようなら、未知なる暗黒力の存在証明になるはずだから是非ともそうしたいって、目を細めてヒヒヒと笑うんですぜ。

まったく、《叉塔きょむ》だなんてヘンテコな名前の、それも灰色をしたコンクリートむき出しの陰気なマンションをおっ建てておいて、そこで何か悪いことが起きるのを期待するだなんて、何て言い草なんだとカチンときましたよ。

でもまあ、なんやかんや言っても、相手はあっしの雇い主だからね。下手に口答えして首にでもされたんじゃあ、こちとらオマンマの食い上げだあね。仕方なしに、大人しくしていたんでさあ。

ところが——

ありゃあ、三年ほど前でしたかね。402号室の藍藤さんの奥さんが、白昼に押し込み強盗に入られて、首を絞められて殺される。確か、あんときも今回と同じように玄関のチェーン・ロックが掛かったままでしたな。もっとも、警察の捜査でチェーン・ロックに細工がされてることがわかったらしいが、とにかく未だに犯人は捕まらず仕舞いだ。

次の年には、今いる緑原さんの前に401号室に住んでいた紅林《くればやし》っていう一人暮らしの婆さんが、あの世行きになっちまう。あんときは、まあたいへんでしたよ。二、三日姿が見えないんで、何かあったんじゃないかと心配になりましてね。合鍵を使って部屋に入ってみたところが、どこにもいない。ふと、トイレを思い出してドアを開けたら、そこに婆さんの死体があったってわけで……脳梗塞だったんですよ。あんときのむかつくような臭いと、尻を捲くったまま虚空《こくう》を睨んでる婆さんの姿を、今でもありありと思い出しますさあ。

そいから、今年の初めにゃあ、403号室の玄岩さんとこの高校一年生だったひとり息子が、いじめを苦に、閉め切った部屋で服毒自殺しちまうってわけで、残るのは404号室だけだな、と気に掛けていたら、案の定でさあ」

矢田は、そこまで一気に喋ると、ヤニで黄色くなった入れ歯をモゴモゴいわせて一息入れた。それから、上着のポケットから煙草の箱を取り出すと、一本だけ残っていたしなびた煙草を引き出して口にくわえる。箱を握り潰すと、再びポケットに戻した。

「で、そのことなんですけどね。あなたは、どうして404号室で異常があるとわかったんですか」

わたしは、持っていたライターで、矢田の煙草に火を点けてやりながら訊いた。

矢田は、プワリと煙を吐くと、

「それは、202号室に住んどる町谷《まちや》さんから教えてもらったんでさあ。何でも、夫婦で買い物に出かけようとして前の駐車場のところまでいったら、頭の上で小さな悲鳴が聞こえた。それで、上を見上げてみると、404号室の明かりがついた窓が開いとる。何事が起きたのかと、ふたりしてしばらく上を眺めていたが、人影は見えず、窓は開いたままでいる。この、例年になく薄ら寒い日の、しかも日も暮れかけているのに、窓を開けっ放しにしておくのも変だと思って、念のためにあっしのところへ言いにきたってわけでさあ。実は、その二、三日前に、町谷さんの奥さんに、さっきの因縁話をしてやったばかりなんでね。気になったんでしょうなぁ。

で、あっしは、404号室の橙堂さんのところへ電話を入れてみたが、話し中だった。仕方なく電話を切ったそのときでしたよ、今度は、その電話が鳴ったんでさあ。折り良く、橙堂さんが掛けてきたのかもしれんと思ったんだが、そうじゃなかった。相手は、藍藤さんでしたよ――」

ファックショイ！

突然、草馬がくしゃみを放った。

「び、びっくりさせんでくれ。心臓が弱っとるんだ」

矢田が、草馬に文句を言うと、また話を続ける。

「藍藤さんが、橙堂さんの部屋の様子が変だから、すぐに合鍵を持って来てくれって言うんで、あっしは慌てて合鍵を持って四階へ行ったんでさあ、町谷さんと一緒にね。404号室の前に行ってみると、藍藤さんと玄岩さんの旦那がおった。チャイムを鳴らしたが、返事がないらしい。あっしは、合鍵を使ってドアの錠を開けたが、中からチェーンがかかっていて入れない。ドアの隙間から覗いてみると、玄関先の絨毯に橙堂さんが倒れとるのがわかった。

玄岩さんが、女房がさっき土産を届けたときには、裕子ちゃんも一緒だったって言うんで、上がり口を見ると、確かにあの娘のらしき靴がある。それで、ドアをドンドンと叩いて叫んでいると、ようやくあの娘が這いずるようにして現れて、チェーンを外してくれたんですわ」

「消防署に通報したのは？」

草馬が訊いた。

「もちろん、あっしですよ。あの部屋の電話を使ってね」

「そのときに、受話器は外れていた」

「ええ、よくご存知で。だから、下から電話をしたときに、話し中だったんでさあ。受話器が取り外し式のやつで、それが流し台の上に置いてあったもんだから、それを使って電話したんだ」

クション！

遠慮気味にくしゃみを放った草馬は、

「なるほど。ところで、橙堂さんと藍藤さんは、恋愛関係にあったらしいね」

「ええ。あっしは、ふたりが連れ立って藍藤さんの車に乗るところを何度も見とりますよ。そりゃあもう、傍《はた》から見ても、あのふたりが熱烈な恋愛関係にあるってことは一目瞭然でしたな。藍藤さんは、さっきも言ったとおり三年前に奥さんを亡くして、保険金もたんまり入ったらしいし、子供もいない。それに、なかなかの色男だ。橙堂さんにしても、高校生の相手をさせておくにはもったいないくらいの、色っぽい女だ。プリプリした尻から伸びた、あの脚の線がたまらない。本人もそれを知ってって、藍藤さんと一緒のときは、いつも短めのスカートをはいとりましたよ。おまけに、派手好きのようで、いつも鮮やかな黄色の服で着飾ってましてなあ、藍藤さんがフラリとなったのも無理ありませんや。

ところが、ここひと月ばかり、ふたりの様子が変なんでさあ。妙によそよそしい。どうも、ふたりの間に何かまずいことでもあったようですなあ。この前なんかも、前の駐車場で何か激しく言い合ってましたよ。あっしの勘じゃあ、どうも藍藤さんに新しい女が出来たんじゃないかとふんでるんですがね」

話を終えた矢田は、指に挟んでいた煙草を吸おうとしたが、話に夢中になっているうちに、ほとんど燃え尽きてしまっていた。それを口惜しそうに灰皿に押し付ける。

矢田の話は、調書に書いてあるものとほとんど同じだった。

実は、事件の容疑者として、藍藤勇次《ゆうじ》の名前は最初から挙がっていた。ところが、彼にはアリバイがあったのである。

橙堂は、犯人に刺されるまで、携帯電話で藍藤と話をしていたのだ。だから、会話の途中で突然電話が切れたことによって、藍藤が４０４号室の異変にいち早く気づいたのだった。しかも、藍藤のほうは、自宅（４０２号室）に設置してある電話機を使っている。これは、通話記録から確認されていた。

つまり、橙堂が４０４号室で犯人に刺された瞬間には、藍藤は４０２号室にいたことになるのだ。

矢田が、ポケットから皺の寄った煙草の箱を取り出した。

「実は、この前の刑事さんには話さなかったんだが、ちょっと気になることを思い出しましてな」

中身がないことがわかっているはずなのに、箱を覗きながら言う。

「まずい煙草ですが、よかったら……」

わたしは、ポケットから煙草を取り出すと、箱ごと矢田に差し出した。

「や、悪いですなあ」

矢田は、一本抜き出して吸い付けると、残りを自分のポケットに仕舞った。

「玄岩さんとこの自殺した息子さん。当時、あの子の担任だったのが、他ならぬ橙堂さんなんでさあ」

わたしたちの驚いた顔を見て、矢田が満足そうな笑みを浮かべながら言葉を継いだ。

「これ、ほんとにまずい煙草ですなあ」

5

「さて、いよいよ容疑者のところへ赴《おもむ》く番だな」

一階の管理人室を後にしたわたしたちは、再びエレベーターに向かった。

「402号室、藍藤のところかい」と、草馬。

「いや、違うね」

わたしは、効果をもたせるために、ちょっと間を置いてから言った。「403号室、玄岩夫婦のところだ」

「ほう」と、わたしの期待どおり、草馬が立ち止まる。「こいつは驚いた。君が、そんな風に振舞うのを初めて見たよ。まるで、刑事のようだ」

「元から刑事なんだよ。それも敏腕のな」

確かに、わたしは多少驕っていたのかもしれない。なにしろ、密室の謎を解いてしまったのだから。

わたしは、優越感に浸りながら、推理を語った（本当のところを言うと、捜査中に草馬が何回か放ったくしゃみにヒントを得たところが少なくないのだが）。

「いいか。犯人は、橙堂の顔見知りで、しかも緑原裕子のことも良く知っている人物である可能性が高い。なぜなら、犯行時にそこに居合わせた——つまり、顔を見られたはずの裕子に、何の手出しもしなかったからだ。裕子が盲目だということを知っていたに違いない」

「ああ。だが、犯人は覆面をしていたのかもしれないぜ」

「いや、それはありえない。だって、裕子が気絶する直前に、橙堂の『あ、あなたは……』という言葉を聞いている。つまり、橙堂は、犯人の顔を見てるってことだ」

「なるほどな。で、密室の謎はどう解くんだ」

「玄岩——たぶん旦那のほうだと思うが、まあどちらでもいい——は、橙堂の部屋の隣の401号室、つまり裕子の部屋から庇を伝って404号室の窓まで行ったんだ。犯行後は、逆のコースを辿った」

「だが、401号室の玄関の錠は閉まってたんだぜ。オート・ロック式だから、掛け忘れはありえない」

「鍵を盗んだんだよ、裕子の靴の中からね。裕子が橙堂の部屋に入るのを見計らって、玄岩の女房のほうが土産だと言って林檎を届けた。そのときに、玄関に脱いであった靴から、鍵をこっそりと取り出したんだ。度々土産なんかを持って来てたらしいから、裕子の部屋の鍵がそこにあることを知ったんだろうな。いや、ひょっとすると、玄岩夫婦が度々土産を持って来たのは、今回の犯行を偽装するためのものだったかもしれない」

「ひょっとすると、橙堂が、その土産の林檎を、まず裕子に食べさせたのは、毒味をさせるためだったかもしれない」

草馬がわたしの口調を真似て言った。「いや、冗談だよ」と続けたが、わたしは有り得るような気がしないでもなかった。橙堂は、玄岩夫婦の殺意を薄々感じ取っていたのかもしれないのだ。

「もちろん、盗んだ鍵は、管理人と一緒に現場に踏み込んだ旦那のほうが、どさくさに紛れて靴の中に戻しておいたというわけだ。玄岩が裕子に手を出さなかったもうひとつの理由は、彼女にいち早く事件を、自分たち住民に通報してもらうためでもあった。先に警察がやって来てからでは、鍵をもとに戻すのは難しい」

「でも、もしかしたら、意識を回復した裕子は、いきなり警察なり消防署に電話していたかもしれない」

「ああ。だが、裕子自身は携帯電話を持っていない。橙堂の持っていた携帯電話はどこかに転がっていたが、盲目の彼女が捜すのは無理だ。唯一の通信手段は、部屋に設置してある電話機だった。玄岩は、その電話機の取り外し式の受話器を外して、流し台の上に置いた。それによって、盲目の裕子に受話器の場所がわからないようにしたんだ」

「さすがだよ。見事な推理だ」

草馬は、賛辞の言葉を口にしたが、その口調はやけに重かった。

それはそうだろう、名探偵を差し置いて、ワトスン役が事件を解決してしまったのだから。

草馬がこのことを根に持って、今度こそ本当にわたしの命を狙うようなことがなければいいのだが――

「飛び降り自殺は、勘弁してやるぜ。その代わり、外注費は、おれと折半だ」

わたしは、軽い足取りながら、犯人と舌戦を交える緊張感を抱いて403号室に向かい、玄関のチャイムを押した。

「はぁーい」という明るい声がして、中年の女が顔をみせた。

「あの……玄岩さんでしょうか」

「ええ、そうですけど。あなたは？」

「実は――」

わたしが警察手帳を取り出そうとしたとき、

「おい。お客さんは誰なんだ」

奥から中年の男が現れた。

「もしかして、ご主人ですか？」

「ええ。もちろんそうですよ」

「……」

「あなたたち、いったい何者なの？」

警戒心を露わにする玄岩の女房に向かって、後ろにいた草馬がニコニコと満面に笑みを浮かべながら、

「実は、わたくしども便秘の特効薬ともいうべき画期的な商品を訪問販売しておりまして。一般成人の服用量は、一日五粒となっておりますが、こちらさまは、その倍――いや、三倍は必要かと思われますので、通常価格ひと瓶六千円のところ、本日は

特別に三分の一の価格で――」

「馬鹿にしないでちょうだい！」

わたしたちの前で、ドアがバタリと閉まった。

「飛び降り自殺は、勘弁してやるよ。その代わり、晩飯をおごってもらおうか」

草馬が苦笑する。

わたしは、ひどく落ち込んでいた。

舌戦を交えるどころか、相手をひと目見た瞬間に、わたしは己の敗北を悟ったのだった。

玄岩夫婦は、そろってビア樽のような肥満体だったのである。あの体格では、狭い庇の上を伝って歩くことなど不可能だ。

深いため息とともに、「じゃあ、犯人は藍藤なのか」

そう呟いたときだった。

４０１号室、つまり裕子の部屋から背の高い男が出てきた。その後から裕子も姿を見せる。男は、こっちを気遣うふうもなく、裕子の手をとって、逃げるような足取りでエレベーターに乗り込んだ。

「誰だろう、あの男は」

（裕子の身内なのだろうか。それとも――）

「藍藤だろうな」

草馬が言った。

「藍藤だって？　なぜ、やつが彼女を連れ出したりするんだ。まさか――」

慌てて追いかけようとするわたしを、草馬が止めた。

「たぶん無駄だよ」

「いったい、何が無駄なんだ」

「とにかく、もう一軒訪ねる必要がある」

草馬が向かった先は、２０２号室だった。事件に係わった目撃者で、まだ出会ってない最後の人物、町谷夫婦の部屋だ。

そういえば、一課の連中は、なぜか聞き込みに行かなかったらしく、調書には町谷夫婦のことは何も書かれていなかった。

「ほぉー。おいマユミちゃん、おまえもちょっとこっちに来てみろ。こいつが本物の警察手帳ってやつなんだぜ」

「あら、すごーい。ねぇ、ケンちゃん。ついでに、手錠も見せてもらったら？」

町谷夫婦は、いたって軽い――というか、灰色の脳細胞の軽さ丸出しの若者のカップルだった。どうりで、調書に記述がないわけだ。担当の刑事は、この夫婦からまともな証言は聞き出せないと判断したらしい。

「あなたたちが、404号室の異常を発見したんですね」

「うん、そう。マユミちゃんとコンビニに出かけようと思って、外の駐車場に行ったら、頭の上で雑巾を裂くような、『キャッ！』ていう叫び声がしたんです」

絹を裂くだろう。だいいち、「キャッ！」だけでは、絹は裂けない。雑巾なら余計だ。

そんなことはお構いなしに、ケンちゃんは、発見の模様を得々と語って聞かせる。草馬は、そのとりとめのない話を辛抱強く聞いた後、

「で、あなたたちが事件現場にいるときに、他の人が何かしたのに気づきませんでしたか」

「そんな余裕ないっすよ。こっちはびっくりしちゃって、ただボケーッとしてただけなんすから。それに、あの部屋に行ったのは、おれだけだったし」

「じゃあ、マユミちゃん――いや、奥さんは？」

「あたしは、ずっと駐車場にいたの。だって、ひょっとしたら、誰かが飛び降り自殺するかもしんないと思ったしぃー」

「ちょっと待ってください」

わたしは驚いて口を挟んだ。「すると、あなたは窓から逃げ出す犯人の姿を見たんですね」

「そんなもん見てないわ。見てたら、とっくに警察に話してるしぃー」

「誰も見ていない？」

「そうよ。ケンちゃんが、あの部屋の窓から顔を見せるまでは、他の人はだぁーれも見てません」

「マジで？」

「大マジよ」

「そんなはずはない。犯人が窓から出てきたはずだ」

「この刑事さん、チョーしつこいわね。誰も見てないったら、見てないの。ねえ、それよりも、拳銃見せてよ」

ファックショイ！

草馬が、ひときわ大きなくしゃみを放った。

6

「いったいどういうことなんだ」

わたしは、重い足取りで車に乗り込んだ。

藍藤と裕子が手を取り合うようにしてエレベーターに乗り込む様子が脳裏に甦る。

(まさか、あの娘が嘘を――)

助手席の草馬が煙草を取り出すと、口にくわえ、それから思い当たったように、わたしにも煙草を勧めた。

「まったく、探偵ってのは因果な商売だな」

紫煙に目を細めながら草馬がボソリと言った。それから、ダッシュボードに入れてあった外注契約書をビリリと半分に引き裂いた。

「おい、何してるんだ」

「今回の注文は、なかったことにしてくれ」

「何を言ってるんだよ。事件の謎が解けそうもないのか」

「いや、事件の謎は解けてる」

「だったら、なぜ……やっぱり、あの逃げ出したふたりが犯人なんだな。おまえは、あのふたりを庇《かば》うつもりなのか」

「ふたりの行き先はわかってる」

「なら教えてくれ」

「その前に、ひとつ条件がある。これからぼくが話す推理は、聞かなかったことにしてほしい」

「いったい、どういう――」

「いいから、黙って聞け。これから話すことは、全部君がひとりで考えたことにする。だから、その後、君がどうしようと勝手だが、全部が君の責任になる」

草馬の言っていることがよく理解できなかったが、とにかく容疑者を確保するのが先決だ。わたしは、承諾した。

とたんに、草馬が、肩の荷を下ろしたかのように、ホッとした表情をした。それから、ニヤリと不気味な笑みを浮かべる。

それを見たわたしは、悪魔に魂を譲渡する契約をしたような気分を味わった。

「ふたりの行き先は、《県立総合病院》だ」

「《県立総合病院》？　まさか、入院している橙堂の息の根を止めに行ったってのか」

「馬鹿、逆だよ。橙堂が息を引き取ったんで、慌てて駆けつけたんだ」

（そうだったのか――）

たぶん、自分たちが犯人じゃないということを偽装するためにも、そうする必要があったのだ。裕子が何度も見舞いに足を運んでいたのも、もしかしたら、意識不明の橙堂の口から、何か自分たちにとって不利になる言葉が漏れるのを恐れてのことかもしれない。

わたしは、病院に向けて車を出した。

「今回の事件の特色は、今までにない、言わば〈第四象限の密室〉と呼べるものだ」

助手席の草馬が言った。道々、推理を話すつもりらしい。

「第四象限？」

「座標だよ、数学で習ったろう。横棒をX軸、縦をY軸とするやつだ」

草馬は、自分の前のフロントガラスに息を吹きかけると、人さし指を使って、十字を描いた。

「XとYの両方がプラスの部分を第一象限、Xがマイナスで Yがプラスが第二象限、両方がマイナス部分が第三象限、そしてXがプラスでYがマイナスなのが第四象限だ」

草馬は、十字の右上部分に「1」、左上に「2」、左下に「3」、右下に「4」を書き入れる。

「事件に座標が関係するのか？」

わたしの問いに答えることなく、唐突に、今度は密室論に話題が飛んだ。

「カーの『三つの棺』における密室講義をはじめとして、密室を整理、分類したものはいろいろある。日本で最も有名なのが、江戸川乱歩が『類別トリック集成』の中で大別したものだ。つまり——
（A）犯行時、犯人が室内にいなかったもの
（B）犯行時、犯人が室内にいたもの
（C）犯行時、被害者が室内にいなかったもの
この三つだ。もちろん、この場合の「室」とは、直接犯行が行われた部屋、あるいは空間を意味する。

『類別トリック集成』が発表されたのが確か昭和二十八年だから、現在まで五十年以上にわたって、この分類は密室の指針として大きな役目を果たしてきたことになる」

「ああ、確かに。で、それがいったいどうしたっていうんだ」

「さっきの象限図と合体させる。いいか、X軸を犯人の存在を表す軸。縦のY軸を被

害者の存在を表す軸だとする。そして、おのおのプラス方向を室内、マイナス方向を室外とするんだ。するとどうなる」

「どうなるって言われてもなあ」

「しょうがないやつだな。いいか、第一象限は、被害者と犯人が揃って室内にいた場合だから、類別の（B）に相当する。第二象限は、被害者が室内にいて、犯人が室内にいなかった場合だから（A）だ。第三象限は、被害者も犯人も室内にいなかった場合、つまり（C）になる。すると、何が残る？」

「もちろん、第四……って、まさか――」

「今回の密室は、今まで五十年間空いてきた〈第四象限の密室〉なんだよ」

「しかし、第四象限というのは……ええと、XがプラスでYがマイナスだから。犯人が室内、被害者が室外ってことになるぞ」

「もちろんそうさ」

「だけど、被害者の橙堂は室内にいたんだぞ」

「いや、違うね。橙堂は、部屋の外――つまり、窓のところにいたんだ。そして、その窓を裕子が突然開けた。その拍子に、室内に転がり落ちた橙堂は、持っていた包丁で自分の腹を刺してしまったんだ。もちろん、犯人の裕子には殺意はなかった。つまり、この事件の真相は、裕子が引き起こした事故だったのさ」

「ふーむ……まあ、お前がそう言うんなら、仮にそういうことにしておこう。けど、何で橙堂は包丁を持って窓の外にいたんだよ」

「藍藤を殺しに行くところだったんだよ」

「そんな――」

「その動機はわからない。管理人が言ったように、藍藤に新しい恋人が出来たのかもしれない。とにかく、ふたりの関係は最悪になっていた。そして、橙堂に殺意が芽生えた――」

草馬は、橙堂の犯行計画を推理、分析してみせる。

まず、犯行の経路だが、わたしが推理した経路（玄岩夫婦犯人説は間違っていたが）とは、逆――つまり、404号室の寝室の窓から忍び出て、庇伝いに401号室の居間の窓（裕子は、いつも施錠していなかった）から室内に入り、玄関のドアを開けて通路に出、402号室にいる藍藤のところに行って、刺殺する。帰りは、その逆のコースを辿るというものだ。もちろん、犯行に出向く前に、401号室の鍵を、玄関にある裕子の靴の中から盗んでおく。どの部屋も玄関の錠はオート・ロック式になっているから、藍藤殺害後、再び401号室に入るには、鍵が必要だからだ。

そんな面倒くさい経路をとるよりも、いきなり玄関のドアから忍び出るほうがはるかに楽だったろうが、たぶん、玄関のドアを開けたときに吹き込んで来る風によって、居間にいる裕子に気づかれることを恐れたに違いない。

犯行時刻を午後六時過ぎとした大きな理由は、アリバイの証人をつくるためである。証人とは、もちろん裕子のことだ。彼女は、午後六時から始まるお気に入りのラジオドラマに完全に釘付けになる。

ドラマが始まるのを見計らって、橙堂は、手元にあったカセットコンポのテープを回す。そこには、携帯電話の呼び出し音と、それに続いて適当な会話が十五分ほど録音されている。ドラマに夢中になっている裕子は、それを頭の片隅で聞いているかもしれないが、ドラマが続いている十五分間は、ドラマに没頭して身動きひとつしないだろうから、偽の音だとバレる可能性は低い。

犯行に使える時間は十五分弱だが、４０２号室までの距離は知れたものだ。充分に往復できる時間だった。

それから、部屋の電話機の受話器を外し、話し中の状態になるようにして流し台の上に置く。自分がいないときに、どこからか電話がかかってきたらまずいからだ。

ただし、通話記録を調べられたときのことを考えて、４０２号室にいる藍藤にも、午後六時ちょうどに、自分の携帯に電話するよう、前もって頼んでおく。もちろん、携帯電話の着信音は、音の出ないマナー・モードに設定してある。

　橙堂は、携帯電話で藍藤と会話のやり取りを続けながら、寝室の窓から庇へ忍び出る。凶器の包丁と、裕子の靴の中から秘かに取り出した４０１号室の鍵を持って。

　そうして、外壁に背を押し当てるようにして、そろそろと狭い庇の上を進んでゆく。建物の下にいる者に気づかれでもしたら計画は失敗に終わるだろうが、その可能性は低かった。初秋の午後六時という時間帯が、犯行に有利に働く。夕暮れの帳《とばり》が彼女の身を隠してくれたし、普段は黄色主体の明るい色の服を好んで着ていたはずの彼女が、その日に限って暗い灰色のトレーナーを着ていたのは、外壁のコンクリートの色に自分の姿を溶け込ませるためだった。

　犯行計画は、完璧に思えた。

　ところが、居間の窓に背中を押し付けようとしたそのとき、裕子が窓を引き開けてしまったのだ。

「――そして、裕子を押し倒すようにして、背中から室内に転げ込み、自分が持っていた包丁が腹に刺さってしまったというわけさ」

「じゃあ、裕子が気絶する直前に聞いた橙堂の言葉は――」

「『あなた』というのは、裕子のことだ。たぶん、『あなたは、ずっとラジオの前にいるはずなのに、何でこんなこと——つまり、いきなり窓を開けるようなこと——をしたのか』って言いたかったんだろうな」

草馬は、事件の全容を見事に暴いてみせた。

だが、わたしとしては、さっきのお返しに、一矢報《いっし》いねば気がすまない。

「なあ、さっきの〈第四象限の密室〉ってやつだけどな。橙堂は部屋の中で自分を刺したんだから、被害者は部屋の外にいたことにはならないんじゃないのか」

「いや、そうじゃない。たとえば、乱歩類別集の《(C)犯行時、被害者が室内にいなかった》の代表的な事例は、『部屋の外で襲われた被害者が、部屋に逃げ戻り、自らの手で部屋のドアに鍵を掛けてから息絶えた』というものだ。つまり、被害者が死亡した時点ではなく、犯行が行われた時点でもって、両者の位置関係はどうだったのかということになる。今回の事件の犯行時（事故だから、犯行とは言えないかもしれないが）とは、裕子が窓を引き開けた瞬間のことだ。そのときには、橙堂は部屋の外にいた」

「でも、極めてゼロに近い部分にいたことになる。その直後には、部屋の中にいたんだからな。それをもって、堂々と〈第四象限の密室〉と言い切れるかどうかは疑問だな」

「君も往生際が悪いやつだな。じゃあ、言ってやろう。ぼくがこの事件を〈第四象限の密室〉と呼ぶ理由がもうひとつある。あの《叉塔きょむ》の四階では、変死が続いたと言ったろう。しかも、管理人の話によると、みんな密室だということになる。それを、ひとつずつ思い出してみろ。

４０１号室では、密室の中の病死。４０２号室では、密室の中の他殺。４０３号室では、密室の中の自殺。そして、残った４０４号室では、第四番目の事象――つまり、密室の中の事故死が起きたってわけなんだよ」

草馬がそう締めくくったとき、車がちょうど《県立総合病院》の駐車場に着いた。フロントガラスの向こうに病院のエントランスが見える。その回転扉から、藍藤と裕子の姿が現れた。ゆっくりと、こちらに近づいてくる。

「実は、ひとつだけ君に知らせなかったことがある」

草馬が言った。「現場の４０４号室で、裕子を玄関に送っていっただろう。そのときに、あの娘の靴の中に部屋の鍵があるのを見つけた。あの鍵にね、ちょっとだけ付いていたんだよ」

「何が？」

「血痕だよ。裕子が二回目に気を失ったときに、藍藤が部屋に運んでくれたって言ってただろう。たぶんそのときに、藍藤は、深いことは考えずに、裕子の靴の中にあった部屋の鍵を使ったんだと思う。そして、その鍵はそのまま401号室に置かれていたんだ。だから、鍵についた血痕のことは警察も知らなかったし、裕子も盲目だから気づかない。何回も使っているうちに、やがて血痕は剝がれていき、わずかに残っているだけになった」

「その血痕は、誰のなんだ」

「もちろん橙堂だよ。ぼくは、ずっと思っていた。居間で倒れた橙堂は、なぜ、わざわざ苦労して玄関まで這っていったのだろうかってね」

「助けを呼ぶためじゃないのか」

「助けを呼ぶんだったら、居間に自分の携帯電話があるし、台所にも受話器がある。わざわざ玄関を開けて人を呼ぶよりも、管理人なり隣の玄岩夫婦に電話をかけたほうが、よほど楽だろう」

「ああ、そう言われてみればそうだな。で？」

「橙堂は、助けを求めて玄関に行ったんじゃない。ポケットに持っていた401号室の鍵を裕子の靴の中に戻し、その後、玄関のチェーン・ロックを開けようとしたんだよ。でも、鍵を靴の中に戻したところで力尽きてしまったんだ」

「つまり、外部からの侵入者によって襲われたという偽装を企《くわだ》てたというわけだ。彼女は、自分が殺人を犯そうとしていたことを、他人に知られるのを恐れたんだな」

「というより、裕子に知られるのを恐れたんだよ。姉のように慕っている女性が殺人を犯そうとしていた。しかも、その女性を瀕死の重態にした原因が自分にあると知ったとき、はたしてあの娘は耐えられるのだろうか。そう、橙堂は思ったんだ。だから、救助の電話を掛けるのを後回しにしてでも、その偽装を行う必要があった。結果的に言えば、彼女は命がけで、裕子を救おうとしたんだよ」

「……………」

こちらに気づくことなく、裕子が車の傍を通り過ぎて行く。見えない目を赤く泣き腫らしていた。

わたしは、車を急発進させていた。

「おい、そんなに慌てていったいどこへ行くつもりなんだ」

草馬が驚く。

「あのマンションに戻るんだよ。たぶん、404号室にあるコンポ・デッキには、証拠のカセットが残っているはずだ。早いところそれを取り出して、始末しなきゃな」

美少女は、泣いても怒っても恥じらっても絵になる。
でもやっぱり、笑顔がいちばん相応《ふさわ》しいだろうから——

(新・本格推理08　2008年3月)

身代金の奪い方

柄刀《つかとう》 一《はじめ》

1959年、北海道生まれ。1994年、「密室の矢」が鮎川哲也編の公募アンソロジー『本格推理３』（光文社文庫）の入選作となり、注目される。以降、本格推理を執筆し続け、受賞には到っていないが、各ミステリ賞の候補作が多数ある。代表作に『ゴーレムの檻』、『時を巡る肖像』、『密室キングダム』、『ペガサスと一角獣薬局』がある。

誘拐《ゆうかい》犯に心強い後押しを事前に与えたのは、誘拐される人質自身だった。

彼女がいなければ、俺だってこんな計画は実行しなかったろうと、誘拐犯は思う。

人質との共犯でなければ、とても……。

「一千万だよ」

一応は人質である定家空美《さだいえそらみ》は、そう念を押してくる。茶髪で、スラリとした体形の十六歳。上物の、カラフルなワンピースを着ている。手首に縛《しば》られた痕跡《こんせき》を残すため、後ろ手に拘束《こうそく》してあった。

座るのはきれいな場所でなければ嫌だ、と文句を垂《た》れるので、椅子は古物商で手に入れて雑巾《ぞうきん》がけがしてある。

ここは、裏の小さな窓から駒《こま》ヶ岳《たけ》が見える廃倉庫。薄暗さ、埃《ほこり》っぽい物陰、漂《ただよ》う錆《さび》のにおい、などは、人質の監禁場所としてはいかにもふさわしい。

「判《わか》ってるって」

スッポリかぶったスキー用の目出し帽の陰で、誘拐犯は安心させるように言う。

「でもね、空美ちゃん。その金の使い方には、くれぐれも注意してよね。誘拐犯からようやく解放された女の子が、二、三日でお金ばらまいて遊び歩いちゃおかしいからね、絶対に」

「くどいよ、おじさん。ほんっとに、細かいんだから。今さらながらのそのスキー帽の覆面《ふくめん》も、まだ続けるの？」

「このイメージを植えつけるんだ、いいね？　誘拐犯はこうして、君にはずっと顔を隠していたんだよ」

「声もだよね」

「そう。犯人はこうして……、話す度に、機械のような物を口元に持っていって、変な声を出していたんだ」

「ふり、じゃなくて、本物のボイスチェンジャー買ったら？」

「その手のは、入手しづらいんだよ。携帯電話用のあれ一個で充分だ。……とにかく、警察に信じ込ませる犯人像のイメージを、頭にリアルに叩き込んでくれ」

こうしないと、この頭の軽い娘の供述は空疎《くうそ》になるだろうと、誘拐犯は恐れていた。だから、襲撃シーンも実際に演じたほどなのである。この場所で不意に襲われました、などと筋書きだけを決めて教えても、それでは具体性が完全に抜け落ちてしまう。

警察は、襲撃時の細部を突き詰めて訊《き》いてくるだろう。接触したその時の情報に、犯人特定の手がかりも当然あるはずだからだ。声、感情的な言葉の選び方、手際や腕力、身なりや年格好……。

具体的な返答ができなくても、恐怖で記憶が飛んでしまっていると解釈してくれるかもしれないが、向こうもプロだ、供述の不自然さを嗅《か》ぎ取る可能性も極《きわ》めて高い。それを避けるための、襲撃シーンの予行演習だった。

場所は、小田原《おだわら》市早川《はやかわ》にある、飲屋《のみや》街《がい》の奥まった路地。定家空美は、出会い系サイトで知り合った相手と落ち合うためにこの場所を通りかかったことにする。

……実際、彼女と誘拐犯を結びつけたのが出会い系サイトだった。

六度めに会った時だ、空美が言いだした。

「親を殴ってでも、クサレ金、目《め》一杯《いっぱい》手に入れたいよ」と。

空美は、フルネームで本名を名乗っていた。この地方で定家といえば、ある裕福な旧家が有名だが、そこの長女であることも彼女は認めた。

歴史ある豪商だった定家家は戦後、ＧＨＱにうまく取り入って解体を免《まぬか》れ、外国人の保養地として箱根《はこね》が注目されるようにと、かなり画策していたとも伝えられる。今でもなにかと、政財界の陰では莫迦《ばか》にならない口出しをしているようだ。

空美によると、両親はしみったれだという。金など余っているくせに、娘には細かい説教をするばかりでろくな小遣《こづか》いも渡さない。強突《ごうつ》く張《ば》りの亡者だとのこと。

セレブとして遊べない自分に、定家空美の鬱憤《うっぷん》は爆発寸前まで膨《ふく》れあがっていた。

その、爆発寸前の火力が、誘拐犯の空想に過ぎなかった犯罪計画に火を点けたといえるだろう。両者の利害が絡《から》み合い、大金奪取プランの火蓋《ひぶた》が切られたのだ。

この月末、ほぼ現金に近い形で一億円ほどが集まる口座を空美は知っていた。短時間で身代金を用意させられるので、即断即決、警察に知らせるかどうかを思案する間も定家家に与えることなく、彼らを振り回せるかもしれない。

……立案されたシナリオはこうだ。

どうしてあんな人通りのない路地を深夜に歩いていたのか、と刑事に問われたら、何度もためらった後《のち》、「は、初めて出会い系サイトというのを利用し、その相手に呼ばれて行く途中だったの」と、身を縮めながら答えることにする。

初めてでいきなりこうした大きな不運に見舞われるというのは現代ではむしろリア

リティがあるし、家族にも秘めていたい、被害者側の恥ずかしい落ち度を告白することにしたほうが、供述の信憑性《しんぴょうせい》も増すことになるだろう。

選んだ路地で、前夜、誘拐犯は定家空美を模擬《もぎ》的に襲った。空美には、大きな悲鳴だけはあげるな、と言い聞かせてあった。万が一、聞きつけて誰かが助けに来たりしたら、ややこしくなる。刑事たちに伝える時は、恐怖で悲鳴もあげられなかったことにする。

誘拐犯は、背後の死角から空美に接近し、気付かれた時には彼女の腕をねじあげていた。大きな手袋をはめた手で口を押さえて叫びを封じ、近くに停《と》めた車まで空美を引きずって行く。誘拐犯は目出し帽をかぶり、ダークグリーンの雨ガッパの着用に及んでいた。カッパは、服装を隠すのはもちろん、体形も曖昧《あいまい》にする。

車の後部座席に押し込まれた空美は、後ろ手に縛られ、脅されながら猿ぐつわをかまされ、最終的には床に寝転ばされる。

それから長時間、車で移動し、倉庫に着いてから猿ぐつわをはずされた。

警察と身内に、定家空美は以上のこうした体験を伝えることになる。当然、そこには現実感がこもるだろう。腕をねじあげられた時の痛みや、引きずられた時の靴の様子、息苦しさや狼狽《ろうばい》、犯人の車の運転具合など……。

でも——、と、誘拐犯は何度も空美に言い聞かせた。スラスラと答えてはいけないのだ。不確かな部分や、どうしても思い出せない時間があって当然なのを、忘れてはならない。苦労をして記憶を呼び戻す様子を見せるんだ、と誘拐犯は教えた。

そして、定家家の経済状況や内部事情などを細かく知っている身近な者が誘拐犯の正体らしいと、この犯罪はにおわせることになる。都合よく大金が集まっていた口座に関しては、空美が脅《おど》されて口を割ったことにする……。

以上、誘拐犯にとっては万全を期した、これが計画の一部だった。

共犯そのものに不安を感じるが、やるしかないところまで、誘拐犯も追い詰められているのだから仕方がない。

「さて」

誘拐犯は腕時計を覗《のぞ》いた。

朝の九時。夜遊びの珍しくない空美が帰って来ていなくても、家族は心配もしていないだろう。

「そ、そろそろ時間だな」

ボイスチェンジャーを取り出した誘拐犯は、空美の携帯電話のイヤホンジャックにコードを接続した。緊張感が、指の動きを鈍くさせる……。

定家家への最初の一報は、空美の携帯電話を使うことにしていた。通知される番号によって空美本人の携帯電話と判るから、誘拐を信じる根拠の一つになるだろう。

それ以降は、闇市場で購入した足のつかない携帯電話を使うことにしている。二台手に入れてあるので、途中で切り換える計画だ。

空美の携帯電話で自分の携帯電話を誘拐犯が呼び出すと、呆れたように、

「また確かめるの？」と人質は言った。「細かいなぁ」

「本番で機能していなかったら、なんにもならないじゃないか」

空美の携帯電話から発せられた自分の声は、間違いなく質を変えられていた。八つあるチャンネルの中で、最も凄みの感じられる低音レベルを空美と相談して選んだのだ。

「君のこの携帯電話《ケータイ》は処分するからな」

「まったく……」

「データはパソコンに取り込んであるんだろう？　折を見て、新しい携帯電話《ケータイ》に移せばいいんだから、問題ないって」

誘拐犯は、定家の自宅のナンバーを呼び出す。

——いよいよ本番だ。

「……オヤジたち、警察に通報するかな？」

空美の声に、初めて不安が滲《にじ》んだ。

「け、警察が介入したって大丈夫だ。あいつらを出し抜いて身代金を奪える自信があるから、思い切って始めたんだからな」

そう断言して、誘拐犯は自分を鼓《こ》舞《ぶ》する。

しかし……、失敗の危険はゼロではない。その時は、定家空美への分け前である一千万も手に入らないということだ。

さんざん面倒なことをしたのに金が回ってこなかったら、空美はどうするだろう？　なんとしても一千万ぐらいは手に入れろ、用立てろと要求してくるかもしれない。すべてバラしてやる、と、キレるかもしれない。

——その場合は……、大変残念な結果になるかもしれないな。

そんな非道だけは、絶対にしたくないものだが……。

どこまで覚悟が決まっているのか自分でも判らないまま、誘拐犯は通話ボタンを押した。

1

湯ば丼……。湯葉《ゆば》の丼。

これも名物なのだろうか。

箱根でのお土産《みやげ》を探そうと、私は龍之介《りゅうのすけ》と一緒に箱根湯本《はこねゆもと》駅前商店街をそぞろ歩いていた。

めぼしい物の当たりをまずはつけておき、人と落ち合う用件が済んだ帰りに買うことにしている。時間があまりない。

六月の、陽気のいい週末だが、人出はさほど多くはなかった。昨日まで続いた大雨の影響かと思ったが、このシーズンは、意外とこの程度のにぎわいだという。

込んではおらず、歩きやすい。

アーケードの下の狭い歩道に面して、温泉街にふさわしい和風の店屋が軒を連ねている。

まんじゅう屋、こけし屋、総菜《そうざい》屋……。

「光章《みつあき》さん、これ、断面がイカになってますよ」

龍之介が覗き込んでいるショーケースの中には、カマボコがあった。その切り口には確かに、イカスミでも使ってあるのか、マンガチックな黒いイカが姿を見せている。隣には、寿と文字の見えるカマボコ。

この一角には、金太郎飴めいた作りのカマボコが並べられているようだ。なかなか広い店で、食べ物ならなんでも扱っている風である。洋菓子も和菓子も豊富だ。

龍之介もカマボコだけではなく、袋ものスナックが積んである場所へも興味の目を移していく。三十男が聞いて呆れる童顔である龍之介が、菓子に目を光らせている様は、少年——とまではさすがにいかないが、園児を引率している気のいい新米《しんまい》保育士を思い浮かべさせる、なんとも素朴な雰囲気を醸《かも》し出していた。内面もそうした奴で、気が小さくて何事にも不器用だが、それにへこまず、この日本社会でのびのびと素顔をさらしていられるおめでたい男だった。

その彼が、ちょっとビックリしたように瞬《まばた》きをし、後ずさっていた。

小さな透明ケースの中を見ると、そこにあるのはお菓子でできたオッパイだ。

商品名、おっぱいプリン。

なめらかな、丸い山が二つ並んでいる。

いきなりそんなものを見て戸惑ったらしい龍之介だが、後ずさったのがまずかったか、中年男性と接触してしまった。

「あっ、すみま――」

慌てた龍之介が振り返って詫《わ》びを口にしようとした時には、視界には男の姿がない。ヘナヘナと倒れ込んでいたのだ。

わっ、と青くなる龍之介。

「大丈夫ですか？」

声も一段高くなり、急いでしゃがみ込む。

しかし私の見たところ、相手が倒れ込むほど激しくぶつかったわけではない。明らかに大げさな反応だ。

龍之介はまだ店内におり、相手の中年男性が、歩道からヨロヨロと店に入って来た感じだった。ほんの軽く接触しただけだし、向こうも前方不注意だ。

しかし龍之介は、そんな状況などおかまいなしで、倒れた男を心配している。

……呻《うめ》き声が聞こえる。

蹲《うずくま》る男が、苦しそうな声を漏らしているのだ。白いワイシャツの背中に、汗が滲《にじ》んでいる。

私は一瞬、詐欺《さぎ》の類《たぐい》ではないかとの疑いを持った。当たり屋というのがある。車にわざとぶつかっていながら被害者を演じ、治療費や示談《じだん》金をせしめるあれだ。それの、生身バージョンではないのか？　大げさに倒れて、怪我の治療費などを要求する——人のよさそうな、気弱なターゲットを見抜いて。

だとすると敵の目の確かさは天才的だな、と感心しながら身を屈《かが》めた私だが、男の表情を見て考えを改めた。嘘偽《うそいつわ》りなく、本当に苦しそうだった。

歯を食いしばり、皺《しわ》の刻まれた額に脂汗《あぶらあせ》を光らせ、鼻の穴で懸命に息をしようとしている。苦しそうであり、そしてどこか、悔しそうでもある。龍之介ならずとも心配になってしまう様子だった。

苦悶《くもん》する男の背に、龍之介はそっと手を乗せ、

「怪我《けが》……ではないのですね？」

「……し、心臓……」

心臓発作か。

胸が苦しくなってよろめき、たまたま龍之介にぶつかった。ぶつかったせいで倒れたわけではない……。

倒れた男、そして私たちの周りを、人が取り巻き始めていた。

「薬は？」龍之介が訊いた。

男はかろうじて首を横に揺する。

「何年も……、ひさ……しぶり……」

「何年も発作が起こっていなかったので、薬を携帯していないのですね」

油断していたか。あるいは、もう完治したと決めていたか。

「どなたか、救急車を」

龍之介が言うと、店の者ら何人かが携帯電話をオンにした。

「大丈夫だ」と、一人が言う。「救急車はすぐに来る。消防署、近いから」

歯の隙間《すきま》から、「こ、こんな時に……」悔しさを込めた声がそう絞り出される。

苦痛と不安に翳《かげ》りながらも、目には、先にあるなにかを凝視しようとするような一筋の光もあった。まだ先に進もうとしているような……。

男のそんな目が、身を寄せている龍之介の顔にふと移り、そして据《す》えられた。

「頑張って」

と、そう声をかける龍之介にじっと数秒間、視線をとどめると、男は、胸に当てていた右手を動かした。

「これを……」

男の手が動かしたのは、大事そうに腹の下に抱えていた黒い鞄《かばん》だった。それを、力を振り絞って龍之介のほうへ押しやる。

「これを、運んでくれませんか」

「どこかへ届けるのですね？」

「そ、そうですが……」

「判りました。お引き受けします」

あっさりと、龍之介はお引き受けしてしまう。確かに、断れる雰囲気ではないし、龍之介の性格からして当然でもあったろう。

「大事な……」

まだなにか言いかける男を柔らかく押しとどめ、

「どこへ届ければいいのです？」と、龍之介は尋《たず》ねる。

答えるために動いたのは、男の口ではなく、手だった。携帯電話を差し出してくる。

ちょっと不思議そうにしながら、龍之介はそれを受け取った。

「これをどうすれば？」

「し、指示……」

「指示？」

なんだ？　誰からの指示だ？

「この電話に住所が記入されているのですか？」

息の切れ間切れ間に、男は言った。

「男……言ってきます……」

「電話をかけてくる人の指示に従えと？」

「男、って、名前は？」どうも不可解なので、私は口を出した。「届け先の住所はどこなんです？」

発作に耐える男は、頭《かぶり》を横に振る。

どちらも知らないということか？　指示してくる男の名も、この鞄を届ける先も。

私に向けられた龍之介の目も、怪訝《けげん》そうだ。

一言しゃべるのも辛そうな男に問いかけるのは気が引けたが、確認せずにはおられない。「電話で指示してくる男に従って、この鞄を運べばいいと？」

男が肯定するこの運搬方法は、非日常的な取り引きにこそふさわしいものではないだろうか。鞄の中身が現金ならば、さながら身代金の受け渡しである。

この時、手の中の携帯電話が鳴ったので、龍之介はビクッと反応した。

男の目が、「出て」と語っている。

龍之介は携帯電話を男に寄せ、自分も聞こえるように耳を近付けた。私も、いっそう屈み込んで近寄った。受信ボタンを押して聞こえてきた奇妙な声に、龍之介の身がまた固くなる。

声は、低くざらつき、ロボットのようだ。ボイスチェンジャーを使っているのか。

『安原《やすはら》』声は言う。『芝居する意味はないよな？』

安原という名らしい男は、絞り出す途切れがちの小声で、「違う……。か、代わりに、この人たちに……」と、哀願するように伝えた。

電話の向こうには、舌打ちするような混乱の気配がある。

安原がさらに、「引き受けてくれると……」と言葉を足すと、応答があった。

『じゃあ、あんたたち、いいんだな？　言われるとおりに、鞄を運べるのか？』

「え、ええ」緊張の声で龍之介が頷く。

『名前は？』

「天地《あまち》。二人とも天地です」

『ではまず、箱根湯本駅へ行ってくれ』

「どこへ鞄を運べばいいのです？」

『順次、指示を出す。それに従えばいい。その携帯電話《ケータイ》に登録してあるナンバーはすべて着信拒否にしてある。で、つながるのは俺の通話だけのはずだ。その命令に従うんだ。まずは駅へ急げ』

そう言い残して電話は切れた。

ますます身代金の受け渡しめいた犯罪のにおいがしてきたじゃないか、と思っていると、龍之介の肩の上に、ポツリと、鳥の糞《ふん》が落ちた。

アーケード街で、鳥の糞？　上を見るが、そこにはやはり、アーケードの屋根がある。

鳥がいるとは思えないが、龍之介のビジネススーツの肩に、鳥の糞があるのも事実だ。

まあ、アーケードの下にいても鳥に糞をかけられてしまう……それが天地龍之介だよな。

2

救急車は、本当にすぐに来た。サイレンの音は早くから聞こえていたが、龍之介がハンカチで鳥の糞の始末をしているうちに、救急車が見えるようになった。

「この方をお願いします」

立ちあがった龍之介は、ハンカチを仕舞いながら、周りの者たちにそう頼んだ。

私と龍之介に、顔色も悪い安原が、「お頼みします……」と、細い声ですがるように言う。

私たち二人は、黙って頷いた。……私も頷いてしまった。もう、流れを断《た》ち切りがたかった。大きな船が岸を離れてしまっている。

龍之介が、右手に自分の小型旅行バッグ、左手に鞄を持ち、私たちは箱根湯本の駅へと引き返す。

「重いのか、それ？」

「ちょっとしたものです。……でもまるで、身代金か、ま、麻薬を運んでいるみたいですけど、安原さんは悪い人には見えないし……」

「すると、身代金か？——いや、意外と」まったく違う考えが浮かんだ。「テレビ番組のドッキリ企画だったりしてな」

「え？」

「素人を巻き込んで、右往左往《うおうさおう》する姿をネタにしてしまうとか」

「そんなことが……？」

「今のテレビ業界なら、なんでもありさ」

そんな発想が浮かんだ理由を、私は自分なりに探した。

「ほら、列車の窓から見えたじゃないか、テレビクルーみたいな人たち」

「あれは、酒匂川《さかわ》を撮影していたのじゃ？」

「そのふりかもしれないし、この観光地なら、他にも撮影隊がいても不思議じゃないだろう」

そう言葉を交わしながら進む私たちの頭上で、小さなツバメに似た小鳥がアーケードをかすめるように飛び過ぎた。糞の落とし主の正体らしい。

　そうだ。もう一つ、テレビの撮影なんてことを思いついた理由があった。安原が渡してきた携帯電話だ。普通の機種とは形が違うような気がする。

閉じたフラップを受ける側のボディーが、余分に長くないか？　閉じた時にアンバランスだ。顔の正面で持った時の下側が、少し厚みもあって下に長いのだ。微妙に、その上のボディーとは色も違っているのではないか。

この携帯電話はもしかすると、撮影用の小道具だとか？　あるいは、余分に思える部分が、音声の収録に関係するメカだとか？

もし、これがたちの悪い番組撮影だとしたら、あの安原は迫真の演技をしたことになるが……。

しかしそれでもまだ、その可能性のほうが現実的に思える。身代金かなにか、秘密めいたブツの受け渡しにいきなり巻き込まれたと信じるよりも、隠し撮りされている番組の登場人物になったと受け取るほうが、ずっと自然でリアリティがある。

そうであったほうが、遥《はる》かに気が楽だった。

龍之介も当然そう考えているのだろう、

「これに入っているのが作りもののお札《さつ》だとしても……」と、バッグを揺すって言いだした。「一枚はやはりおよそ一グラムでしょうから、六千万円ぐらい入っているかもしれませんよ。六キロ前後の重さだと思います」

一万円札で六千枚か、と、その豪勢な光景を思い描こうとした時、龍之介本人の携帯電話が鳴った。

歩を止めずに、鞄を片手で持ち直して彼はそれに出た。

『天地館長』

と、呼びかけられる。こう見えて、龍之介は学習プレイランド〝体験ソフィア・アイランド〟の館長である。国語、物理、数学などに、楽しく遊びながら触れる施設なのだ。

電話の相手は、年上ではあるが部下である轟《とどろき》幹春《みきはる》。今日はこの地まで、天地館長は轟さんの知人を訪ねて来ていた。〝体験ソフィア・アイランド〟は秋田市の南、仁《に》賀《か》保《ほ》町にあり、私と龍之介は秋田市内でルームシェアをしている。

轟さんの知人・遠藤《えんどう》は工場の経営者で、〝体験ソフィア・アイランド〟の夏の企画に、金属廃材を使ったロボットや面白からくりなどのユニークな技術や作品を貸し出してくれることになっている。轟さんは奥さんを帯同して、旧交を温めながら下準備をしてくれていた。

週末は〝体験ソフィア・アイランド〟のかき入れ時だが、相手の都合が今日しかつかないのだから仕方がない。

私は、八歳年下の頼りない従兄弟《いとこ》である龍之介の学習プレイランド施設に、つい力を貸すような真似をしてきたが、今日の契約に立ち会うお節介までしようとしているわけではない。こっちは純粋な観光である。勤め先の広告代理店は、週末は普通に休みであり、旅行に問題はない。龍之介の出張に合わせて、チケット類を購入してみたまでだ。龍之介だけが、仕事がらみとはいえ風光明媚《ふうこうめいび》な地を味わうのは癪《しゃく》に障る。

『昼食のあのお店、予約が取れました』

轟さんの声が、携帯電話と耳の隙間からかすかに聞こえる。

「ご苦労様です。昼食には間に合いたいですが……」

今は、十時八分だ。

『え？』

「実は、よんどころない事態に巻き込まれまして、しばらくはそちらに行けそうにありません」

『来られない……』

「申し訳ありません。ですが、契約内容はすでに充分に検討済みで、後は印鑑を捺《お》すだけ。双方合意に達した上での顔合わせといった意味合いの会見ですからね。轟さんご夫婦だけでも、座を保たせることは可能か、と」

『それは、まあ、そうできないことも……』

最終的な確認を行ないつつ顔つなぎをし、契約書を交わしてから昼食会、という予定だと聞いている。私はその間、芦《あし》ノ湖《こ》の遊覧船巡《めぐ》りなどをしようと思っていた。

……どうやら、その観光プランは風前の灯火《ともしび》となりつつあるようだが。

「契約書を交わす段階には、駆けつけたいですが……。間に合わなかった場合、昼食の折か、その後にでも、必ず……」

『……どのような事情で予定変更に？』

不思議がるのも無理はない。几帳面な龍之介がこうしたキャンセルをするのは極めて珍しい。

「それが……、大変重要そうなのですが、まだはっきりとは」

これで相手が納得できるだろうか？

「不明な点が多いのですけど、どうしても、優先せざるを得ないと思えまして……」

この曖昧さでも、『判りました』と、轟さんはなにかを察してしっかり口にする。

『うまく運んでおきます』

失礼の段をくれぐれも深謝してほしいと、くどいほど伝え、それから龍之介は携帯電話を切った。

アーケード街が終わり、駅舎がすぐ左手に見えている地点で、安原から受け取っていた携帯電話が鳴った。またビクッとなる龍之介に、私は急いで言った。

「鞄をオレが持とう。お前は電話の応対に専念してくれ」

出ると、例の声。私にも聞こえる位置で、龍之介は携帯電話を持っている。

『そのまま直進し、駅の向かいの通りに渡るんだ』

土産物屋の名前をあげ、そこへ行けと言う。

通話を切り、フラップを閉じた瞬間だった、

『驚かないで』と、突然別の声が聞こえてきたので、私たちはかえって驚いた。すぐに続けて、『声を出さず、さり気なくしてください。こちらは警察です』携帯電話から聞こえてきているようだ。これは、ボイスチェンジャーなど使っていない、普通の、男の声だ。年齢はつかみづらい。渋《しぶ》めの三十代のようでもあるし、五十代に入っているようでもある。

『県警で特殊事犯を担当している桂木《かつらぎ》といいます。その携帯《ケータイ》電話に通話装置が取りつけてあるのです』

——それが正体か！　携帯電話の余計な形状に思えた部分の。

『携帯電話は胸ポケットにでも入れてください。それで、お二人の声は受信できます』

龍之介は、スーツの胸ポケットに携帯電話を入れた。

『聞こえますか？』桂木刑事の声が、龍之介の胸元から聞こえてくる。『二人で会話をしているふりをして、答えてください』

「聞こえます」

私たちは通りを渡りながら、刑事の声に耳を傾けた。

『とんだことになってしまいましたが、ご協力願えるのですね？』

答えようとする龍之介を制して、

「刑事さん。これは本当に、身代金の運搬みたいなことなんですか？」とまずは確かめておく。

『……そうなります』

で、ではこれは、本物の誘拐事件なのか？　ここまでするテレビ企画なんてことはさすがに……。

まだ現実感が伴わないながらも、私は喉《のど》が締めつけられるような緊張感を抑え、

「協力するっていったって、こっちの身が危険になりそうだったら、鞄は放り出しますからね」

この点は譲るべきではないと、龍之介をにらみつけておく。

『やむを得ないでしょう。人質同様、あなたたちの安全も、我々は全力で確保します』

そうきっぱりと言いつつも、話を変えるかのように、

『先ほどの、安原氏との接触もすべて聞いていました。どうやら、誘拐犯は目の届く距離にいるようです』

私と龍之介が安原から鞄を引き継ぐ光景を見ていても、安原が刑事にバトンタッチをするための演技をしたとは、犯人も思わないだろう。私はともかく、龍之介は絶対に刑事には見えない。

『といって、携帯電話《ケータイ》の細部まで見えるほどの接近はしないでしょうが、念のため、通話装置部分は手で隠すなどして使ってください。装置がどこにあるか、判りますか？』

「下に長い部分ですよね」と龍之介が言った。

彼ももちろん、形体の異質さには気がついていたわけだ。

『簡単にははずれませんが、ぶつけたりしないようにしてください』

「その部分の接着方法はなんなのでしょうね？」などということにまで龍之介は言及した。「覆面パトカーで使われるルーフ用の赤色灯《せきしょくとう》と同じ、ゴムマグネットでしょうか？　いや、こうした電子機器には使えませんかね。両面テープにもある、吸盤型ミクロ構造とか？」

『それは、さあ……』

ピントがずれているが、こうした興味の方向に意識が注がれているのは、今の龍之介にとっては好ましい傾向だろう。人質の命の懸かった重大な事態と彼のひ弱な情操《じょうそう》が——館長になって多少鍛《きた》えられたとはいえ——まともに向き合ったら、心身とも硬直してしまって身動きが取れなくなるに違いない。

もしかすると彼の本能が自動的に、緊迫感から理性を切り離すためのバイパスをすでに作っているのかもしれない。

龍之介の発作的な知識欲が刑事を戸惑わせたところで、犯人からの呼び出しがかかった。指定された店の前だ。

『店に入り、左側奥の棚に行け。そこの、二千九百六十円の四角いバッグを二つ買うんだ』

「買う……」

『それぐらいの金は持ってるだろう。自腹を切ってくれ』

店内には、お土産としての雑貨が並んでいた。お客は二、三人だ。左側の奥へと進む。

「これですね」龍之介が目ざとく見つけた。

値段。形状。間違いない。他には、そんな品はない。

黒い人工皮革の、ちょっとしたショルダーで、大きなハードカバー本を八冊か九冊積んだほどの容量だ。市松模様《いちまつもよう》状に編み込まれた側面の一部には、黒猫のワンポイントが入っていた。

龍之介が購入し、店の人は大きな袋に入れてくれようとするが、それは断った。

店の外へ出ると、犯人からさっそく連絡だ。

『駅のロッカーへ行け』

道を横切り、駅に入り、目立たない急ぎ足でロッカーの前に着く。

計算されたタイミングで、また連絡が入る。

『二つのバッグに、札《さつ》を詰《つ》め替えるんだ』

鞄をひらくと、中で札束が唸《うな》っていた。帯封がかかっており、一万円札で百枚が一《ひと》束《たば》だろう。

見たこともない大金が、無造作にバサバサと入っている。

『三千万ずつ入る』電話の機械的な声は言う。『バッグの底に、札束を三つ並べられる。その上に載せていけばいい。あいた鞄は、ゴミ箱に捨てろ。言うまでもないが、人の目に触れないようにやるんだぞ。終わったら小田急《おだきゆう》線の初乗り料金の乗車券を買って、ホームに入れ』

通話は切れた。

龍之介と二人、身を屈め、背中でさり気なく隠すようにして作業を開始する。覗かれるほど近くに、幸い人はいない。

なるほど、バッグの一辺の長さが、一万円札の長辺のサイズとほぼ一致している。横に三つ、軽く押し込むように並べると、バッグの底が札で覆われる。

人目を避けてコソコソするというのはいい気がしないが、この時、気がついた。犯人がどこかにいたとしてもこちらの手元は死角のはずだ。それで、安原から渡された携帯電話を龍之介から受け取り、ボディーの下の通話装置を検《あらた》めてみる。底は金網状になって、ここで音声を聞いたり声を発したりしているわけだ。

龍之介に携帯電話を戻し、札束の上に札束を重ねていく作業を続ける。

続けながら、「刑事さん」と、話しかけてみた。雑踏は見えるが、近くには誰もいない。「子供でも誘拐されたんですか?」

答えまでには二、三秒の間があった。

『この地方の資産家の娘さんが被害者です。高校生です。今朝、九時頃に犯人から電話で接触がありました。これ以上知る必要はないでしょう』

「我々の近くに、誰か刑事さんがいてくれるんでしょうね?」

『つかず離れず、です。私は通信司令の車両にいます』

積んだ札束は、それぞれ十。バッグはほぼいっぱいになる。三千万ずつ、合計六千万。

重さから割り出した龍之介の見積もりは正解だった。

「計算されたバッグの大きさです」

龍之介がそう口にしたのは、無論、刑事に聞かせるためである。

「ぴったり、三千万入ります。このバッグのサイズに合わせて、六千万という身代金の額を決めたのではないでしょうか」

『恐らくそうでしょう。鞄を捨てさせ、コンパクトにする……。鞄に付けた発信器が、これで無用の長物になってしまった』

「お札そのものに、印《しるし》などは？」ドラマの知識を引っ張り出して、私は訊いていた。

『その時間はありませんでした』

チャックを閉め、バッグは両方、私が持つことにした。自分の旅行バッグもあるので、身代金入りのは、両肩にそれぞれ掛けた。ちょっと格好悪いけど仕方ないと、こんな時でも格好が気になったりする。

大きなゴミ箱に用済みになった鞄を捨て、刑事の姿を探そうとしてしまいそうになる気弱な衝動を抑えながら、券売機へと向かう。小心な龍之介でさえ、懸命に平静を保っている。

発信器が無力にされたということは、警察はあくまで目に頼って私たちの姿を追うしかなくなったわけだ。犯人からの指示の傍受を別にすれば。

犯人はこれから、警察を振り切るために、小田急線を使って私たち二人を引っ張り回すつもりではあるまいか。

「刑事さん」龍之介に話しかけているかのように、彼に顔を向けて言う。「犯人の携帯電話《ケータイ》の送信地点て、割り出せるんですか?」

『エリアまでしか絞り込めませんね。奴は駅の周辺にいる』

乗車券を買って改札へ向かうと、

「コンパクトにまとめられた札束……」と、龍之介が言いだした。「電車の窓から投げ出すことができる大きさなんでしょうか」

3

ホームが一つだけの小さな駅。そこに、小田急電鉄のロマンスカーが、優美な車体を見せて停まっていた。

通話装置からなにか声がしたようだったが、はっきりと聞き取れなかった。龍之介が下を向いて、口元を手で隠しながら声をかける。

「なにか言いましたか？ 構内アナウンスと重なって聞き取れませんでしたが」

『バッグのおおよそのサイズ、目測できますか？』いささか性急な調子だ。

計測装置さながら、龍之介がたちどころに数値を返す。

「幅、二十五センチ。奥行きも高さも十六センチほどですね」

『了解』

通話装置の向こうでは、慌ただしく対応策が練られているのか？

犯人からの着信があり、龍之介は、手際の良さは感じられない動きで携帯電話を胸ポケットから出す。

『ホームにいるか？』

「はい」

『では、登山電車に乗るんだ』

——そっちか！

ロマンスカーの反対ホームには、箱根登山鉄道の電車が停《と》まっていた。赤い、可愛い車体の二両編成。

小田急線の乗車券はホームまで来させるための入場券で、目先を狂わせる役も持っていたんだ。……やってくれる。

『乗って移動、次の指示を待て』

龍之介は車両に乗る前に立ち止まり、天井にある時刻表示板の十時台に目をやった。

「二十四分発車ですね」

この伝達も聞こえたはずの桂木刑事が返してきたのは、

『犯人の送信エリアが移動した』というものだった。

登山電車に乗り、どちら側にいろという指示もなかったので、ちょうど二人分あいていた左側の席に私たちは座った。

すぐに窓を見る。

「これは……、たっぷりとあくんじゃないのか？」

手で動かして確かめてみると、やはり、大きな窓ガラス一面が動く。

「バッグの出し入れどころか、人間だって飛び込んで来られそうだな、龍之介」

囁《ささや》くように言葉を交わす。

「そうですね。この窓にはバッグの大きさは関係なさそうですけど……」

窓はすでに、何ヵ所かであいている。

込んでいるというほどではなかったが、さすがに乗客同士の間隔が狭いので、誘拐の話はできそうもない。

龍之介は自分の携帯電話を出し、操作しているふりをしてから、通話しているかのように、「そのうち、こちらから話しますから、それまでは」と言った。

このメッセージは通話装置で充分に拾えたろう。

それからしばらくして電車は出発した。

この乗客の中に、刑事はいるのだろうか？　そして犯人は？　まあ犯人は、車内で直接接触するような無謀はしないか。

車内には観光客も多く見えたが、この電車を日常の足として利用しているのだろう、お年寄りや学生の姿もあった。車窓のすぐ外には、緑が流れる。葉を茂《しげ》らせる、樹皮《じゅひ》の固そうな木々、そして豊かなアジサイ……。

ゆっくりと走りながら、ガイド放送が流れていく。

日本一の急勾配《こうばい》をのぼるための、切り換え方式、スイッチバック。進行方向を逆にして傾斜《けいしゃ》に張りつき、うねるルートをのぼっていくのだ。スイッチバックのために信号場にも停車するが、そこではおりられない、という。

そのうち、鉄橋を渡ります、とのアナウンスが入った。長さが七十メートル、高さが四十五メートルだそうだが、この〈高さ〉が耳に入った時、ハッと思い浮かんだことがある。

龍之介も同じ発想を得たことが、表情で判った。鉄橋ということは、川の上を渡るのだろう。その時、身代金入りのバッグを窓から投げ落とさせるとしたら。

犯人はゴムボートにでも乗っているか、そうでなければ、徒歩で渡れるような浅い川なのかもしれない。バッグが水面に落ちても、地面に叩きつけられるよりはダメージが遥かに少ないだろう。そして犯人は、道路にしか監視の目を向けていない警察の裏をかいて、川伝いに逃走する……。

龍之介は前方の窓ガラスに視線を向け、

「そろそろ鉄橋ですね」と声に出した。

小さな鉄橋の、欄干《らんかん》としての骨組みが接近してくるのが見える。携帯電話は鳴らない。

電車は鉄橋に差しかかり、その上を進む。観光客が下を覗き込んだりしている。龍之介は高所恐怖症なので、頑《かたくな》に前方に視線を向けたままだが、私は窓の下に目を向けた。

大雨の後でもこの程度なら、穏やかな川といえる。利用しやすそうだが……。

細い川だけに、鉄橋もすぐに通りすぎた。……何事もなく。

しかし──

「あっ」と、すぐに龍之介が声を発した。「光章さん、道路です。車道です」

今度は、電車の軌道の下を舗装道路が横切っている。だがそれが見えてから、なんらかの指示がきても間に合わないだろう。実際そのとおりで、携帯電話は沈黙したままだった。車道は後方へと去っていく。

車で移動している刑事たちは、私と龍之介がこの登山電車に乗せられ、犯人も移動しているらしいと判明した時点で、今の道をマークしたのではないだろうか。だが、空振りだ。

……次になにかあるとしたら、スイッチバックの停車地点だろうか。

私は知らず、膝に載せている二つのバッグを抱え込んでいた。

最初のスイッチバックは、駅ではなく信号場で行なわれた。

そこは、木々に囲まれた狭い場所で、観光気分ならば実にのどかな雰囲気を味わえたろう。しかしそれは同時に、外に人の姿が現われて電車に近付いて来ても、その光景は一般の乗客にとっては、緊張感などないごくのんびりとしたものとしか映らないということだ。

窓の外に人の姿が現われたが、それは、車内放送で案内されたとおり、電車の運転士だった。今度は後ろ向きにスタートするため、運転席を移動するのだ。

想像が先走る。運転士の腕が窓の外からヌーッとのびてきて、バッグを要求する……とか。

しかしもちろん、そんなことは起こらず、運転士はトコトコと、次なる運転席へ歩いて行った。

やがて電車は一揺《ひとゆ》れして、来た方向へと戻り始める。そして程《ほど》なく、今までの軌道を離れてのぼりへと進む。

当然だが……、「進行方向に向かっての右と左が逆になっている」

「ええ」

龍之介としても、それ以外に返事のしようもないだろう。

左右の変化を利用して身代金を巧妙に奪《うば》えるとは思えない。そもそも、どちら側の座席に座れとの指示もなかったのだし。

早くバッグを手放したくなってきた。窓から放り出すのでもなんでもいい。こんな物を手放してしまえば、こちらの役目は終わりである。犯罪とはおさらばである。一刻も早く、こんな大役からは解放されたいものだ。安原の心臓に負担がかかったのも無理はない……。

　次のスイッチバックのための停車は、大平台《おおひらだい》駅だったが、ここでも指示はなかった。

　その次、最後のスイッチバック停車でも変わりはなし。

　しばらく動きがなく、緊張感も緩《ゆる》みがちになると、龍之介の様子が気になった。知的集中力が途切れてくると彼は、本来の柔《やわ》な心情面へと意識が深く入り込んでしまうのではないか。人質になっている命への過度の責任感などを痛感し、不安のパニックに陥《おちい》っては困るのだ。

　龍之介の横顔には、その兆候が見え始めていた。

　すると、身代金入りのバッグの猫の模様が目に入り、こんな言葉が出てきた。

「オレたちは、クロネコかペリカンだな」

「……え？」

「運ぶ専門職だ。いや、運ぶことを調教された動物かな。なにを運んでいるか、運ばせる陰で何を画策しているかなんて、そんな人間どもの思惑なんて無視だ。地道に、ただ運ぼう」

「忠犬のように」クスリというかすかな笑いが、頬をかすめた。

「ご主人様に——いや、その指示に従うのみ」

「安原さんの、必死の願いでしたし」

間もなく、宮《みや》ノ下《した》駅も通過。

携帯電話も、通話装置も沈黙を守っている。

だが、小涌谷《こわきだに》駅を出て少しした時だった、遂《つい》に、携帯電話が鳴った。

緊張感も新たに、龍之介が携帯電話を引っ張り出して受信をオンにする。聞こえてきたのは、今までと比べてずいぶんと小さな声だった。機械的な怪しい声を、近くの乗客たちに聞かせまいとする配慮だろう。『耳に当てろ』と言ったのかもしれない。

龍之介は携帯電話を耳に寄せ、「はい、どうぞ」と応える。

数秒後《あと》、「終点の強羅《ごうら》でおりるのですね」と、相手の指示を復唱した。

刑事たちも勇《いさ》んで動き始めるだろう。それにしても意外だった。終点の前に、彫刻《ちようこく》の森《もり》駅がある。このタイミングでの指示なら、その駅でなにかさせるのかと思った。

しかしとにかくこれで、目的地は定《さだ》まった。宙ぶらりんで不安に惑《まど》わされていた気持ちを切り換えて、神経を集中し直し、目を配る。

龍之介が、「強羅駅はフェイントで、次の駅で接触があるかもしれませんよ」などと読みの一つを披露《ひろう》するものだからなおさらだ。

しかし、彫刻の森駅では何事もなかった。電車は精算を済ませた私たちを乗せて終点へ向けて進み、十一時すぎに、山小屋風の造りである強羅駅に到着した。

ここでも人出はほどほどのものだ。

私が、やたらと目につく案内板の文字からある発想の刺激を受けた時、同時に龍之介がそれを口にしていた。

「ロープウェイ！」

そう、ここは、早雲山《そううんざん》の北側を越えていく箱根ロープウェイの発着場へ向かう、箱根登山ケーブルカーの乗り場でもあるのだ。ケーブルカーの終点が、ロープウェイ乗り場である。

「桂木刑事」視線はケーブルカーの駅に向けたまま、龍之介が言った。「ロープウェイの窓でしたら、わずかしかひらかないのではないでしょうか」

『こちらでも予測しました』彼の声は久しぶりに聞いた気がする。『ロープウェイの運行路線周辺に、陣容を集結させつつあります』

大したものだ、さすがプロ。抜かりなし、か。

犯人が、このサイズの二つのバッグに身代金を分けさせたのは、ロープウェイの窓などの開口部の大きさと関係することは充分考えられる。

『……一つお知らせしておきますが、犯人は途中から携帯電話を別のものに変えたようです。送信エリアを絞るのは、また時間がかかりますね』

敵もいろいろと手を打っているようだ。その相手から、通信が入った。

『強羅駅に着いてるな？』

「はい」

『ケーブルカーのチケットを買って、終点の早雲山駅へ行くんだ』

やはりそうだった！　早雲山駅から西へのびる箱根ロープウェイ。そこが、身代金受け渡しの山場になりそうだ。

4

窓の大きな洒落《しゃれ》たデザインをしたケーブルカーは、ほんの十分ほどで早雲山駅に到着した。

真っ先に、ロープウェイの出発時刻を見ると、それほど余裕がない。

同じ階に自動券売機がある、とチェックしたところで、携帯電話が鳴る。そして龍之介が先に、相手に声をかけた。

「ロープウェイ駅に着いています」

『……で、お二人さん喉が渇《かわ》かないか？』

「えっ？」

場違いなほど意外すぎる言葉に、私たちは息を止める。

『喉を潤《うるお》してくれていいんだ』

親切めかしたセリフだが、ザラザラした機械的な声で言われていることもあって、疑わしさだけが響いてくる。

「なんのことです？」龍之介が訊く。

『自動販売機で飲み物を買うんだ。二人とも、スポーツドリンクは飲めるか？』

なにを言いだしたんだ、こいつは。

「そんなことより」私は口を出した。「もう、ロープウェイが出発する時刻だ」

『かまわない。スポーツドリンクでなくてもいいな、好きなもので。ペットボトル入りの500ミリリットルの飲み物がいい。緊張で喉が渇いたろうから、それぐらいの量は飲めるだろう。ちゃんと買ったかどうか確かめるから、電話はつないだままにしておけ』

釈然《しゃくぜん》としないまま、私たちは自動販売機の前でコインを用意する。どちらもスポーツドリンクを選んだが、コインを落としてもたもたした龍之介が、取り出し口で手を挟《はさ》んでさらにもたもたしている。

「一度、手を放して戻せ。取り出し口のそのカバーを大きく向こうにあげてから引っ張り出せよ」

すったもんだで、二本のドリンクをようやく買う。

『……買ったようだな。では、それを飲みながらでもいいが、外へ出てタクシーに乗るんだ。携帯電話《ケータイ》はそのままにして、タクシーに乗ったら知らせろ』

外でタクシー？　ロープウェイではないのか？

もしかすると、飲み物を買えと言ったのは、今の便のロープウェイに乗せないようにするためだったのか？　この駅に刑事がいたとしたら、その彼はこちらの先回りをして今のロープウェイに乗ったことだろう。彼を乗せたままロープウェイは発車し、私たちとは分断される……。

我々は裏をかかれ、犯人の計画のほうが一枚上をいっているのか？

不安が過《よぎ》ったせいか、荒々しく駅の外に踏み出しながら、龍之介から携帯電話を奪うようにして私はこう言葉を叩きつけた。

「好き勝手に引っ張り回してくれているが、こっちからも警告しておく。人質の命が懸《か》かっているからといって、通りすがりの我々が自分の命まで危険にさらすつもりはないからな。怪しい路地の奥や人気《ひとけ》のない廃工場へ行けなどと言われたら、バッグはその場に捨てるつもりだ」

否定しきれない恐怖がある。指が少し冷えて震えているようだ。龍之介も、懸命に冷静さを保っているのだろう。

「いいな、龍之介。なりふりかまわず逃げることも必要だ」

「そ、そうですね」

『安心しろ』誘拐犯は言う。『私は誰にも危害を加えるつもりはない。あんたたちが命令どおり動けば、事は無理なくおさまる』

タクシーがお客を乗せてちょうど離れていくところだった。しかしもう一台停《と》まっている。

「龍之介、うまい具合に――」

私のこの言葉に龍之介は首を振り、携帯電話の送話口を塞《ふさ》いでいた。

「停まっているこのタクシー、犯人が仕込んだものではないでしょうか」と、小声で言う。

「仕込む？」

「私たちを待っていたのかもしれません。運転手さんが、犯人に指示されている場所に私たちを連れて行くとか、ついてくる車をまくテクニックを持っているとか」

「そうか？」

「光章さんもそう思ったかもしれませんが、今の飲み物の購入、時間調整だったようにも感じます」

時間を食わせたのはお前だ。

「タクシーに乗るようにすぐに指示していたら、いま発車した一台めに私たちは乗るタイミングだった。二台めに乗らないと、犯人には不都合なのかもしれません」

なるほど……。

「ですから、そのタクシーはやりすごし、流しのタクシーを拾いましょう」

「おい、犯人の指示を無視するのか？」

龍之介にしては大胆だ。

「無視も変更もしていません。そのタクシーに乗れとは指示されていませんから。タクシーには乗ります。指示を守りつつ、もしかすると、このロープウェイ駅をダミーにした犯人の計画に一矢報《いっし》いることができるかもしれません」

混乱し、犯人も計画を調整し直さなければならなくなる、か。

「私たちの姿を見られる場所にいる人たちは、今は極めて少ないです。もし、『そこに停まっているタクシーだ』などの的確な指示がきたなら犯人をかなり絞り込めますし、犯人がいない場合は、そのタクシーの運転手さんが、中継している共犯の可能性が高い、ということになります」

なるほどな。

一つの賭かもしれないが、私は、携帯電話の送話口に向かい、

「タクシー、探しているが……」と言ってみる。

そこに停まってるだろう、とは言い返してこなかった。

『その駅で呼び出して、タクシーに来てもらう手もあるぞ。時間がかかるようだから、電話は一度切ろう。三分ごとにかける』

犯人も共犯も、このロープウェイ駅にはいないようだ。その犯人の言うとおり、タクシーを呼び出すのも常識的な対処であるが、ここでも私と龍之介は相手の言葉には従わず、流しの車を待つことにした。

「この犯人、心理戦の要素も含めて、かなり周到に計画を進行させていますね。強羅

駅でおりろと指示してきたタイミングも、その表われと思います」

「どういう意味で？」

「私たちと警察が、なんらかの手段でコンタクトを取っていることも誘拐犯は想定済みのようです。犯人が、強羅駅でおりろと電話をしてきたのは、二つ前の駅、小涌谷を出てからでした。私たちがその地点にいることは、犯人も間違いなく知っています。ここでも電車の運行は言うまでもなく正確ですから、電車が走っている地点はつかめる」

「そうだな」

「強羅の一つ手前、彫刻の森駅を電車が出た後でしたら、犯人からの指示を待つまでもなく、終点の強羅でおりなければなりません。この時点で捜査《そうさ》側は、サイズにこだわったらしいバッグ、強羅駅、ロープウェイと、この三つの条件を結びつけて犯人の狙いを予測し、先手を打つ動きに出ます。ところが犯人は、わざわざ、もっと早く捜査側にこのチャンスを与えたことになりますね」

「……電話の指示があった時点で、刑事たちは、強羅駅で行なわれるだろう犯人の計画の先を読み始める。彫刻の森駅でおろされるセンは排除できるわけだからな。ロープウェイだと刑事たちが閃くための余裕が増えるし、ロープウェイ駅に早く駆けつけることも可能になる」

　頭の中をまとめて、私は口にする。

「あえて、犯人は捜査側が有利になることをしたってわけか？」

「でも実は、捜査側に有利だったようなその事態の進行が、犯人の罠だった、と逆転します。ロープウェイの利用は囮《おとり》だったのですから」

「そうなるな。オレたちも、刑事たちも、まんまと誘導された」

「……そこまでは見事なのですが、犯人があげた得点は、私たち二人がここで足止めされていることで帳消しになります。裏をかかれた警察にも、態勢を整《ととの》え直す時間が与えられますから」

『そのとおりですね』桂木刑事が会話に参加する。『そこにとどまっているあなたたちは捕捉しやすい。またカバーできます』

「すぐにオレたちを次の地点へ引っ張り回せばよかったのに、その一手《いって》を指さなかった……」

　ここに停まっていた二台めのタクシーのことが頭に浮かぶ。すでにお客を乗せて走り去っていて、今は姿はない。

「龍之介。お前さんの推理は当たっていたんじゃないのか？　停まっていたタクシーにオレたちをすぐに乗せて、移動させるつもりだった」

「それにしては、タクシーが見当たらないと応えたこちらに対する反応が鈍すぎます」

今も、タクシー待ちの状態だ。

「この犯人の、計画の方向性が読めません……」

けっこう、行き当たりばったりなんじゃないのか？　……いや、そんなはずはないな。細部まで神経を使った計画性は感じられる。

私は、合計六キロのバッグに視線を落とした。

「オレたちは、札束にぴったりしたサイズの、このバッグに振り回されているんじゃないのかな、龍之介。いかにも意味がありそうだから、窓の大きさなどを気にし、ロープウェイへの連想に惑わされた。心理的な罠が、すでにここにあるのさ」

「そうかもしれません。でも、この先で意味を持つ可能性も捨てきれませんよ。なにが待っているのか……」

私は、肩からさがるバッグの紐をかけ直す。

高さと奥行きが十六センチ、横が二十五センチほどの黒いバッグ。それぞれ、三キロ……。

言葉どおり、誘拐犯から三分後に電話が入ったが、まだタクシーはつかまらない。

　ここは山道同然の一本道なので、都合よく空車が流していそうにはない。それで、駅にとどまって待つことにしている。ここでタクシーを乗り捨てる人ならいるだろう。

　龍之介は桂木刑事に、安原の容態を訊いた。集中治療室に入っていて、安定しているそうだ。

　さらに三分後、犯人から再度連絡があって携帯電話を龍之介が耳に当てていると、やって来るタクシーの車影が見えた。

「あれは、ここで停まるかもしれませんよ」

　白い車体のタクシーは、早雲山駅の敷地に入って来た。そして、乗客をおろす。私が運転手に合図を送る。

　乗れる、と龍之介が伝えると、犯人から指示が送られてくる。

『行き先は、桃源台《とうげんだい》のペンション・キャトルだ。携帯電話の受信モードはバイブにしておけ。タクシー代がたりなかったら、身代金から一枚抜いてもいいぞ』

　冗談ともつかぬことを言い、通話は切れた。

大金の詰まったバッグは、膝の上で抱えている。

最善は尽《つ》くしたはずなのに、この運転手は犯人の一味ではないのか、と過敏《かびん》な警戒心が妄想を生む。刃物を持って、振り返りはしないか？

こちらの神経を張り詰めさせるそんな妄想を笑い飛ばすかのように、初老の小柄な運転手は、陽気で気さくだった。

「お客さんたちは、下のルートで観光はなさったんですか？　下湯《しもゆ》温泉、ポーラ美術館、お好みに合わせて、お勧めスポットが目白押《めじろお》しですよ」

不自然にならないように、こちらも適度な愛想で受け答えをしておく。箱根での、実際の観光体験がほとんどないことが残念だった。

山の傾斜を下り、車は西を目差している。

ところで警察は、このタクシーを追尾《ついび》できているのだろうか。

曲がりくねった道を軽快に進み、車は何事もなく目的地に達しようとしている。

湖尻《こじり》という地名が見えてきた所で、道は芦ノ湖のすぐ東の岸を北上に転じた。その先がもう、桃源台だ。芦ノ湖の湖面は、陽光を柔らかく浮かべている。そして、海賊船を模《も》した大きな遊覧船がゆく。

そんな景色を眺めていると、犯罪にかかわる大金に振り回されている自分たちが、いま普通に動いているこの世界の外側にいるような不確かな気分になってくる。桃源台は芦ノ湖の北に位置する観光の名所。交通の要所でもあり、遊覧船の発着港でもある。

スッと龍之介の表情が引き締まり、胸ポケットから携帯電話が出された。すぐに耳を当てて相手の声を聞いた彼の表情を見ると、相手は誘拐犯に間違いないようだ。

はい、と龍之介は受け答えをしてから、前の席に「運転手さん」そう呼びかけた。

「目的地のペンションまで、あと何分ぐらいですか?」

「ほんの二、三分ですよ」

それを龍之介は相手に伝えた。

どんな返事、そして指示があったのか、オンのままで龍之介は携帯電話を耳に当てている。窓の外に注意しているようだが、やがてこう携帯電話に応じた。

「旅館〝湖洋亭《こようてい》〟、見えますね」

現在地を伝えると、龍之介は再び口をつぐむ。

外は、高級そうな料理店や風格のある旅館が連なる町並みだ。

黙ってから三十秒ほどして、次に龍之介はこう言った。
「運転手さん、ペンションの手前で申し訳ないですけど、宝石店の前で停めてくださ
い」
運転手は宝石店までは知らなかったようだが、住所は龍之介が伝達した。
すぐに、
「ああ、ここですね」と、車は速度を落とす。「道の反対側になりますが、回します
か？」
けっこうです、と断り、料金を払って急いで下車した。
ペンションは本当の目的地ではなく、場所の目安だったのか。
龍之介が携帯電話を耳から離して二人の間で持つと、運転手の耳がなくなった状況
をつかんでいる犯人の、ボリュームを多少あげた声が聞こえてきた。
『その宝石店で、現金をブツに替えてもらおうか。札束を、最も軽量で嵩張《かさば》らない宝
石に替えるんだ』

5

札束を宝石に替える……。これならば、札に印が付けてあったり通し番号であったりしても、追跡の役には立たなくなる。

宝石店は、道の反対側だ。

龍之介は首を回して左右を確認したが、車の往来の有無だけではなく、信号機や横断歩道を探したのではないかと思われる。

「いいから、渡るぞ」

こうしている間にも、犯人の声は続いていた。

『六千万円分、宝石を買うんだ。ダイヤの指輪などが、高価で小さいはずで、好ましい。息を整えろ、落ち着け』

道を走って渡った私たちは、確かに、少し息があがっていた。

『いいか、札は上品に出せ。お前たちは、定家家の金庫番の一人、松平《まつだいら》の使いということになっている。怪しまれない程度にすみやかに、手際よくショッピングをするんだ』

通話が切れた後、宝石店の入り口に向かう私は、興奮を覚えつつ龍之介と目を見交わした。

「一万円札六千枚のボリュームも、六キロの重さも消えてしまう」

「こんなことを計画していたんですね。いかにも、札束の寸法や重さに意味があるかのように心理を誘導しておいて、すべてが目くらましというわけです」

玄関扉は黒っぽいスモークが入ったガラス製で、シックな高級感を発散している。素面《しらふ》ではとても入れない店構えだ。十一時半に開店したばかりらしい。

「お札が宝石になると、奪う方法にどのようなバリエーションの変化が生まれるか、頭を切り換えないと」

そう呟きつつ、龍之介は自動扉を抜けた。

一斉に、上品に響く「いらっしゃいませ」の声。

きらびやかな宝石や貴金属の中に、女性二名、男性一名の店員がいた。

開店早々のお客に顔を輝かせた彼らも、私たちを一瞬で見定めると表情をトーンダウンさせた。大口でないのは仕方ないとしても、冷やかしとしての場慣れすらしていない小市民とランク付けされたようだ。買うのか？　買えるのか？　といった、期待感のない問い返しが、迷子を見るような目にこもっている。

それはまあ、判る。我々が誘拐犯にとって刑事に見えないように、ここの店員にとっては顧客とは見えないのだろう。

カウンターに進みながら、私のほうが口を切った。

「すみません、定家の松平が連絡してあると思いますが。こちらの品を、いくつか見《み》繕《つくろ》う必要がありまして」

プロとして、三人ともはっきりとは面《おもて》に現わさなかったが、おおっ？　と気持ちが高まったような空気が店内に流れた。

男性店員が、「お待ちくださいませ、店長を呼んでまいりますので」と慇懃《いんぎん》に腰を折ると、後ずさるようにしてバックヤードに消えた。

瞬時に現われた、髪をリキッドで固めた四十代後半の店長は、満面の笑みだった。

「このような店にご足労願えまして、恐縮いたします。どのような品をお探しでしょう？」

「えー、小粒ながら、本物の輝きを放つ逸品ですね」

龍之介が、演出を考慮して言葉を足した。

「ろ、六十代の老婦人が身につけます。旅行に持っていきますので、コンパクトに……。予算は六千万で」

息を吸う店長。

「かしこまりました。……お客様のお名前を伺ってよろしいですか？」

迷ったが、彼の名を借りよう。本当なら、彼がここへ来ていたはずなのだ。

「安原です」

「では、安原様」

店長が、幾ばくか緊張した。勝負に出る、といったところか。

「こちらの……」そっと、爪がきれいに磨かれている指先がショーケースの中を示す。「ティアラ風デザインのペンダントはいかがでございましょう。五十八個のダイヤが相乗効果を発揮し、深みのあるきらめきを作りだしておりますかと」

堂々たる陳列ボックスを占める、豪華な品だった。三日月形にダイヤが連なり、ゴージャスなミラーボールのようにまばゆさを放っている。

ちょっと嵩張るが、値段を一気に稼《かせ》げるので、いいのではないだろうか。二千万近くする。

「では、これをください」

また、おおっ！　という、目に見えない細波《さざなみ》が起こった。

しかし店長は、慎重に息をし、

「お支払いはどのような形になさいますか？」と確かめることを忘れない。

「現金で」

二つのバッグをショーケースに静かに載せ、チャックをひらいた。ゲンナマが姿を現わす。

　またしても静かに、おおっ、の空気。

　犯人のあげた例に従い、私は次に指輪も見せてもらった。

「これなどお勧《すす》めですが……」手を揉む店長。「指輪のサイズはいかほどで？　これは十三号になりますが」

「ピッタリです」

「おう！　でしたら、ぜひにこれを。リッチさを醸し出しますには最高かと」

　ゴテゴテとしているほどにデザインが凝っている。

「お気に召さないようでしたら」店長は気を回しすぎるほどに素早く言葉を継《つ》ぐ。

「こちらの天然ピンクダイヤ使用の品もございます」

「では、両方ください」

　おにぎりを注文するかのように言う。もう一生できないことだろう。

　こうして、七百万、五百万と品を揃《そろ》え、最後には端数を割引してもらって六千万円相当の宝石が集まった。

　こうした買い物は、支払いの後でもなにかと手間がかかって時間を取られてしまう。鑑定書だ、印紙を貼った保証書だ、領収書だと書類が行き来し、ようやく取引が終わった。

宝石はそれぞれ専用のケースにおさめられたが、店の紙バッグのお勧めは断った。無粋な、今まで札束に使っていたバッグにケースを入れていく。

「しかし、お客様……」

「いえ、これでかまいません。お待ちになっているので、急ぎますし」

「さようでございますか」

全店員が出口に並ぶ「ありがとうございました！」に盛大に送られて、私と龍之介は歩道をゆっくりと離れた。

適当な場所で立ち止まり、龍之介は、

「お札が宝石に姿を変えたことで、水に強い性質に変わりましたね」

と、頭の中を整理するように言葉にしていった。

「そして、犯人が言っていたとおりに、桁違《けたちが》いに軽量化しました。バッグからもケースからも出し、剝《む》き出しの宝石だけにすれば、リモコンカーに載せて運ぶこともできますよ」

龍之介の視線が、青い空にも向けられた。

「リモコンヘリで空からとか……」

『厄介さが増したようですが、そろそろ大詰めのようです』

　桂木刑事の声が通話装置から聞こえる。

『あなたたちがこれからどちらの方向に向かわされようと、前後でカバーできる配備になっています。緊急の場合、下田《しもだ》か落合《おちあい》、どちらかの刑事が接触します』

「頼みますよ」と、お願いしておくしかない。

　ここで着信があり、龍之介が携帯電話に出る。小さな声だったので、すぐに耳に当てる。

「もう一度、お願いします。……ええ、購入して、店の外に出ています。……大丈夫です」

　携帯電話から漏《も》れ聞こえてくる声が、普通の大きさになった。

「……あのバッグに入っています。……判りました。両方のバッグを等分の重さにするんですね」

　私たちは道の端に寄り、バッグの中身を詰め替えていく。

『終わったら、携帯電話はバイブにしたまま、タクシーに乗れ。ひとまず、湖尻峠へ向かってもらおうか』

　ここでは、タクシーはすぐにつかまえられそうだが、龍之介はずいぶんまじまじと、車がやってくるほうを見つめている。

「ここは道を渡らなくていいだろう、龍之介」

「ええ、ただ、ロープウェイ駅に停まっていたのと同じタクシーが来たりしたら、怪しいですよね」

次にやって来るタクシー……。

「そういえばあれ、同じタクシー会社じゃないか」

「ああ、でも、ナンバーも運転手さんも違います」

龍之介のずば抜けた記憶力がそれを保証した。

しかしそれでも私たちは、念を入れてそのタクシーをやりすごし、次のを拾った。


車は芦ノ湖の北を西へと回り込む。

両側に自然が豊かな道を進み、敷地の広いホテルをすぎて少しした頃、龍之介が携帯電話を取り出して耳に当てた。数秒聞き入った後、運転手に声をかける。

「湖尻水門って、この先ですか？」

「水門……。ああ、そうだね、もう少ししたらあるよ」

「そこに寄ることになったので、すみませんが、おろしてもらえますか」

「判りました」

芦ノ湖の水量を調節する水門だそうだ。

細い道で停まったタクシーをおりるとすぐに、つないだままにしてあった携帯電話から、犯人の耳障《みみざわ》りなロボット声が聞こえる。

『湖尻水門へ歩け。ペットボトルはまだ持ってるな？　その中身で喉を潤しながら行くんだ』

顔を見合わさずにはいられない指示だ。水門を目指せ、は判るが、スポーツドリンクを飲め？　なんのつもりだ？

二人とも、自分のバッグからペットボトルを取り出すが、その先は躊躇《ちゅうちょ》せざるを得ない。

芦ノ湖へとくだる、狭い土の道を進んだ。周囲に、人気などまったくない。

ペットボトルの中身は、本当に飲まなければならないのか？　まさか、この中に薬物が仕込んであるなんてことはないと思う。龍之介も、同じことを思案していることが、向けられてくる視線で判る。

自動販売機で買ったものだ。今まで持ち歩いて液漏れもしていないから、容器に穴もあいていないのだろう。中身に問題はないはずだが。

携帯電話が犯人とつながっているので、刑事に指示を仰ぐこともできない。

『飲んでるか？』

催促されたので、仕方がない。キャップをあけ、飲んだふりをする。

『まあ、この短時間じゃ、飲み干すのは無理だよな。じゃあ、中身は捨ててしまっていい』

……え？

『早く捨てるんだ』

言われたとおりにする。立ち止まり、低い位置で中身を地面に注ぐ。

『捨てたか？　ではキャップをして、そのペットボトルをそれぞれ、宝石の入っているバッグに入れるんだ。チャックはきちっと閉めろ』

なんだそれは？　中身じゃなく、ペットボトルが必要だったのか？　これをバッグに入れる？

龍之介は、一つのバッグを私から受け取った。地面に自分の旅行バッグを置き、しゃがんで、不器用そうにもたもたと、ペットボトルの詰め込み作業を開始する。そうしながら、

「光章さん、携帯電話を持ってくれますか。そっちの詰め込みもボクがやります」

「そうか？」

　バッグもペットボトルも龍之介に預け、携帯電話を手にした私は、改めて周囲を見回した。ここは、土と雑草が半々の、広い空き地といった場所だ。前方に、芦ノ湖の水面が広がる。ここは、左手には灌木《かんぼく》が茂り、案内板によるとそちらに水門があるらしい。

『済んだのか？』厳しく響く犯人の声。

　振り返って見ると、龍之介がようやく、バッグのチャックを閉めて立ちあがるところだった。

「終わった。それで、どうする？」

『水門へ行け。係員がいるだろうから、見とがめられて邪魔されないように、次の命令は素早く実行しろ。ここに、人質の命が懸かっているぞ。係員がその場にいても、うまく振り切るんだ』

「なにをするんだ？」緊張感が高まる。

『まずは、水門へ進め』

　庭の小道のようなルートを歩いている間に、少し考えがまとまった。水門、水……、まさか。

　湖の水の量を調整しているという割には、小さな水門だった。全長は百メートル少々か。湖と、下流側の川を隔てる水門の上を歩けるようになっている。四畳半ほどの広さに見える木造の監視塔のようなものが、四棟建っていた。

門が閉まっているわけではなく、係員の姿も見えないので、接近する。

水門はひらいており、芦ノ湖の水が、左手の下流へと滔々《とうとう》と流れていた。

『もう着いたよな。宝石入りのバッグを、両方とも、下流に投げ込むんだ。川の真ん中を目がけて』

――やはり、そうきたか！

龍之介も言う。

「やはり空のペットボトルは、浮力のためだったのですね」

しかし、こんな濁流《だくりゅう》に投げ込んで、それでいいのか？　無論、犯人には、この水流からバッグを回収する秘策が用意されているのだろう。その自信が、計画をここまで引っ張ってきたんだ。

『どうした？　投げたのか？　人質を助けたいならば、投げろ。お前たちの役もこれで終わりだ。早く投げろよ！』

ためらっている時間はない。バッグは二つとも投げられた。

私のほうのは大きな放物線を描き、龍之介のはへなへなと。

バッグは水しぶきをあげた後、浮き沈みを繰り返しながら、濁流に連れ去られて小さくなっていく。川はすぐに右へカーブしているので、バッグは視界から消えた。

「バッグは川を流れていきましたよ」

龍之介が携帯電話にそう伝えた。

『ご苦労』

通話が切れた後、

『バッグを投げ入れたのですね？』と、桂木刑事の声が性急に確認してくる。

報告している間に、私たち二人は姿を現わした水門の係員に怒られたが、通話装置を通して刑事に事情を説明してもらった。

誘拐犯からの連絡は、それ以降、なにもなかった。それはそうだろう。私と龍之介には、六千万円の宝石をもうどうすることもできない。

警察には、どうかできるだろうか？　この水流を追って、バッグを追跡できるのか？

とんでもない重荷から解放されてホッとなったが、それも束の間、また違う堅苦しい緊張に我々は付き合わされることになった。

事情聴取だ。

警察署に連れて行かれ、尋問を受けているかのような強い調子も時に含んだ聞き取り調査が行なわれた。丁寧な言い回しの末だったが、身体検査までされた。

……こっちは、心臓を縮めてまで協力した人間だぞ。

それでも我慢して聞き取りに応じたが、彼らが通話装置を通して把握している以上に新しい事実はなにも提供できなかった。

遠藤との昼食会どころではなかった。もちろん私の観光などは、どこの世界の話だってもんである。警察署内と刑事たちの顔を楽しむしかない。それとも、犯人に引っ張り回されて目にできた光景だけで満足しろと？

それでも協力者ということで、短い時間は解放してくれて、龍之介は契約書を交わすことは慌ただしいながらもできた。

意表を突かれて濁流に運ばれた身代金を、警察は今のところ完全に見失っている。刑事たちに午後も協力を求められたが、この時は態度が落ち着いたものになっていた。人質が無事に戻って来たからだろう。これが、なによりもめでたいニュースだ。犯人にしてやられた警察の面々は、苦虫を嚙みつぶしたり、いきり立ってはいるのだろうが。

宝石が入っていたバッグの一つを川原《かわら》で発見、との知らせは入っていた。湖尻水門から下流は早川と名付けられ、この川は丘陵地帯を北上してから東へと転じ、相模湾《さがみわん》へと注ぐのだが、水門から二キロほど下流、大箱根《おおはこね》カントリークラブよりわずかに上流で、そのバッグは捜索していた警官によって発見された。もちろん中身が抜き取られてから、放り出されたものだった。

大きな網でも使ったのか、川からの回収方法の推測はまったくつかなかった。可能性が多すぎるともいえる。

ゴルフ場利用者などを中心に聞き込みがなされたが、怪しい人物や車の情報は得られなかった。もう一つのバッグの行方は、杳《よう》として知れない。

報道協定が解除され、夕方からはこの誘拐事件も細かく伝えられていった。

さらわれていたのは定家空美。女子高生だ。昨夜遅くに拉致されたようだ。

安原は、定家家の家老的な人物で、容態は安定して命に別状はないという。

私と龍之介には、後日、感謝状の授与《じゅよ》が打診されたが、辞退した。

6

秋田に戻ってからも、桂木刑事や安原を通して、事件のその後を一般人よりは踏み込んで知ることができた。

警察は当然、故買屋《こばいや》を広くマークしているが、今まではヒットなし。身代金を宝石に替えて奪おうとした犯人は、宝石のさばき方にも自信を持っているのだろう。

宝石店の店長には、事件前夜、定家の松平を名乗る者から自宅に電話があったという。大量購入の件は半信半疑で、翌朝の開店を迎えたもよう。

松平は実在しているが、関与は当然否定しているし、身代金受け渡しに関してはアリバイが成立しているらしい。警察は、内部犯も視野に入れた追及の手を緩めてはいないようだ。しかし、人質の聞き取りからも、手掛かりは得られていない。

湖尻水門はほとんど常に閉まっているらしく、水害予防のために、増水時だけひらくものだそうだ。事件当日は連日降り続いた大雨の直後だったため、湖水を逃がすためにひらかれていたらしい。事件の前日と当日の朝、水門開閉の運営部署に、水門はひらいていますね、と何度も電話で確かめてきた男がいたという。

しかし、犯人の影らしきものが窺えるのはそこまでだった。

……こうした膠着《こうちゃく》状態の中、捜査に大きな進展があった——と少なくとも龍之介は感じる意外な変化が、身代金受け渡し後、九日めに発生した。

あの宝石入りのバッグのもう一つが発見されたのだ。宝石をすべて、そしてペットボトルも入れたままで。

場所は早川の下流、それもなんと、私と龍之介が事件に巻き込まれた箱根湯本のすぐ近くだった。

川幅は広く、大雨でなければ穏やかな清流が、岩場を洗いながら流れている。水鳥が飛び、釣り人が糸を垂らす姿も目につく川原だ。

〝かながわの橋百選〟にも選ばれている旭《あさひ》橋の近くで、釣り人が水の中のバッグを見つけ、中の宝石を見て驚いた彼は警察に届け出た。

宝石はすべて本物で、二千数百万円相当。水門で見失ったものに間違いなかった。

皮肉な話だ。私たちが巻き込まれてかかわった時をスタートとすれば、身代金は箱根を一周したことになる……。犯罪の神のいたずらに振り回された感じだが、それとは別に、疑問も浮かぶ。

「犯人の奴、一つのバッグの回収には失敗したか……。それでも人質を返したんだから、殊勝《しゅしょう》だな」

夕刊紙面を見たまま、ほとんど独り言を口に出していた。

龍之介はキッチンで、特製の焦《こ》げないバターを使って料理をしようとしているところだ。焦げる原因は、バターに含まれる塩分、糖分、タンパク質などだそうで、電子レンジで加熱して、それらの成分と分離させた乳脂肪が、焦げないバターだった。

塩味などは、好みに応じて後で加えることになる。

フライパンでバターがジューと音を立て、いい香りが立ちこめてきた。

「なあ龍之介。犯人はそれをおそれて、バッグを二つにしたのかな。回収の確実性に自信がなかったから、二つに分け、どっちか一つは手に入れようとした。三千万相当でも御《おん》の字《じ》だったのさ」

龍之介がなにか言ったが、フライパンで食材が跳《は》ねる音でよく聞き取れなかった。

「なに？」

「沈みにくいようにフォローもしたのに、回収に失敗するなんて、ずいぶんずさんな手口だな、と思いまして」

「……なんだって？」新聞を二つに畳んだ。「沈みにくいようにフォローしたって言ったか？　どういうことだ？」

龍之介は、エプロンをした体を振り向けた。

「水門のそばで、空のペットボトルをバッグに入れるように指示された時、川に浮かべて流すつもりだなと、推測できました。でも、あのままのバッグでは、やがて水が浸入してきてしまいます。チャック部分はまだしも、あのバッグには市松模様風に織り込まれている箇所がありましたね」

「ああ……」

「あの織り目から染《し》み込む水はバカにならないと思いました。犯人の計画より早くにバッグが沈んでしまったら、身代金の回収はできず、人質の命が危険です。ですから、応急の処置をしたんですよ」

「ど、どんな？」あんな時に、あんな場所でなにができるっていうんだ？

「遠藤さんとお会いして、廃品ロボットなどのメンテナンスも確認するため、ボクは自分のバッグの中に、何種類かの機械オイルなどを持っていたんです」

そういえば、警察に自分の荷物のことを訊かれて、そんなことを答えていたな。

「その中に、防錆《ぼうせい》グリスがありまして、この成分の何割かは、シリコン樹脂やシリコンオイルなんです。これらには防水効果もあります」

そうなのか。

「そのグリスを、織り目部分の上にこすりつけたのです」

不器用な龍之介にしてももたもたしすぎていると思っていたが、そんなことをしていたのか。

「オレのほうのバッグにもだな?」

「もちろん、両方に施しました。浮力が保たれている時間は格段に長くなります。それでも失敗するほど精度の悪い手段を、最後の詰めにしたのでしょうか……」

「自然の濁流相手だからな、なにかのトラブルが発生したんだろう」

龍之介は、焦げないバターから分離されているもう一方の液体成分を使って、ソースを作ろうとし始めた。

「……失敗ではなかったのかもしれません」

「なにっ? なんでだよ。現に、身代金を逃してしまってるじゃないか」

「見方を変えれば、三千万円やそれ以上を手に入れる方法が成功していることになります」

そりゃあ、もう一方のバッグには、三千万以上の宝石が詰まっていて、それを犯人が手に入れているのだろうから、その分は成功だろう。当たり前だ。龍之介はなにを言っている？

その点を改めて訊くと、龍之介は思いもかけなかったある着想を話してくれた。

そして翌日、龍之介のその説を裏付けるかのようなさらに驚くべきことが報道された。

バッグがもう一つ発見されたのだ。宝石もそのままで。

時間的には、旭橋近くでバッグが発見された数時間後のことだったらしい。もっと上流で、散歩途中の中年男性が、川に沈んでいたバッグを見つけ、拾いあげていた。中身の宝石に目が眩《くら》んだ彼は、これを猫ばばしようとしたらしいが、娘が気付き、警察に届けさせたという。

……しかし、なんということだ。警察も世間も混乱していることだろう。誘拐犯は、身代金の奪取に丸ごと失敗しながら、人質を平和的に早々と解放していたのか。

それに、三つめのバッグはどういう意味だ？

なぜ、空のバッグが発見された？　あれは事件とは無関係だとでも？　……まさかそんな偶然が。

この不可解な事態になってみると、龍之介の推理は正解だったことになるのではないかと強く思えてくる。

私が尻を押したので、彼は警察に、自分の見方をおずおずと進言した。

その結果の鑑識調べでは、大箱根カントリークラブ近くの川原で発見されたバッグからは、防錆グリスの成分は一切検出されなかったという。宝石入りの二つのバッグからは、当然といえようか、それぞれ、防錆グリスの残渣《ざんさ》が検出された。

＊　＊

玄関チャイムを聞いた誘拐犯は、「お届け物で〜す」の声に、ゆっくりと腰をあげた。

誘拐事件決行の後、芦ノ湖を窓から望める自宅のこの玄関チャイムは二度ほど鳴らされていたが、その都度、彼は緊張と不安と恐怖で筋肉が強張ったものである。警察が令状を持って踏み込んで来たら……。

その怯えは付きまとった。

しかし去らない不安を、誘拐犯は計画の独創性を自信に変えて振り払っていた。警察も見当違いのところを見続けるだけだ。……いや、少なくとも今まではそうだった。あんな奇跡的な発覚がなければ、万全だったはずなのに……。

その不備があったのでまた不安が戻ってきていたが、今のチャイムには警戒心はわかなかった。声が心底腑《ふ》抜《ぬ》けている。捜査官が演技でこんな声は出せないはずだ。

玄関へ進みながら、頭の中にはすごい速度で事件のあれこれが駆け巡った。

店を手放す危機を乗り越えるために、こんな犯罪にも手を染めなければならなかったのだ。

どう工面をしても千数百万がたりず、不渡りを出す寸前になっていた。金策に駆け回り、手を尽くし、やり繰りを続けてきていたのに、限界だった。たちの良くない金融業者にも手を出さざるを得なかった。それでも駄目だったのだ。

今まで人生を懸けてきたものも、生活の場も、これから先のやり甲斐も、すべてを失って瓦解《がかい》し、残るのは取り立て地獄だけになる。破滅しないために、一時《いっとき》の金が必要だった。

どのような商品にも仕入れ値と売値があり、誘拐犯はそれを利用する計画を思いついたのだ。彼が扱っている商品には、一般的にも利益率がかなり高いものがあり、中には主力商品に八割上載《うわの》せしている店もあるという。

今回は、そうした価格設定の商品を揃えたのだ。ある意味、ボロ儲《もう》けをできる値段である。経験などないだろう素人が言い値で絶対に買うのだから、問題がないどころか楽な商売だった。

商品は、裏のある金融業者に用立ててもらい、店員がじっくり品定めしたりしないように、事件の前日の閉店後、彼が一人で売り場に並べて値札を置いた。

翌朝は、開店までは外を回っていると店員に伝え、安原と、そこから引き継いだ二人の男の姿を湯本地域で監視しつつ計画を進めた。登山電車に乗せてからは、誘拐犯はタイムスケジュールに沿って指示しながら店を目差し、二人とは別行動だ。

ロープウェイ駅まで行かせたのは、心理的な影響を強固にするためだった。窓のサイズなどに注意力が集中して、先読みをしたとか裏をかかれたとか頭を働かせたはずだが、そのすべてが思考を硬直させる誘導の罠だ。現金が宝石に替わった時も、サイズや重さの問題だと思い続けるだろう。

そしてその前から、バッグを二つ買わせ、ペットボトル飲料を買わせ、そうやって、買う行為にも慣れさせていった。買った後の品が重要なのだと、思考は操《あやつ》られる……。

誘拐犯は、自分の店に到着した後は奥に引っ込んで、店の前までやって来た二人に携帯電話で指示を出した。

一日で――いや、数分で六千万円のビジネスは、彼の長い経験でも初めてだった。

しかも、純利益が四千万以上。金融業者に手数料を支払い、共犯である人質・空美に一千万を渡しても、誘拐犯とその店の未来には充分役立つ金額が残った。

警察は、あれは犯罪がらみの商取引だから無効にしてほしいなどとは言わないだろうし、言ってきたとしても、もちろん、きっぱりと拒否する覚悟だった。相手が、たとえ、定家家であろうとも。この利益は死守するのだ。

これで宝石も回収できれば倍にもなる利益だが、欲をかくとろくなことはなく、すべてを失う危険が訪れる。警察が必死で追う宝石には近付かないのだ。放っておけばいい。

宝石は、誰にも知られずに川の底に沈む。

……そのはずだったのに、なぜあんなことになったのか？

バッグには、徐々に水が浸入するはずだ。そして長くは保《も》たずに、人気《ひとけ》のない一帯の深い川底に沈んでしまう。そうではないか？

一部が紙などの水溶性の物でできているバッグの利用も考えた。そこが溶けて、宝石はバラバラと川底に撒《ま》かれていく。一気に宝石が回収されてしまう危険は回避できるわけだ。誰かがたまたま、一、二個掬《すく》ったとしても、他の多くの宝石が所在不明であれば、それが犯人の手に渡っている、と刑事も世間も信じるはずだ。

しかし水に溶ける部分のあるバッグを、身代金を奪おうとしている誘拐犯が川に投げ込ませるはずがない。あまりにも不自然だ。だからこのバッグの案は却下した。

織り込み模様のあるバッグぐらいなら、誰もそれを重要視しない可能性はある。

バッグを発見できなくても、犯人にまんまと奪われた、と地団駄《じだんだ》を踏むだけだ。

……そのはずだったのに、なぜあれほど長い距離を、あのバッグは流れていったのだ？

十数キロ以上も下り、人の目に触れやすい浅い川岸まで達するほど……。

囮のバッグも買っておき、あらかじめそれらしく放置までしたのに。

誘拐犯が手に入れているはずの身代金――宝石が全部発見されるのは、明らかに不自然ではないか。警察も、違う視点で動きだすのでは？

でも、果たして気付くかな？　この犯罪計画に。

そうそう見抜けないだろう、と自身に無理にでも言い聞かせて、誘拐犯は玄関に近付いている。

しかしこの時、不意に、先ほどの気弱そうな「お届け物で～す」の声に、聞き覚えがあるような気がしてきた。

どこかで聞いたろうか？

考え込みながら玄関ドアの錠をあけた誘拐犯の耳に、こんな言葉が聞こえてきた。

他の者も同行していたらしく、こちらの渋い声は、三十代とも五十代とも聞こえる。

「五大宝石と呼ばれる種類が、特に利幅《りはば》が大きいんですって、龍之介さん？」


（小説ＮＯＮ　２００８年９月号）

渋い夢

永見緋太郎の事件簿

田《た》中《なか》啓《ひろ》文《ふみ》

1962年、大阪府生まれ。1993年、『凶の剣士』で第２回ファンタジーロマン大賞に入選しデビュー。1998年に発表した『水霊ミズチ』でホラー作家としても注目されるようになった（同作は後に映画化）。ジャズバンドのテナーサックス奏者としての顔も持ち、ジャズをモチーフとした作品も多い。表題作で、第62回日本推理作家協会賞短編部門を受賞。

1

「それはもうかるなあ……」

金額を聞いて、私は思わずそう口走った。目黒《めぐろ》のライヴハウス『ブラック・キャッツ・ボーン』のステージがはねたときのことだ。

「でしょう？　じゃあ、決まりですね」

私のバンドのベース弾きの灘《なだ》はS県の出身なのだが、地元の食品加工会社の社長で、角山《つのやま》というひとがたいそうなジャズファンで、趣味が高じて自宅の敷地内にライヴのできるスペースを作ってしまったらしい。そこに定期的に東京からミュージシャンを呼んで、プライベイト・ライヴを催しているという。

「なるほど、社長さんの道楽か。それでギャラがそんなに高いんだな」

「そうなんです。引きうけてもらえますか」

「よし、三月二十一日だな。――おい、みんな、その日、あいてるかい」

「行きますよ、万難《ばんなん》を排して行きます」

「カラオケの録音があるんですけど、誰かに替わってもらいます」

さっきから聞き耳を立てていたまわりの連中は、一も二もなくOKしてくれた。なにしろギャラが……あ、具体的な金額は差し障りがあるのでご想像にお任せしよう。とにかく都内のライヴハウスなら一週間出演しても足りないほどの額が、たった一晩でちょうだいできるのだ。ほかのスケジュールをキャンセルしてでも、受けたい仕事である。

そんなことを言うと、音楽家は音楽が一番でお金は二の次じゃないのか、ギャラの高い安いなんて関係ないはずだ、演《や》りたいことを演れればいいんだろう、と言われそうだが、ちょっと待ってほしい。

我々が演奏しているジャズという音楽は、正直なところ、金にはならない。今は、一握りのミュージシャンを別として、ロックもフォークもクラシックも同じようなものだが、とりわけジャズはひどい。チャージバック制のライヴハウスで三時間演奏して、ひとりの取り分が数百円にしかならないこともある。これでは交通費もまかなえない。自分の好きなことをやってるんだからしかたないだろう、嫌だったらほかの仕事に就けばいい、という意見もあるだろうが、若いうちならともかく、この歳になると、好きなことをやってるんだからしかたない、ではすまないこともある。じゃあジャズをやめて、ロックやポップスで稼いだらいいじゃないか、とおっしゃる向きもあるかもしれないが、そんな簡単なものではなく、ロックにはロックの、ポップスにはポップスの難しさがあり、手っ取り早くもうかる音楽など存在しないのだ。私はもう、演奏家以外の仕事は無理だと思うが、同年代の、それもかつては何枚もアルバムを発表しているジャズマンが、生活苦から音楽活動を断念するのを見るのはつらい。最近は、CDを出してもプレス数があまりに少なかったり、録音ギャランティのかわりに現物支給だったり……いずれにしても景気はよくない。いわゆる「芸術」に対しては国が助成金をくれたりするが、ジャズという音楽は、半分エンターテインメントで半分芸術という鵺《ぬえ》のような存在だ。そこがおもしろいところなのだが、そういうものに対して国は金を出さない。いくら趣意書を書いても受理されないし、されても雀の涙ほどの額が支給されるだけだ。

結局、金を出してくれるのは、地方の有志というやつである。ときどき、びっくりするぐらい金持ちのジャズファンがいて、東京でも集められないような贅沢なメンバーのコンサートを「自宅のスタジオ」で開いたり、自主制作のCDを出してくれたりする。今回の社長さんもその口だろうと思う。こういった有意の趣味人がいるおかげで、たまに（本当に「たまに」だが）おいしい思いをすることがある。紐付きになるのはよくない？　考えてもごらんなさい。かつてクラシックの作曲家や演奏家のほとんどは、貴族がパトロンとなって生活の面倒を見ていたのだ。そういうことがなかったなら、クラシック音楽はとうに滅びていたかもしれない。我々がたまに（しつこいようだが、本当に「たまに」なのだ）ギャラの高い仕事をするぐらいかまわんはずだ。ご心配には及ばない。そういう太っ腹のパトロンも、あまりに持ち出しが多いことに音《ね》を上げて、すぐに手を引くことになるのだ。ジャズに関していうと、「社長さん」の道楽が長続きした例《ためし》はない。

「永見《ながみ》、おまえも行けるんだろうな」

私が声をかけると、ステージにしゃがみこんでリードの具合を確かめていた永見は、

「なんの話です」

「聞いてなかったのか。三月二十一日、S県でコンサートだ」

「三月二十一……あ、その日はダメです。残念ですが、先約がありまして……」

「なにがあるんだ。別のライヴか」

「いえ……近所のサンドイッチ屋の開店記念日で、全品半額なんですよ」

「馬鹿っ！　なにが先約だ。そんなもの、つぎの機会にしろ。こっちは仕事なんだ」

「つぎの機会って、開店記念日は一年に一回しかないんですよ。来年まで待つなんて……」

「おまえなあ……」

私は説教しようとして、やめた。むだな努力だと気づいたからである。私は、灘に向き直り、

「その社長さん、ライヴスペースを作るぐらいだから、よほどジャズ好きなんだろうなあ」

「もとは、陶芸をするために建てたらしいんですが、そこを大金をかけて改装してね、角山社長自身サックスを吹くんで、練習できる場所が欲しかったんでしょう。角山さんが使わないときは、近所の音楽好きがバンド練習できる場所が欲しかったんでしょう。でも、スタジオといっても広さも設備もちょっとしたライヴハウスぐらいはありますよ」

「サックスを吹く？　テナーですか、アルトですか」

永見が、妙なところに食いついた。どうでもいいじゃないか、どうせ下手の横好きだ。

「さあ……アルトだったかな。覚えてないけど、けっこううまいですよ。でも、そん

なわけで変に耳が肥えてるんで、コンサートのあと、ミュージシャンにダメ出しをしたりするんです。そのあたりは俺に免じて我慢してください」

灘は私に頭を下げた。

「おまえに、というより、ギャラに免じて我慢するよ。それだけもらえるなら、なにを言われてもしかたないな」

そういう素人《しろうと》は多い。ライヴが終わったあと、

「さっきの曲のソロ、コード外してたよね。思わず笑っちゃった」

とか、

「あなた、リズムの取り方が一、三ですねえ。プロでもそういうひとがいるなんて、びっくりしました」

とか、

「今の曲、マイルスはこう演ってたね。リー・モーガンはこう演ってた。ハバードはこう演ってた。あなたは誰風に演奏したの？」

とか……とにかくわかったようなことを偉そうに言うやつが。いちいち取りあっていたらすぐに喧嘩になるので、最近は無視するなり、適当に相づちを打つなりして受け流すが、若いころは私もそういう客とさんざん揉めたものだ。知識だけはあるの

で、かえって始末が悪い。

「いや、悪いひとじゃないんですが、知ったかぶりも激しくてね。横で聞いててはらはらするときもあるんです」

灘がため息をついたので私は話題を変えた。

「そのスタジオ、もとは陶芸のために建てたって言ってたな。社長さんはジャズのほかにも趣味があるのかね」

「多趣味なひとでね、ジャズと陶芸、お茶、俳句、ゴルフ、スキューバ、鉄道模型の蒐集、囲碁に麻雀……なんでもやりますよ。どれもそれなりに深くてね、仕事する暇があるんだか……」

「ドラムセットはあるのかな」

ドラマーの今岡《いまおか》が言った。ドラムセットがある場合はシンバルとスネアとペダルを持っていくぐらいでよいが、なければこちらからフルセットを運ばなければならない。

「ありますよ。グレッチの相当いいやつです。ギーアンもマーシャルのＪＣＭ９００と１９６０Ａ、フェンダーのツインリヴァーブとデュアルショーマンがあるし、ベーアンもアンペグ15Ｓが置いてます。ＰＡもミキサーも最高級の機材が入ってます。至れり尽くせりってやつです」

「すごいなあ」

「そうそう、ピアノも、グランドですよ。スタインなんとかいうメーカーのフルコン(フルコンサートモデル)だったと思います」

「そりゃあありがたいね。スタインウェイかい?」

ピアノ弾きの吉原《よしはら》が言った。そういう会場だとたいがいアップライトピアノで、ひどいときには電子ピアノしかなかったりする。

「いや、スタインウェイじゃなかったなあ」

「じゃあ、まさかスタインシュタイン?」

「それそれ、そんな名前でした」

「嘘だろ。幻の名器だぜ。俺も、弾くどころか見たことすらない。それが、そんな田舎で素人がやってるスタジオにあるなんて……」

「よかったじゃないか、吉原。それを弾けるわけだから」

私が言うと、

「そうですね……でも、曲は『四分三十三秒』だったりして」

皆、笑った。『四分三十三秒』というのは、ジョン・ケージが作曲した現代音楽の曲名で、三楽章に分かれている楽譜には音符がまったく記載されておらず、演奏者はピアノのまえに座り、四分三十三秒経過したら、その場を退出するというふざけた曲だ。

「これで決まりだな。あとは、誰が車を出すか、だが……」

私が当日のだんどりを決めようとしたとき、思いだしたように灘が言った。

「あ、これを言っとかなくちゃ。気をつけてもらいたいことがあるんですよ」

「なんだよ、思わせぶりに」

「じつはですね……」

彼は声を低くすると、

「そのスタジオ……ときどき楽器が消えるんです」

◇

二台の車でS県に向かった我々が角山社長の自宅に到着したのは、三時をすこしまわったころだった。低い丘を少しあがったところにある広い敷地はぐるりを柵で囲まれ、そのなかに三階建ての母屋と離れ、倉庫などが並んでいる。角山氏は柵のところまで私たちを出迎えてくれた。ゆで卵のように見事に禿げあがっており、額が広く、血色がいい。細い目をぱちぱちさせながら私に握手を求めたあと、

「田舎でしょう」

「そうですね。とてもいいところだと思います」

「いやあ、なにもない。田んぼと畑ばかりですわ。あっはっはっ」

たしかに見渡すかぎり畑が続き、人家はそのあいだに点在しているだけだ。

「灘くんのつてで、唐島《からしま》さんをお呼びすることができて、夢が叶いましたよ」

大げさなことを言う。

「こちらこそ、お招きいただき光栄です」

「灘くんのベースは、以前はリズムが悪かったが、うちの月例ライヴで何度か弾いてもらったら、見違えるようにうまくなりました。やはりジャズマンというのは、上達するには自分よりもうまい奏者と演るのが肝要ですな。同じレベルの相手と組んでいたのでは、馴れあいになって、いつまでも進歩しない」

なるほど、こういう人物か、と私は腹のなかで思った。灘がさっきから目配せしているが、もちろん私もここで言い返したりする気はない。なにしろこれは仕事であって……。

「そんなことありませんよ。灘さんは昔からリズムもいいし、テクニックも抜群です」

永見だ。灘も私も、彼をにらみつけたが、一旦口にしてしまった言葉は取り返せない。

「きみは誰だね」

明らかに不快そうな口調で、角山氏は永見に言った。

「テナーサックスの永見緋太郎《ひたろう》です。灘さんは、東京でも五本……いや、十本、いや、十五本ぐらいの指には入るベーシストだと思います」

「ふーん、そうかね。それじゃあ私の勘違いかな。——どうだね、灘くん」

「あ、いえ、社長のおっしゃるとおりです。まえはリズムが悪くて苦労してたんですが、こちらでいろんなかたに揉まれてるうちにだんだん直ってきました」

角山氏は、そら見たまえ、という目で永見を見ると、

「でも、私に言わせれば、まだ完全とはいえないね。もっとシンコペーションを学ぶ必要がある」

「がんばります」

灘は頭を下げた。永見がまたなにか言おうとしたので、私はあわてて彼の足を踏み

つけた。

「痛っ！」

その声を無視して、私は社長に言った。

「ところで、今日、演奏させていただく場所を見せていただけますか。灘の話では、たいそう立派なライヴスペースがあるそうですが」

「そうなんです、自慢のスタジオでね。――こちらです」

社長の案内で、我々は鯉の池に沿って丘を下った。

「この池には、カジカがおるんです。最近は鳴きませんけどな」

私が、感心した体《てい》で池の緑色の水をのぞき込んでいると、同じようにのぞき込みながら永見が、

「こんな池にアシカがいるんですか」

「馬鹿、おまえは黙ってろ」

カジカというのは美声で知られる蛙で、フィー、フィーという透きとおったその声は和歌や俳句に繰り返し詠まれてきた。

「へえ、知りませんでした。聴いてみたいですね、カジカの声」

名残惜しそうにしている永見を引っ立て引っ立て、我々は柵の間際まで行った。民

家が数軒、肩を寄せるようにして建っている。

「この柵までが角山さんの土地ですか。広大なもんですな」

私が言うと、角山氏は鼻を鳴らし、

「とんでもない。この丘全部、いや、そのまわりも見渡すかぎりずっとうちの地所です。ここにある家は、どれもうちが土地を貸しとるんです」

たいした羽振りである。

「さあ、これですわ。中へどうぞ」

木造の大きな建物に、我々は招き入れられた。入り口は狭いが、内部は天井が高く、広々としていた。仕切りはなく、ひとつの大きな部屋で、どこに立っても隅々まで見通せる。前後左右の壁は防音用の分厚いカーテンで覆われ、中央にドラムセット、ベースアンプ、ギターアンプなどがあり、ウッドベース、エレキベース、エレキギター、セミアコのギターも壁際に置かれていた。左右と天井にボーズのスピーカーがあり、モニター用の小型スピーカーも二台ある。左手奥には、東京のライヴハウスでもお目にかかれないような、プロ仕様の大きなミキサーが設置されており、録音用の機材もあった。右手にはキーボードが二台とキーボードアンプ、ヤマハのアップライトピアノが並び、その横にグランドピアノが鎮座していた。

「スタインシュタインですか、すごいなあ。はじめて見た」

ピアノの吉原がうっとりした声を出した。

「入り口が狭くて入らなかったので、壁を壊して搬入したんです。日本に三台しかありません。ある男のつてで購入したんだが、値段をお聞きになったらびっくりしますよ。田舎なら家が一軒買えるほどですわ。わっはっはっはっ」

「貴重なものなんですね」

「あとの二台は東京のクラシック専用のホールにあるんでね、ジャズの人がこれを弾ける機会はうちに来たときだけなんで、みんな、ギャラはいらないから弾かせてくれって言うんだけど、下手なやつには触られたくないんです。もちろん、アマチュアにはこっちのアップライトを使わせてます」

角山氏は自慢げにピアノを撫でた。

「じゃあ、私なんぞが弾かせていただくのはおこがましいですね」

吉原が謙遜してそう言うと、

「大丈夫ですよ、吉原さんならぎりぎり合格ですわ」

永見がまたなにか言おうとしたので、私は再度足を踏んだ。

「痛っ」

永見が一歩下がった隙に、私は角山氏に言った。

「この建物はもともと社長が陶芸をするために建てたそうですな」

「そうなんですが、陶芸は飽きましてな。私自身、サックスを演るので、稽古する場所が欲しかったんです」

「じゃあ、防音設備も完璧なんですか」

角山氏は右手をひらひらと振り、

「そんなもの必要ないですよ。こんな田舎ですからな、いくら大きな音で吹いても、叩いても問題ありません。外に音が漏れても、どこからも文句は来ませんわ。昼間はロックバンドの若い連中がでかい音でガンガン練習しとりますから、まあ、念のために防音用のカーテンを吊ってありますが、あまり効果はありません。気休めですな」

そう言って笑った。たしかにまわりはほとんど畑だから、問題ないのかもしれないが、私は若い頃、山のなかの、冬はスキー場になるロッジでラッパを練習していて、近所の住民たちに無言で塩を撒かれたことがある。夏場は客はいないからだいじょうぶ、とロッジの支配人は言っていたが、楽器の音というのは意外と遠くまで響くものなのだ。

「社長さんはテナーですか、アルトですか」

永見が口を挟んだ。

「どちらも吹くよ。テナーはオールドセルマーのバランスアクションを二本とアメセルのマーク6を一本、アルトはコーンとセルマーとヤナギサワのプロモデルを一本ずつ持っている。セルマーのアルトは、あのフィル・ウッズが使っていた楽器だぞ。ソプラノも二本あるし、あとサクセロ、バリサク、クラリネット、バスクラリネットも持っているよ」

「すげーっ！　それだけ持ってたら、練習がたいへんでしょう」

「テナーとアルト以外は練習なんかしないね。私は趣味が多いから楽器を吹いてる暇がないんだ。バスクラリネットもクランポンの新品なんだが、買ってから吹いたのは一度ぐらいかなあ。フルート、アルトフルート、ピッコロもあるが、吹いたことはない。バスーンも形が面白いから買ったが、運指も知らんね。でも、ジャズは技術じゃない。感覚的なもんだから、それでいいんだ」

ときどき、アマチュアの管楽器奏者で、吹きもしないのに楽器コレクションをするひとがいるが、私にはそういう心理がわからない。管楽器というのは吹いてなんぼであって、吹かないとその楽器は死んだも同然だと思うからである。だが、もちろん角山氏にそんなことを言うことはなくて……。

「へーっ、それは宝の持ち腐れですね。吹かないなら俺にくださいよ」

私は、足を踏もうとしたが、永見はたくみにそれを回避した。少しは学習能力があるらしい。

「どうして君にやらなきゃならんのだ。バランスアクションは一本百二十万もしたんだぞ」

「だって吹かないんならいらないでしょう。俺なら、ちゃんと練習しますよ」

「そういう問題じゃない。私が金を出して買った、私の楽器だ」

「じゃあ、せめて吹かせてください。どこにあるんですか」

永見がきょろきょろ見回すと、

「ひとに見えるようなところには置いていない。——ここだ」

社長は足下の床を指さした。よく見ると、そこには一メートル×五十センチほどの蓋が二十ほど並んでいた。

「この下の収納スペースにちゃんと収めてあるんだ。鍵をかけてあるから、誰にも盗られる心配はない」

どうやら永見に吹かせるつもりはないらしい。

「盗られるといえば……こちらでときどき楽器が消えるとか」

私が言うと、角山氏は苦い顔をして、

「そうなんです。手癖の悪いやつがおるようでね……」

「盗難にあっているわけですか」

「それもよくわからんのです。しょっちゅうなくなるわけじゃなくて、この十年ほどのあいだに、忘れたころにふっと消えるんです。キーボードもアンプも、ああやって……」

角山氏は楽器や機材類に結びつけられた鎖を指差し、

「盗まれないように施錠しとるんですが、去年もキーボードアンプがなくなりましてね。どうやって鍵をあけて鎖を外したのか……」

「推測でものを言ってはいかんが、昼間はアマチュアバンドが練習に使っているんでしょう？　不特定多数のなかに、不心得なやつがいるのかもしれませんな」

「ところが、うちは貸しスタジオを商売にしているわけではないんで、顔見知りにしか使わせとらんのです。そんなことをしそうなやつはいないんですがね……」

「ほかになにがなくなりましたか」

「最初は、トランペットが一本消えました。これは安物でね、私がそのへんに放り出してあったんで、どこかにまぎれてしまったのか、と思ったんだが……その一週間後に、ギターアンプのボリュームつまみが全部なくなりましてね」

「そんなものを盗ってどうするんだろう」

「さあ……悪戯のつもりでしょうか。あと、ギターの弦がなくなったり、サックスのネジだけが何本か抜き取られたり、シンバルスタンドがなくなったり……そんなことがこの十年間に十五回ほどありました」

「消えるのは、スタジオに置いてあるものばかりですか」

「いや……三年ほどまえ、ここでライヴをしてもらった東京のミュージシャンの、オカリナが二本、なくなったことがありまして……。リハーサルのあと、アンプのうえに置いてあったそうなんですが、食事から戻ってきたらなくなっていたそうで。もちろん、弁償しましたよ、オカリナが十本ぐらい買えるほどの額をね」

そんなことは言わなくてもよい。

「それに、昼間ここで練習していたアマチュアロックバンドのギターケースがなくなったこともありました。ほんの先月のことですわ」

「ギターケースなんか盗んでもしかたないでしょうに」

「休憩中に外でタバコを吸っているあいだに消えたらしいです。いったい誰がやってるんだか……」

角山氏はため息をついた。

「警察に届けたことはあるんですか」

「一度、犯人への警告の意味で届け出をしたんですが、取り合ってくれませんでした。盗難か紛失かはっきりしない、と言われまして……まあ、たしかにそのとおりですが。何度も繰り返されるというのは家族の誰かのいたずらかもしれませんよ、事を荒立てないほうがあなたのためじゃないですか、とまで言われました」

だろうな、と私も思った。

「というわけで、申しわけないが、ご自分の楽器はここに置いておかず、母屋のほうに置くか、もしくは自分で持ち歩いていただきたいのです」

「わかりました。気をつけます」

ライヴは七時開場、七時半開演なので、我々は軽く音出しをすることにした。この広さならドラムや管楽器にマイクはいらないので、あとはピアノとベースの音のバランスを見ればよい。永見がテナーを取りだし、ストラップにひっかけたのを見て角山氏が、

「なんだ、フラセルのマーク6か。製造番号は、と……若いな」

たいした楽器じゃない、と言いたいらしい。永見は気にした様子もなく、マウスピ

ースをくわえた。私は、ドラムに合図をして、カウントから〈スピーク・ノー・イヴィル〉に入った。テーマを合わせて、永見のソロ。音合わせだというのに、彼は最初の一音からぶっ飛ばした。艶《つや》やかなビッグトーンが建物を震わせるほどに響きわたった。単純なフレーズと複雑なフレーズを組み合わせ、圧倒的なスピード感で吹きまくる。角山氏は目を大きく見開き、「おお……」と声を漏らした。私はその反応に満足し、内心、にんまりした。角山氏はしばらく聴いていたが、くれぐれも楽器に気をつけるよう言い残して、スタジオを去った。

「いったい誰が、なんのためにやってるんだろうな」

私がそう話しかけると、永見はきょとんとした顔で、

「なにがですか」

「さっきの角山社長の話、聞いてなかったのか。楽器を盗んでるやつがいるんだよ」

「ネズミじゃないですか」

「——は？」

「アンプのつまみとかギターケースとか、盗ってもしかたないものを盗むんだから、ネズミかもしれないって言ったんです」

「トランペットは、ネズミには重すぎるだろう」

「何匹かで力を合わせれば運べるでしょう」

普段、永見は、こういった不思議な事件への食いつきはよいほうなのだが、今回はまるで興味を示さないので、

「おまえ……あの社長が困ろうがどうしようがそんなことどうでもいい、と思ってるな」

「はい」

永見はにっこり笑ってうなずいた。

2

十五分ほどでリハーサルを終了し、我々は角山氏に言われたとおり、自分の楽器を持ってスタジオを出た。母屋に戻ると、夕食が用意されていた。山海の珍味といっても大げさでないほどの豪華なもので、あまり食べ過ぎては演奏に差し支えると思いつつも、ついつい飽食してしまった。

「うー、食った食った」

腹をさすっていると、角山氏が現れて、

「どうです、料理のほうはご満足いただけましたか」

「すっかり堪能しました」

「皆さん、そうおっしゃってくださいます。——私の手料理なんです」

「ほんとですか。そりゃあたいしたもんだ」

私は率直な感想を述べた。角山氏は子供のような笑顔になって、

「実を言うと、東京からミュージシャンを呼んでライヴをするのも、私の料理を食べてもらいたいがためでね。はっはっはっ」

それを聞いて、私はこの金持ちで多趣味の社長の本当の趣味は、料理なのかもしれないと思った。彼は壁掛け時計に目をやり、

「開場まであと三十分あります。それまではご自由に過ごしてください」

そう言って、角山氏は部屋を出て行った。永見が私にささやいた。

「案外、いい人かもしれませんね」

「そうだな」

人間、餌をくれる人には評価が甘くなるものだ。そのあと、我々は思いおもいに過ごした。私は庭に出ると、池のまわりを散策した。永見は、木の切り株に腰をおろして、ソプラノサックスを練習していた。きゅろきゅろきゅろきゅろ……というフレーズが景

色に溶け込んでいくのを聴きながら、鯉がはねるのをぼんやり眺めていると、

「ごぶさたしております、唐島先生」

頭髪を中央からわけて、ぺったりと撫でつけた、ロイド眼鏡の小男が近づいてきた。楽器商の東谷《ひがしたに》だ。

「あんたか、角山さんにヴィンテージ楽器をバカ高く売りつけているのは」

「バカ高く、はないでしょう。適正価格ですよ」

東谷はにたっと笑った。この男は、ミュージシャンやアマチュア演奏家に、古い楽器をとんでもない高額で買わせることで知られている。管楽器というのは、古けりゃよいというものではない。どんな名器でも、金属が摩耗してきたらもう使用の限界なのだが、東谷はそんな穴の開きかけている鉄屑をうわべだけリペアして無知なアマチュアに高く売りつける。また、有名ミュージシャンが使用していた楽器だと称して値段をやたら釣りあげるが、「使用」といっても、「ちょっと吹いてくれませんか」と持ちかけて一回息を通させただけだったり、ひどいときは持たせただけだったりする。私も以前、フレディ・ハバードが使用した楽器という触れこみのシルキーのトランペットを市価の三倍ほどで押しつけられそうになったことがある。ほとんど詐欺すれすれの行為で、よく逮捕されないものだ。プロならたいがい彼のやり口は心得ているか

らひっかかることはまずないのだが、いつの時代も新しいカモが現れるのだ。

「東京じゃ顔が売れすぎて、こんな田舎で荒稼ぎかね」

「人聞きが悪い。角山さんに売ってさしあげた楽器はどれも、正真正銘のお買い得品ばかりですよ。ほんとは、もっととってもいいぐらいなんだが、おなじみさんなんで負けてあげとるんです」

「ほう、そうかね」

「あまり、いらんことを角山さんに吹きこまんでくださいね」

「用事はそれだけかい」

「そうです」

「じゃあ、向こうへ行ってくれないか。あんたがいると、せっかくの景観が台無しだ」

「おっしゃいますね。——じゃあ、のちほど。コンサート、楽しみにしてますから」

東谷はぺこりとお辞儀をして、母屋のほうに去っていった。ちょうど腰掛けになる岩があったので、そこに座り、池の底からカメが浮いてくる様子を楽しんでいると、ぽちゃん、という音がした。そちらへ視線を向けたが、同心円状に波紋が広がっているだけで、なにが飛び込んだのかはわからなかった。

「カジカですよ」

いつのまにか、傍らに作務衣《さむえ》を着た老人が立っていた。

「あ、今のがそうですか。飛び込む音だけは聞こえたんですが」

「ははは。古池や、蛙《かわず》飛び込む水の音。芭蕉翁《ばしようおう》の句の世界ですな。蛙の姿はなく、音だけがそこに残る。目に映るのは、古池に広がる波紋のみ。視覚ではなく聴覚に訴えかけるほうがより印象が鮮明となる。――あ、これは音楽家のかたには釈迦に説法でしたかな」

「あなたは……？」

「申し遅れました。江藤犀歩《えとうさいほ》と申しまして、俳句をやっとるもんです」

「おお、俳人のかたですか」

「こちらの角山社長とは俳句仲間でしてな、その縁で今日の音楽会に呼ばれたんです」

「コンサートは毎月開催されてるそうですが、いつもいらっしゃるんですか」

「いえいえ、私にはああいう西洋の音楽はさっぱりわからんのでね、年に一、二度しか参りません」

江藤氏は声をひそめると、

「今日、参りましたのも、正直、角山さんへの義理立てなんです。私、角山さんの地所に住まわせてもらっとるんで……たまには顔を見せんと機嫌を損ねますからなあ」

老人はそう言って、笑った。

「俺、俳句に興味あるんです」

ソプラノの練習を終えたらしい永見が話に入ってきた。

「ほほう、お若いのに風流心がおありですな」

「というか……五七五のリズムのなかでルールにしたがって遊ぶっていう点が、ジャズに似てると思って」

「俳句とジャズに共通点があるとは思いませんでした。私のような年寄りにはただのやかましい音楽にしか聞こえませんのでね」

「できれば、江藤さんの句をご披露いただけませんか」

「俺も聞きたいっす。お願いします」

「いや……それは……」

「頼みますよ、ぜひとも」

「うーん……ここでですか」

しばらく押し問答をしたあげくに、老人は照れたように頭を掻き、

「では……つたない句で、どれも古い作品ばかりですが……」

そう言って、いくつかを口にした。

静かさや松の葉擦れの音もせず
風吹けば胴鳴りするや壊れ桶
雨だれのひたひた降って土叩く
ぎしぎしと梁揺らすなり屋根の雪
河鹿《かじか》鳴いて今日の作業のけりつけん

私には、俳句のことはわからないが、しみじみとした佳句のように思われた。

「作業、と言いますと？」

私が問うと、

「私、本業は工務店でして、そこの社長をしております。角山さんのところとは比べものにならないぐらい小さな会社ではありますが……」

そう言って江藤氏が笑ったとき、林のなかから、ウィキーッ！　という叫び声のようなものが聞こえた。

「あ、田村《たむら》くんだ。——私、あのかたちょっと苦手なもんで、これで失礼します」

江藤氏は、そそくさとその場を離れた。入れ替わるようにして、頭をスキンヘッドにして、鋲《びょう》を打ったジャケットを素肌に着た若者がやってきた。唇にピアスをし、肩に一匹の猿を乗せている。

「やあ、おたくら、今日演るジャズのひと？」

女のように甲高い声だ。

「そうだけど、きみは？」

「俺、ジラーフ田村。『エレドータス』ってハードロックバンドでギター弾いてる。こいつは俺の相棒で、カニクイザルのリバール。おい、リバール、挨拶しろ」

猿はそっぽを向いて、キーキー叫んでいる。

「うちのバンド、いつもあそこのスタジオで練習してるんだけど、音響も機材もなかなかいいよ」

「さっきリハしたよ。たいしたもんだった」

「もしよかったら、俺がミキサーしてやろうか。使い慣れてるから、下手《へた》はうたねーぜ」

「ああ……そうだな。お願いするかもしれない」

「いつでも言ってくんな……あっ、リバール！」

猿が、永見のソプラノサックスのケースからマウスピースを摑んで逃げた。食べ物だと思ったのか、植え込みの陰で一口囓ったが、顔をしかめてその場に捨てた。田村が追いついて、頭を一発はたき、

「すまんな、こいつ、手癖が悪くて……。おい、リバール、謝れ」

むりやり後頭部を押さえつけて頭を下げさせると、

「じゃあ、ごきげんなギグ、楽しみにしてるぜ」

田村は、猿を連れて立ち去った。永見が笑いながら、

「完全にため口でしたね」

「こっちは年上で、しかもプロなんだがなあ……」

「ミキサー、頼むんですか」

「まさか」

ロック系のエンジニアにPAを頼むと、小さな会場でも音がひずむほどの音量にされたり、やたらとエフェクトをかけられたりして閉口することが多いのだ。ジャズは生音が基本である。

「さて、と……そろそろ開場の時間かな」

私が腕時計を見ようとしたとき、誰かがばたばたと駆けてくる足音がした。角山氏だ。遠目にもわかるほど、顔が青ざめている。

「どうしました……？」

「えらいことになった。楽器を盗まれた」

「またですか。今度はなにを」

角山氏は一瞬口ごもったあと、

「グランドピアノが……なくなった」

◇

我々は、スタジオのなかにいた。角山氏、私のバンドのメンバー五人、それにライヴの常連客五、六人である。たしかに、さっきまでグランドピアノが置いてあった場所はがらんとしてなにもない。

「ありえない……ありえないことだ」

角山氏は、なにもない空間を見つめながら、ありえない、と何度も繰り返した。その呆然とした表情を見ているうちに、私は探偵のまねごとをしてみたくなった。

「あのピアノ、解体できないというのはまちがいありませんか」

私がきくと、角山氏は大きくうなずいて、

「なにしろ、購入したときにそのままじゃ入り口を通らなくて壁を壊して搬入したぐらいですからな」

「だとすると、ピアノはまだこの建物のなかに……」

そう言いながら見渡してみても、なにしろ仕切りのない一部屋だけの建物なのだ。あんな馬鹿でかいものを隠せるスペースはどこにもない。

「入り口の扉はどうなっていましたか」

「盗難防止のために鍵は掛けてありましたが……」

「鍵の置き場所は？」

「母屋の玄関を入ってすぐのところにある下駄箱のうえに、ほかの鍵と一緒に吊してあります」

「合い鍵は？」

「いくつかあるはずです。いちいち開けにくるのが面倒くさいので、ここでいつも練習しているバンドの代表者には、一本ずつ渡してありますし、それ以外にも何本か……」

私は一同を見回して、

「合い鍵を持っておられるかた」

楽器商の東谷、江藤、ジラーフ田村が手を挙げた。東谷は、楽器を納品するだけでなく、スタジオの楽器のメンテナンスも請け負っており、そのためにしょっちゅう出入りしていたらしい。江藤氏は、陶芸にも興味があり、ここが陶芸用のスペースだったころに一本預かったそうだ。また、田村はバンド練習のために角山社長から渡された、と言った。

「けどさ、ここで練習してるのはうちのバンドだけじゃねえ。ほかにも三、四バンドあるはずだ。そいつらも合い鍵、持ってるはずだぜ」

「でも、今日、ここに来ているのは、きみだけだ」

私がそう指摘すると、彼は黙ってしまった。私は、角山氏に小声で、

「警察を呼びますか」

「いや……しばらく考えます。犯罪かどうかまだわからんし……」

「高額な楽器がなくなったんですよ。立派な犯罪でしょう」

「しかし……不思議すぎる。警察に言っても信じてもらえんかもしれません。いや、きっと『また、あんたか』と言われて、相手にされんのではないでしょうか」

「そりゃそうかもしれないが……」

そのやりとりを耳にした東谷が、

「警察？　そんな迷惑な。私も疑われているんですか。たしかに私は合い鍵を預かってますが、母屋にある鍵を使えば、誰にだって入れたわけでしょう。それに……そもそもなんのために私があんなでかいピアノを盗まなきゃならんのです」

「日本に三台しかないピアノだろう。転売すれば、大もうけだ。きみの得意分野だろう」

「馬鹿な！　すぐに足がついちまう」

「マニアなら、こっそり持っておきたいはずだ。そういう相手に売ればいい」

「失敬な。私は、そこまで阿漕《あこぎ》じゃない」

ジラーフ田村が肩をすくめ、

「俺は関係ないね。なにしろ先月、ギターケースを盗られたところだ。いわば被害者だからな」

東谷が馬鹿にしたような顔で、

「被害者を装うために、わざとケースを盗まれたふりをしている、ということも考えられる」

「なんだと、てめえ。証拠でもあるのかよ」

「そういう可能性もある、と言っただけだ」

「ぶっ殺すぞ、この野郎」

田村は東谷につかみかかったが、灘と今岡があいだに入った。ジラーフ田村は私のほうを向き、

「それなら、おたくらが犯人って可能性もあるわけだ。このおっさんが言ってたとおり、鍵は母屋からこっそり持ってくりゃあいい」

「どうして我々が、自分たちのライヴ前にピアノを盗まなきゃならんのだ」

「社長の払うギャラに釣られてこんな田舎くんだりまで来るんだから、よほど貧乏なんだろ。金目の楽器を、ビータ（楽旅）の行く先々でパクってるんじゃないのか。俺たちロッカーはいつもハングリーでねえとダメだから、そんな真似はしねえけど、ジャズの連中は演奏はつまんねえし、金に汚《きたね》えからな」

カチンときたが、私がなにか言うまえに、俳人の江藤氏が言った。

「このスタジオでは、楽器だけじゃなくて、ボリュームつまみとかサックスのネジとかシンバルスタンドとか、いろいろ無意味なものがなくなっているそうですな」

「おたく、なにが言いてえの」

「まえから思っておったのだが、あんたの飼ってる、あのリバールとかいう猿がやっとるんじゃありませんか」

「おい、俺のことはともかく、リバールを悪くいうとタダじゃおかねえぞ。あいつは俺のダチなんだ。だいたい猿がアンプを抱えて持ちだせるわけがねえだろ。おたくも、工務店で金儲けしてるくせに、俳句だのなんだの風流気取りは笑わせるぜ」

　東谷もうなずいて、

「そりゃそうだ。俳句なんてものは、芭蕉や山頭火のように清貧でないとねえ」

　江藤氏は顔を歪めて、

「そもそもうちの工務店はずっと赤字だし、清貧というのは貧乏というより心が清らかかどうかじゃないのかね。あんたはハングリーだとか言ってるが、心はまるでできていないようだな」

「このジジイーっ！」

　あとは大騒ぎになった。私はちらと氷見を見たが、彼は我々の会話に興味がないのか、防音用のカーテンをたくしあげようとしている。もっとも、裾に重石《おもし》がついていて、持ちあげられなくなっていたので、あきらめたようだった。

「ああ、もうこんなところで練習するのはごめんだ。つぎは俺のギターがなくなるかもしれねえ」

ジラーフ田村が大声を出すと、角山氏も消沈した顔つきで、

「私もだ。どうしてこう楽器がなくなるのか。定例コンサートは今夜で最後にしよう」

そう言いきった。客入れをするため、一旦全員外に出ることになったが、突然、永見が角山氏の後ろ姿に話しかけた。

「あのピアノ、バラバラに分解はできないんですか。ふつうのグランドなら、ある程度は分解できるはずですが」

角山氏は振り返ると、

「なるわけないよ。搬入するときもこっちの壁を……」

南側の壁を指さして、

「半分以上壊して入れたぐらいだから」

「本当ですか」

「本当だ」

「本当に本当ですか」

角山氏は、永見のしつこさに明らかにムッとしている。私が口を挟もうとしたと

き、江藤氏が言った。

「本当ですよ。壁の工事を担当させてもらったのはうちの工務店ですから。——あのときはたいへんでしたよね」

角山社長はその言葉にうなずきながら、憤然として永見をにらみつけた。

◇

ライヴは、定刻通り、七時半にスタートした。客は満員だったが、角山氏が近隣の知り合いをむりやり掻き集めているらしく、皆、あまりジャズを聴きたそうな顔はしていない。

「今日も月に一度の我慢会かあ」

「ジャズなんて、どこがおもしろいんだか。俺はやっぱり演歌だな」

「しっ。社長に聞こえたら、給料カットになるぞ。藤崎《ふじさき》部長のこと、忘れたのか」

「くわばらくわばら」

そんな会話が聴くとはなしに耳に入ってきた。

「東京からわざわざお越しいただいた、ジャズ界のスーパーグループ、唐島クインテットです、どうぞ！」

角山氏自身のMCで、我々はステージにあがった。吉原は、アップライトピアノに座った。

「おい、社長、なんだか元気ないなあ」

「俺もそう思った。奥さんと喧嘩でもしたかな」

最前列の社員がそんなことを言いあっている。片方が欠伸をすると、もうひとりも大口をあけた。ミキサーを見ると、ジラーフ田村が「ここは俺の場所」と言わんばかりに卓を触っている。

（いらんことを……）

私は顔をしかめたが、今更やめてくれとも言えない。振り返って、指でカウントを出し、そのまま〈スウィート・ラヴ・オブ・マイン〉のイントロに突入した。テーマを二管でラフにアンサンブルしたあと、顎をしゃくって、永見に先発ソロをうながす。永見は軽くうなずくと、いきなり、
ボギャオエッ

というひび割れた低音を炸裂させ、そのまま、うねるようなロングフレーズを一息で吹ききった。おお、という嘆声が客席から聞こえた。永見は、ほんの一吹きで聴衆の心を摑んでしまったのだ。再び、爆発的な低音から、一気に高音に駆けのぼり、トリルをまじえた複雑なフレーズを吹き続ける。ドラムのプッシュが熱を帯びはじめる。テナーサックスの三拍フレーズのリズムとドラムの四ビートのリズムがずれたまま、たがいに猛烈な勢いでぶっ飛ばし、最後にぴたりと合う、そのカタルシス。うわあっ、と客の歓声。またしても低音のビッグトーンを汽笛のように響かせてから、サックスの全音域を駆使したメカニカルなフレーズを吹きまくったあげく、フラジオの絶叫でしめくくるかと思いきや、そこから延々と怪鳥が叫んでいるようなフリークトーンの嵐を連ねはじめた。テナーを上下に揺すぶりながらブロウしている様は、まるで犀《さい》のようだ。いつもの永見ならここで終わるが、今日はちがった。完全にフリーになってしまい、ドラムもベースもまともにビートを刻むのをやめ、混沌としたサウンドのなか、凄まじい「疾走感」だけが伝わってくる。はじめのうちは、ちょっと飛ばしすぎじゃないか、と思っていたのだが、あまりに凄まじい咆哮《ほうこう》につぐ咆哮に、私はつぎが自分のソロであることも忘れ、いつのまにか手に汗を握って聴きいっていた。

がつん。

唐突に、リズムセクションが消えた。永見が合図を送ったのだ。

ドブッ、キシャ、ギシュシュシュシュ……

ズベ、ドハッ、ベシュルルル……

まったくの無伴奏状態で、永見のテナーが轟《とどろ》きわたる。

ボギャウウッ

低音をゆったりと響かせてから、短三度ずつずらした分散和音を、最初はゆるゆると、途中からテンポを速めて、最高音までのぼりきる。最後は、透明感のある美しいオーバートーンで決めた。循環呼吸《サーキュラー》を使った長い長いロングノートが、木造のサウンドスペースにこだまして、独特のアコースティックな響きを生む。永見は、吹きながら、ステージから客席へと歩いていき、あちこちで足をとめて、サックスのベルを壁やら床やら天井やら客やら……いろいろな方向に向けて、なおも吹きつづける。循環呼吸とは、息継ぎをせずに吹く演奏法だ。息継ぎをしていないことを強調するために、こういったパフォーマンスをすることがあるが、永見がここまでするのははじめて見た。やがて、永見はぴたっと音を出すのをやめてしまった。

（こいつ……）

私は半分呆れ、半分感心した。まるでジョン・ケージの『四分三十三秒』ではないか。ミュージシャンにとって、音を出していないときは不安なものである。だから、初心者のうちはつねに、なんでもいいから吹いていようとする。しだいに余裕がでてくると、無意味な音を省いて、「間」を活かした演奏ができるようになるが、こんな風にまったくの「無音」にするのは、よほどの勇気が必要である。客もあっけにとられ、永見を注視しているが、永見はマウスピースをくわえたまま、彫像のようにじっとしている。スタジオのなかは、客ひとりひとりの息づかいまで聞こえるほどの静かさだ。そのうちに、永見はすたすたと歩きだした。彼がステージ中央に戻ってきたのを見計らって、ドラムの地響きのようなフィルインとともにリズムセクションがなだれ込み、ふたたび空間は喧噪で満ちた。永見はちょっとブルージーなフレーズを吹くと、すぐに私にソロを渡した。あわてて私はマウスピースを唇に当てる。大歓声と大拍手のなか、永見はひとりうなずいている。私は、永見の演奏による興奮さめやらぬリズム隊に煽られ、かなりハイテンションでソロをスタートさせた。いつもならもう少し冷静な感じで中音域中心に吹きはじめるのだが、自分でも気づかぬうちにあっというまに高音域につり出され、背中を弓のように曲げてモーダルなフレーズを吹きに吹いたのち、ハイノートを何度もヒットさせていた。普段なら、

（このあたりがクライマックスだな……）

とアタリをつけて、その部分にバッキングのピークをもってくるリズムセクションも、今日はまるで手を休めようとせず、もっともっとと煽りたててくる。私もそれに応えて、無我夢中で吹きつづける。演奏のポテンシャルはどんどん高まっていき、それが最高潮に達したとき、ふっと憑《つ》きものが落ちたように私はマウスピースから唇を離し、ピアノへとソロを渡した。うわあああ……という悲鳴のような歓声。私は、久々に満足のいく演奏ができた心地よい喜びに包まれていた。これも永見のおかげだ、と思ったが、どこにいったのか、姿がない。まさか演奏中に外に出て行くはずもあるまい、と目で探してみたが見あたらない。やがて、ピアノソロが終わるころにふらっと戻ってきた。

「どこへ行ってたんだ」

「へへへ、ちょっと……」

私はなおもたずねようとしたが、テーマを吹かねばならなかったので、会話を中断した。ようやく一曲目が終わったが、客の拍手はまるでアンコールのように長々と続いてやまなかった。時計を見ると、三十分もたっていた。

「ありがとうございます。一曲目はウディ・ショウの〈スウィート・ラヴ・オブ・マイン〉でした。こんなに長く演奏するつもりはなかったんですが……次の曲は短いやつにします」

そうMCしてから、私はバラードで〈テンダリー〉を吹きはじめたが、テーマを吹いている最中に、永見がにやにや笑いながら近づいてきて、耳もとでそっと囁《ささや》いた。

「グランドピアノ……どこにあるかわかりましたよ」

そこからあとは、なにをどう演奏したのかまるでわからなかった。

3

休憩なし、二時間のライヴが終わった。客たちは口々に、いいコンサートだった、これまでここで聴いたなかでは最高だった、と言って帰っていった。ありがたいこと

ではあったが、私は永見の一言が気になってしかたなかったので、彼らへの応対もそこそこに永見のそばに行き、

「どこにあるんだ」

「なにがですか」

「ピアノだよ。おまえ、言ってたじゃないか」

「はい、どこにあるかはわかりました。だれがそんなことをしたのかもわかりました」

「じゃあ、早く教えろ」

「でも……なんのためにやったかがわからないんです。それがわかったら言いますよ」

永見はこういうとき、ぜったいに言わないとわかっているので、私は不本意ながらそれ以上の追求を我慢した。そこへ、ジラーフ田村が足早にやってくると、私の手をぐっと握り、

「すごかった。めちゃめちゃすごかった。感動した。ジャズのこと、悪く言ってたこと、謝る。すごかった。めちゃめちゃすごかった。感動した」

同じことを興奮した口調でまくしたてる。

「じつは私も感動したことがあるんだ。きみのミキサー、すごくよかった。ロックのひとは、アコースティック楽器の生音を知らない場合が多いんでね、どうなることかと思っていたら、抑えるところは抑えて、生の響きを損なわない、最高のＰＡだった。こう言っちゃ悪いが、ひとは見かけによらない、と思ったよ」

田村は照れ笑いを浮かべて、

「俺はロックしか演《や》らねえけど、死んだ親父がジャズが好きでね、ガキのころから聴かされてたんで、自然に覚えちまったんだろ」

「とくに、ピアノの音がよかった。歪みが一切なくて、生音そのものの拡声だったよ」

客出しを終えた角山社長も現れ、顔を紅潮させながら、

「すばらしいコンサートでした！　こんなライヴを主催できたことを誇りに思います。なにもかも唐島さんのおかげです。——永見くん、私は一生きみのファンでいるよ。サックスからあんなに繊細な響きが出るとは……それに、あの無伴奏ソロのなかの無音の部分。あのとき私の耳には、外のカジカの鳴き声が聞こえてきたよ」

彼は、ベースの灘に向き直ると、深々と頭を下げ、

「〈グッド・バイ・ポーク・パイ・ハット〉のきみのソロの最中に涙が出てとまらなか

ったよ。ありがとう……ありがとう。きみは最高のベーシストだ」

「そんな……まだまだです」

「いや、私の耳は腐っていたんだね。よくもまあ、あんな失礼なことを言えたもんだ。上から見下ろすように聴いていたからわからなかったんだなあ」

「あの……本当に、このライヴで最後にするんですか」

「そのつもりだったが、ああいうすごい演奏を聴くとまた主催したくなるね。でも、こんなに楽器がなくなるようじゃ、私がやりたくてもミュージシャンが来てくれないよ」

角山氏はため息をつき、

「また、茶碗でも作ろうかねえ。ははははは……」

私は永見に小声で、

「角山さん、意外に『いいひと』かもしれんな。耳も、悪くない」

たしかに今日の灘の出来は、〈グッド・バイ・ポークパイ・ハット〉のソロがいちばんよかったのだ。

「ひとは見かけによらない、ということですね。――わかりましたよ」

「なにが」

「ピアノを隠したひとの動機です」

彼はつかつかとステージにあがると、

「皆さん、聴いてほしいことがあります。——謎がすべて解けました」

居合わせたものたち……うちのバンドのメンバーと角山社長、ジラーフ田村、楽器商の東谷、俳人の江藤の八人は、ぎょっとして永見のほうを向いた。

「すいませんが、唐島さん、入り口を閉めてください」

私は、なぜそんなことを、ときき かえしたかったが、おとなしく言うとおりにした。

「ヒントになったのは、唐島さんの『ひとは見かけによらない』という言葉でした。たしかにそのとおりです。俺たちは、角山さんのことを金にあかして道楽をしているだけの、なにもわかっていない馬鹿社長だと思ってましたが……」

「お、おい、永見」

私が口を押さえようとすると、角山氏が笑いながら、

「けっこうですよ、本当のことですし、みんながそう思ってることはわかってましたから」

「でも、演奏や陶芸、ゴルフなんかは知りませんが、料理の腕前はすごいし、他人《ひと》を

もてなす心を持っているかただとわかりました。それに、音楽を聴く耳もちゃんとあるひとです」

赤面する角山氏を尻目に、永見はつづけた。

「つぎは、ジラーフ田村くんです」

「な、なんだよ、俺がどうかしたのか」

「きみは、派手な恰好をして、いかにもハードロックを演ってる感じだけど、ミキサーをやらしたら、ジャズやアコースティック楽器のこともちゃんとわかってた。唐島さんは、ピアノの音をうまく作ってた、と言ってたけど、そのとおりだと思う。楽器はエレキギターだそうだけど……もしかしたらピアノも弾いたことあるんじゃないかな」

「ねーよ、そんなもん」

「というか……きみ、小さいころからクラシックの音楽教育を受けてて、ピアノ調律師の免許なんかも持ってるんじゃない？」

「も、持ってねえって」

「ピアノの調律師なら、グランドピアノの分解もお手のものだよね。きみ……ここにあったグランドピアノをバラバラにしたでしょう」

田村は蒼白になったが、

「なに言ってやがる。お、お、俺はそんなこと……」

私は、永見に顔を向け、

「永見、あのピアノは分解できないんじゃなかったか。壁を壊して搬入した、と聞いたが」

「分解できるんです。分解できるのに……壁を壊したんです」

「どういうことだ」

「そのときの工事を担当したのは、江藤さんの工務店ですよね。そして、ピアノは東谷さん経由で購入した……」

角山氏が首を縦に振った。

「東谷さんは、あのピアノが分解不可能である、と角山社長に告げた。楽器のことをよく知らないし、知ろうともしない、ひとの言うことを鵜呑みにして調べることもない角山社長は、東谷さんの言うことをすっかり信じて、江藤さんに相談した。江藤さんは、ピアノが分解できることを知っていながら、このスタジオの壁を壊したんです」

私は、ふたりの顔色をこっそり盗み見したが、紙のように真っ白になっていた。江

藤老人はしぼりだすような声で、

「なんのために、わしらがそんな無駄なことをする必要があったのかね。角山さんに、このピアノは分解できる、と教えれば、壁を壊して、また元通りにすることもいらなかっただろうに」

「もちろん、角山さんに、このピアノは分解できない、搬入時には壁まで壊したんだから、と強く印象づけるためです。工事をしたという記憶が残っていれば、角山さんは、まさか分解できるとは思わないでしょうから」

社長が大声で、

「じゃあ、あのグランドピアノはバラバラになるのかね」

東谷が、不承不承うなずいた。

「今、どこにあるんだ」

永見はにやりと笑って、

「このスタジオのなかです。社長がぜったいに見ない場所にありますよ」

「どういうことだ」

「たぶん……ここ」

永見は、床にある収納スペースを指さした。

「角山さんは、ヴィンテージ楽器を買ったら、それで満足して、練習なんかしないから、この床下収納を開けることはないでしょう？　だから、ここは最適の隠し場所だったんです。たぶん細かい部品はこのなかにあるはずです。――そうだよね、田村くん」

スキンヘッドのロッカーはうなずいて、

「ピアノは、約一万二千個のパーツから構成されている。あんたが言ったように、俺はピアノの調律師の免許を持ってるから、分解掃除には慣れている。もっとも、時間短縮のためにかなり練習したけどな」

永見は足で収納の蓋をコンと蹴ると、

「鍵が掛かってはいますが、工務店のひとが仲間にいれば、あってないようなもんですよね。それと、収納に入らないような大きなパーツ……たとえば八十八鍵分の弦を張ったフレームなんかはここにあるはずです」

そう言って、永見は防音用の黒いカーテンを指さした。

「なぜ、わかった」

田村が言うと、

「さっきの演奏中に、サックスを吹いてるとどこかで、弦が共鳴して鳴る音が聞こえたんです。どこで鳴ってるのか探そうと思ったんだけど、リズムセクションがうるさくてね……」

だから、無伴奏ソロにしたのか……。私はやっと彼の真意がわかった。

「サックスも吹きやめてみたら、このカーテンの裏から共鳴が聞こえたんで、なるほどと思ったんです。たぶん、頃合いをみて、外に運びだすつもりだったんでしょうが……」

私は舌打ちした。まるで気づかなかった自分が情けない……。

「それじゃあ、三人がグルになって私をだましていたのか？　なぜだ……なぜなんだ」

角山社長の叫ぶような質問に、だれも答えなかった。永見が、

「しかたないな。——俺がかわりに言いましょうか？」

その問いに答えるものもいない。

「俺の考えでは、角山さんに、このスタジオで音楽をすることをやめさせるためです」

「——え？」

「この場所で、いろんな楽器や備品が消える。そんな噂が、じわじわと広がる。盗難

なのか、それとも謎の怪奇現象なのか。とにかく都市伝説のように浸透していく。そして、とどめのように、持ちだせるはずのないグランドピアノが消失する。このことが知れ渡ったらもう、誰もここで練習しようとか、ライヴをしようとしなくなる。角山さんは、このスペースを、音楽目的以外に転用せざるをえなくなる……ということです」

「なぜだ。なぜ、私がここで音楽をしてはいかんのだ」

「それはたぶん……」

永見は、江藤氏の顔を見つめ、

「カジカのためでしょう。ちがいますか？」

覚悟したのか、江藤氏は柔らかに微笑んだ。

「それだけではありませんがね、カジカの声も大きな要因でした。——どこで気づきました？」

「あなたの俳句を聞いたときです。松の葉擦れ、壊れ桶の胴鳴り、雨だれが土を叩く音、梁の軋み、カジカの声……どれも『音』がテーマになっていました。江藤さんは、音に対する感覚が鋭いんですね」

「…………」

「ジョン・ケージの『四分三十三秒』は、単なる無音の曲ではありません。演奏者がなにも弾かないことによって、聴衆はいろいろな音を聴きます。会場の外の鳥の声、木々のざわめき、客同士の咳払い、身じろぎの音、椅子の軋む音……などなどを、です。あなたは、この場所が音楽スタジオになってから、カジカの声も、池で魚のはねる音も、松の葉擦れも聴くことができなくなった。聞こえてくるのは、やかましいジャズやロックの騒音ばかり。俳人として、あなたは耐えられなくなった……そうですね?」

「そういうことです。ジャズみたいな、うるさいだけの、くだらない音楽のために、この土地のすばらしい花鳥風月を愛でることができなくなりました。これは音の暴力です。なんとかしてこの騒音をなくすことはできないか……そう思ったときからこの日のために、長いあいだかけて準備してきました。角山さんがグランドピアノを購入すると東谷さんから聞いたとき、それを消してしまえば、きっと悪い評判がたつだろうと思ったんです。そのために、少しずつ少しずつ、楽器などを消していきました。楽器屋さんとここで練習しているミュージシャンが仲間になってくれたんで、それは簡単でした」

「わからないのは、どうしてあとのお二人が手伝ったか、ということなんですが

「……」

東谷が言いにくそうに、

「私は、ヴィンテージ楽器商です。唐島さんは、私のことを、高値でふっかける悪徳楽器屋だと思っているようですが、それは見解の相違です。私は、その楽器の価値に見合った価格をつけていると思っています。楽器は、よい音楽を創りだす道具で、よい音楽を創るにはよい楽器が必要不可欠です。その意味では、よい楽器にはもっと高い値段をつけてもよい、と私は思っています。ですが……」

東谷は、一旦言葉を切ると、

「私は商売人ですから、客の選り好みはしません。乞われれば誰にでも楽器を売ります。でも……名手の手にかかれば、すばらしい音楽を創るのに貢献するはずの名器が、死蔵されることとは我慢できんのです。この建物には、最高の楽器が、ほとんど吹かれることなく収納されています。私は、江藤さんの話を聞いたとき、自分勝手なちょっとした復讐心と悪戯心から、彼に加担する気になったんです」

自分が楽器を売っておきながら、それが演奏に使われないことに腹を立てる……やや複雑な心理だが、私にはよくわかった。

「ジラーフ田村くんはどうかな」

「俺はロッカーだ。ロッカーはハングリーでないと生きてる意味がない。けど……ここにはなんでもある。最高の機材がそろっていて、それがいつでもタダで使える。田舎だからほかに練習場所もないし、ついついこのスタジオに……角山さんの厚意に甘えてしまうことになる。それが、死ぬほど嫌でね。ここさえなくなれば、もとのハングリーな気持ちを取り戻せると思ったのさ」

むちゃくちゃな理屈だが、それなりに筋が通っている。

「そ、そうだったのか……」

角山氏は見るも無残にうちひしがれた様子になり、

「自己満足もあったけど、地元のみんなの役にたつんじゃないかと大金を投じてやったことが、こんなにもみんなの害になっていたなんて……情けないにもほどがある。わかりました、今日かぎり、このスタジオは閉鎖します。そのうち、ほかの用途に使えるように改装しますよ。でも、そのときは、皆さんの意見をきいてからにします」

うなだれたまま出て行こうとする角山氏のまえに、江藤氏が立ちはだかり、

「いや……それはやめていただきたい」

「なぜです」

「私もついさっきまでは、このスタジオがなくなればいいと念じておりました。虫の

音《ね》を美しいものと感じるのは日本人だけで、外国人には騒音にしか聞こえないという話を聞いたことがあります。そんな日本人が古来より愛《め》でてきた自然の音の数々を、やかましい人工的な音楽がかき消すのは罪悪だ、と思っておりました。ですが……さきほどの唐島さんのグループの演奏を聴いて、自分がまちがっていたと悟ったのです」

「…………」

「あの演奏は……自然でした。私がこれまで必死に耳を澄まして聴いていた、葉擦れの音、雪の積もる音、鳥の声、枯れ枝の折れる音、熟した柿が落ちる音……それらすべてが、しかも豊かにたっぷりとあそこにはありました。唐島さんたちは私の先入観を取り除いてくれた。ジャズもロックも、これからはたくさん聴いてみたい。ですから……」

江藤氏は、角山社長に深々と頭を下げ、

「どうかこのスタジオはそのままにしておいてください。私も及ばずながら運営に協力させていただきます。せめてもの罪滅ぼしに……」

手を握りあうふたりを見ながら、私はこっそりと永見に言った。

「おまえがリズムセクションをとめたり、自分も吹きやめたりしていたのは、ピアノがどこにあるか探すためだったんだなあ」

「そういうことです。持ちだされていないとしたら、この建物のどこかにある、と思ったんで……」

「感心したのは、目的は別にあったとしても、それがちゃんと『音楽』の一部になっていたことだ。非常に効果をあげていたよ」

永見は、まじまじと私の目を見て、

「あたりまえですよ。俺は……ミュージシャンですから」

◇

数日後、私のところに江藤氏から一枚のハガキが送られてきた。そこには、つぎの一句が記されていた。

音のなきなかに音あり蟬の声

私は永見にそれを見せ、

「おまえのことだよ」

と言うと、きょとんとしていた。

（ミステリーズ！　２００８年４月）

しらみつぶしの時計

法月綸太郎《のりづきりんたろう》

1964年、島根県生まれ。京都大学推理小説研究会出身。1988年、江戸川乱歩賞に応募した『密閉教室』を改稿し、島田荘司氏の推薦でデビュー。2002年に「都市伝説パズル」で第55回日本推理作家協会賞短編部門を、2005年には『生首に聞いてみろ』で第５回本格ミステリ大賞を受賞した。近著は『キングを探せ』(講談社)。同作は第12回本格ミステリ大賞候補作となった。

00：00

1

せわしない電子音が、無明《むみよう》の静寂を切りきざむ。鼓膜を揺さぶり、聴神経をたぐり寄せて、深い眠りの淵《ふち》に沈んだきみの意識をサルベージしているのだ。

枕元に手を這《は》わせると、ひんやりしたプラスティックの感触。スイッチみたいなものに指が触れたとたん、音は鳴りやむ。静けさが戻ってくるけれど、せき立てられるような感じがつきまとう。いったん覚醒した意識は、もう後戻りを許さない。

すでにゲームは開始されているからだ。

きみはパッチリとまぶたを開け、手探《てさぐ》りでつかんだ物体を顔の前に持ってくる。暗闇の中に浮き上がった四つの数字。

液晶表示のデジタル時計が、真夜中の一二時を告げている——だが、それが「現在」の正確な時刻ではないことを、あらかじめきみは知らされている。

上体を起こし、頭の上で両手を組んで、きみは大きく伸びを打つ。液晶の蛍光《けいこう》を頼りにスイッチを探し、ベッドランプを点灯。電球の光に目を細めながら、きみは手にした時計をじっくりと観察する。

色はシルバーグレイ、サイズはタバコの箱を一回り大きくしたぐらい。ごくシンプルなデザインで、分単位までの時刻表示とアラーム機能しか付いてない。表示画面の左側に、ゴシック体のCの字を上向きにしたロゴシールが貼ってある。

いや、それはアルファベットのCではない。きみは強《し》いられた眠りに落ちる前、《出題者》から聞かされた説明を思い出す。


まずランドルト環《かん》の話から始めよう。

名前を聞いたことがなくても、実物は病院や学校の保健室で目にしているはずだ。ランドルト環とは、視力検査に使われる「C」のマークのことをいう。

この図形を考案したのは、フランスの眼科医エドモン・ランドルト。一九〇九年、イタリアで開かれた国際眼科学会で、国際的な標準指標に採用された。太さ一・五ミリ、直径七・五ミリの黒く塗りつぶした円環に一・五ミリ幅の切れ目を入れ、被検者は五メートル離れた地点からこれを見る。すると、切れ目の幅と被検者の眼の作る視角がちょうど一分《ぶん》（＝六〇分の一度）になるので、この切れ目を識別できる視力を一・〇と定めた。

ランドルト環の由来にならって、今回のゲームの基準も一分と定めよう。ただし、角度の単位ではなく、時間の単位で。

今回のゲームの《被験者》として、きみは二種類の円環に囚《とら》われることになる――空間と時間の円環によって。空間の円環は閉じられて出口がないけれど、時間の方はそうではない。時間の円環には、識別可能な切れ目が開いている。

「現在」という切れ目だ。

そして、その「現在」は一分という幅を持つ。このゲームの基準、最小単位だ。時間の切れ目を見いだせば、きみは空間の円環からも解放されることになる。

ゲームの開始と同時に、きみは無数のランドルト環を目にするはずだ。なんとなれば、それはこのゲームを象徴する図形にほかならないのだから。しかし当面の間、きみはそれらを無視してかまわない。装飾的な目くらまし、と見なしてもいいだろう。

――その意味が明らかになるのは、きみが最終段階に到達した時である。

きみはベッドから下り、部屋全体の照明をつける。Pタイルを敷きつめた、だだっ広い円形のホールに光が満ちる。ぐるりの壁は白一色で、壁に寄せたベッドからいちばん遠い側に、外へ通じる観音《かんのん》開きのドア。あとは薄っぺらいボードで仕切られたブースがひとつあるだけの、がらんとして殺風景このうえない空間だ。

仕切りのドアを開けると、ブースの中はユニット式のバストイレになっている。きみはそこで用を足してから、寝起きの頭をしゃんとさせるため、熱いシャワーを浴びる。

頭の中はだいぶしっかりしてきたが、それでも奥の方に、凝り固まった芯のような違和感が残っている。睡眠不足のせいではない。きみの体内時計が正常に働かないように、《出題者》が特殊なホルモン剤を投与しているからだ。

——もちろん、《被験者》であるきみの事前の了承を得たうえで。

きみは濡れた体を拭《ふ》き、用意された服に着替える。髪を乾かしながら、洗面台のミラーに映った自分の顔を見て、きれいにひげが剃《そ》ってあることに気づく。

眠っている間に、シェーバーを当てたのだろう。ひげの伸び加減で、経過時間を推測されないようにするためだ。手指と足の爪を切った跡もある。念の入ったことだ、ときみは思う。こちらが思っている以上に、準備に時間をかけたのかもしれない。

身支度《みじたく》を整えて、きみはブースから出る。

ベッドのそばに、抽斗《ひきだし》付きのデスクと椅子、それに上下二段のカゴを載せたショッピングカートが置いてある。デスクの横には、小型の冷蔵庫。扉を開けると、栄養補助食品とチョコレート、ミネラルウォーターのペットボトルなどが入っている。《出題者》のささやかな心尽《づ》くしというわけだ。

起きたばかりで空腹は感じていなかったが、ゲームのことを考えれば、大脳を活性化させるために血糖値を高めておいた方がいい。きみはそう判断して、チョコレートをかじりミネラルウォーターで喉《のど》をうるおす。

体に活力がみなぎってくるのを感じながら、きみはシルバーグレイのデジタル時計を手に取り、もう一度時間を確認する。

00：17

きみはしばらく思案してから、アラーム機能を六時ちょうどにセットして、時計を服のポケットに入れる。これが「現在」の正確な時刻だと思ってはいないけれど、ゲーム開始からの経過時間を知るのに役立つからだ。

準備を完了して、きみは大きく深呼吸する。それからホールをまっすぐに横切って、外に通じる唯一の開口部を目指す。

観音開きのドアを開けると……。

外の回廊には、おびただしい数の時計が並んでいる。

2

では、引き続き空間と時間の円環について説明しよう。

空間の円環とは、今回のゲームが実施される施設を指《さ》している。その施設は平べったい円柱状の建物で、外周に沿《そ》った回廊とその内側のホールからなる。回廊とホールの間は、観音開きのドアをはさんで、自由に行き来できるようになっている。しかし、ランドルト環との比較によって示唆《しさ》した通り、この回廊から施設の外へ出ることはできない。

きみが運びこまれた後、施設は完全に外部から遮断《しゃだん》されることになっている。もちろん施設には一ヵ所だけ、外に通じる出入口があるのだが、この出入口はゲームの開始と同時に外側からロックされる。内部から開けることは、構造的に不可能だ。

そして、ゲームが終了するまでこのロックが解除されることもない。

また、この施設にはいかなる種類の窓も存在しない。照明と空調はスタンドアローン、すなわち一〇〇パーセント施設の内部でまかなわれており、明るさや気温、湿度その他の条件によって、外部の状態を推測することができないようになっている。

さらに施設の外壁には、防音と電磁波シールドの効果を持つ建材が使用されている。

さすがに地震が起こった際の揺れを完全に吸収することはできないが、ゲームの進行中に地震が発生する可能性はきわめて低いし、仮にそういった事態が生じたとしても、ゲームの結果を左右することはないだろう。

つまり、きみが封じこまれる施設は、文字通りの閉ざされた円環、クローズド・サークルの条件を満たしている。ちなみに Closed Circle の頭文字は、C・C——ここにも二重のランドルト環が姿を見せているということに、きみの注意を喚起しておきたい。

きみがこの施設に運びこまれ、ゲームを行なうことになった理由はほかでもない。

きみが望んだからである。自己責任というやつだ。

ただし、最初からこういう展開を予想していたわけではない。そもそもの始まりは、潤沢《じゅんたく》な資金と高度な研究内容で知られる、国内でも有数のシンクタンク研究員の欠員募集にきみが応じたこと。いかがわしい求人どころか、ごくまっとうな就職活動だ。数次に及ぶ論文試験と面接を経て、きみは難関を突破し、ようやく仮採用の通知を受ける。ところが、喜んだのも束《つか》の間《ま》、晴れて本採用となるために、きみはさらに困難なテストを受けなければならない、と告げられる。

それが一連のゲームだ。

平たく言えば、新人研修みたいなものだろう。たしかにちょっと風変わりではあるが、企業によっては、自衛隊の体験入隊や孤島でのサバイバル訓練を強要するところもある。それに比《くら》べれば、ずいぶんマシではないかときみは思う。

ただし、そうした一般企業の研修と異《こと》なるのは、集団行動や協調性といった対人的な側面がいっさい無視されていることだ。きみに与えられる課題は、個人としての知能と問題解決能力を試《ため》すものに限られている。

シンクタンク側の説明では、一連のゲームの成績によって、研究員としてのきみの資格や待遇、報酬などがランク付けされるという。これまでのところ、きみは与えられた課題をどうにかクリアしているが、今回のゲームでもうまく行くとは限らない。

それにゲームの本当の目的が、シンクタンク側の説明通りだという保証もない。今回に限らず、一連のゲームは妙に手のこんだ、不条理な状況の下で実施される。ストレス下での問題解決能力が試されているのだとしても、毎回手間をかけすぎの感が否めない。これは一種の行動心理学の実験で、自分はモルモットの役割を押しつけられているだけではないか？　きみはずいぶん前から、そんな疑いを持ち始めている。

もちろん、きみがそうした疑いに取り憑《つ》かれていることをシンクタンク側も知っているはずだ。おそらく一連のゲームは、そのように設計されているであろうから。ということは、ゲームの結果そのものに意味はなく、それに対するきみの反応だけが観察されているのではないか？　あるいはこのゲームには終わりがなく、新しい課題に取り組み続けることが、自分の日常業務としてすでに定められているのかもしれない。このところ、きみはほとんど常に、そうした宙吊《ちゅうづ》りの不安にさいなまれている。

皮肉なことに、そんな疑心暗鬼の堂々めぐりから一時的に解放されるのは、与えられた問題を分析し、《出題者》の言葉の持つ意味を考え、さまざまな解法を手当たり次第に当てはめていく間だけ——まさにゲームの中に身を置いている時なのだ。

次に時間の円環について説明しよう。

言うまでもなく、ここからがいちばん肝要《かんよう》な点だ。

施設の回廊には、一四四〇個の時計（ただしゲームを開始する際は、便宜《べんぎ》を図《はか》るため、ひとつだけホールのきみの手元に置いておく）がランダムに配置されている。

一四四〇という数字は、でたらめに選ばれたものではない。二四時間×六〇分、すなわち一日を一分刻《きざ》みに細切《こまぎ》れにしたものの総数だ。これらの時計はコンマ一秒の誤差もなく、すべて正確に時を刻んでいる。

しかし、表示されている時刻はそうではない。

一四四〇個の時計は、たったひとつの例外もなく、すべて異なった時刻に合わせてあるからだ。二四時間は一四四〇分なのだから、どの瞬間を切り取っても、回廊に置かれた時計は、一日のすべての「分」に割り当てられていることになる。

言い換《か》えれば、施設の回廊には一四四〇通りの時間が同時に並行して流れている。そしてこれらの微分された時間は、おのおのが二四時間ごとに始まりの地点に戻り、再びゼロから時を刻み始める。時間の円環というのは、そういう意味だ。

回廊で並列進行する一四四〇通りの時間の流れは、すべて完全に平等である。施設の内部に身を置く限り、各時計間の時差は相対的なものでしかないからだ。しかしすでに述べた通り、この時間の円環には外部に通じる「現在」という切れ目がある。

きみに与えられた課題は、この切れ目を見いだすことだ。

きみが封じこまれた施設の回廊には、たったひとつだけ、外部と同期した「現在」の正確な時刻を示している時計がある。その「現在」が、日本の標準時刻であることはいうまでもない。ゲーム開始から六時間以内に、一四四〇個の時計の中から、きみは唯一《ゆいいつ》の正しい時を刻む時計を見つけなければならない……。


おびただしい数の時計が、きみの視界を埋めつくしている。時計屋の店先というより、卸問屋《おろしどんや》の倉庫の中に紛《まぎ》れこんだようなありさまだ。

きみはずっと昔に読んだ、ミヒャエル・エンデの童話の一場面を思い出す。

「宝石《ほうせき》のかざりのついた小さな懐中時計《かいちゅうどけい》、ふつうの金属《きんぞく》のめざまし時計、砂《すな》時計、上で人形のおどっているオルゴール時計、日時計《ひどけい》、木の時計、石の時計、ガラスの時計、チョロチョロながれる水でまわっている時計。壁《かべ》には、いろいろな種類のハト時計や、おもりのぶらさがった時計や振子《ふりこ》の時計。振子がゆっくりとおもおもしく動いているのもあれば、せかせかとせわしく動いているのもあります。二階《かい》くらいの高さのところに広間をぐるりととりまく回廊《かいろう》がついていて、らせん階段《かいだん》でのぼれるようになっています。その上にもまたもうひとつ回廊があり、その上にも、またその上にも、さらにかさなっています。そしてそのどこにも、時計がいっぱいです。そのほかにも、地球上のあらゆる地点での時間をしめす球形の世界時時計《せかいじ》や、太陽、月、星などの天体儀《てんたいぎ》もあります。広間のまんなかにはたくさんの置時計《おき》が、いうなれば時計の森のようにびっしりあつまっていて、ふつうの家にある置時計から、ほんものの時計台ほどのものまであります。

たえずどれかの時計が時を打ち、ここかしこでオルゴールが鳴ります。というのは、ぜんぶの時計がみんなべつべつの時間をさしているからです」

ただし、『モモ』の「時間の国」に出てくるようなアンティーク時計や、さまざまな趣向をこらした珍しい品は見当たらない。電池で動く既製品の寄せ集めで、二束三文《にそくさんもん》で買い叩いたようなありふれた代物ばかりである。

きみは扉を出た地点を起点に、歩数をかぞえながら、時計回りに回廊を歩いていく。回廊の幅は三メートルほど。進行方向の左手、つまり建物の外側に面した壁には、壁掛け式の時計がずらりと配置されている。壁掛け時計は、フック式の金具で目の高さに来るように吊り下げられており、その気になればいくらでも取りはずすことができそうだ。

反対側、すなわち回廊の内側の壁の前には、白い布をかぶせた長机が並んでいる。据え置きタイプの時計の陳列台で、腕時計や懐中時計とおぼしきものもある。

使用形態やデザインを度外視すると、時計の種類は二つのカテゴリーに分けられる。頭を使うまでもない、昔ながらのアナログ時計と、デジタル時計の二種類だ。当然、壁に掛かっている時計の方がアナログの比率が高いけれど、例外はいくらでもあって、レイアウトに際立《きわだ》った法則性は感じられない。

そもそも壁に掛けるか、机に置くかという区別が、厳密に守られていない。同じデザインで色がちがっているだけの時計でも、あるものは壁から吊るし、別のものは付属品の台に載せて、長机の方に置いてあったりする。

アナログ時計には、短針・長針・秒針のそろったものと、短針と長針だけで秒針のないものが混じっている。文字盤の数字も1~12が全部あるもの、3・6・9・12だけで間の抜けているものなどが混在し、アラビア数字やローマ数字、デザインもさまざまだ。そのかわり、どの時計にも、一分ごとの刻みがしっかりついている。

デジタル時計も同様に、バラエティに富んでいる。LED表示のもの、液晶表示のもの、日めくりのように数字を記《しる》したパネルが回転するレトロ風のもの。いずれも二四時間形式の表示で、午前／午後で区別するタイプは見当たらない。

ざっと見た感じでは、アナログとデジタルの比率は半々ぐらいか。《出題者》の説明通り、どの時計もてんでんばらばらの時刻を指している。

さらにどの時計にもひとつずつ、きみのポケットに入っているデジタル時計と同じ、ランドルト環をあしらったロゴシールが貼ってある。切れ目の向きは、やはりばらばらだ。

これまでのゲームと同様に、施設内には複数の監視カメラとマイクが設置されている。《被験者》であるきみの行動を、逐一モニターするためだ。きみが正しい時計を見つけたら、任意のカメラに向かってその時計を示し、ゲームの終了を宣言すること。

ただし、ゲーム終了の宣言は一回しか認められない。解答が正しければ、その時点で出入口のロックは解除され、きみは閉ざされた円環から解放される。解答がまちがっていた場合には、相応のペナルティが課されることになるだろう。

外部からの情報をいっさい遮断された状況で、きみが正解する確率は、一四四〇分の一――だが、くれぐれも当て推量や直感に頼ってはならない。きみはあくまでも論理的に、この問題に対処することを求められている。なんとなれば、この問題は初めから解《と》けるように構成されているからだ。そのことを念頭に置きながら、論理的に思考し、かつ効率的に行動したまえ。六時間という時間は、けっして長すぎることはない。

施設の内部には、きみの行動をサポートするためのいくつかのアイテムが用意されている。しかし、それはあくまでも必要最低限の、補助的なツールにすぎない。

今回のゲームの要諦《ようてい》は論理。ただ論理のみが、きみの用《もち》いる武器だ。ロジックの導《みちび》きに従えば、きみは唯一の正解にたどり着けるだろう。

――きみの健闘を祈る。

チクタクと時を刻む音が幾重《いくえ》にも幾重にもかさなって、隙間のない城壁みたいにきみを包囲している。きみはどこまでも続く音の壁に自《みずか》らを溶けこませながら、全体的な印象を流し見るように、ゆっくりと回廊を一周する。スタート地点に戻ると、いったん足を止め、自分の歩幅と歩数を掛け合わせて、回廊の長さを計算する。

概算で一二〇メートルほど。

これを円周率で割ると、直径は約三八メートル。ただし、きみは三メートル幅の回廊の真ん中を歩いていたから、施設の直径はだいたい四〇メートルぐらいだろう。半径二〇メートルとして、施設の面積は一二五六平方メートル、三八〇坪《つぼ》。倉庫ひとつ分ぐらいの広さになる。

計算をすませると、きみは向きを変え、今度は反時計回りに回廊を戻り始める。やはり歩数をかぞえながら、一〇メートルおきに立ち止まって最寄《もよ》りの長机の時計を一ヵ所に寄せ集め、その山を目印のかわりにする。アナログ時計の文字盤のように、回廊全体を一二のブロックに分けるためのマーキングだ。

二周目では、全体的な印象を優先した一周目より、個々の時計が示している時刻と、時計に貼られたランドルト環の向きに注意を向ける。

ランドルト環の向きは、上下左右の四通り。切れ目が斜《なな》めになったものは、ひとつもない。仮にそれぞれの時計に貼られたシールの向きに、何らかの法則性があるとすれば、四の倍数ごとに周期をなしている可能性が高い。六〇（分）と二四（時間）が、いずれも四の倍数であることはいうまでもない。

しかし、それぞれの時計が示している時刻とランドルト環の向きには、すぐにそれとわかる相関性はない。当然だ。時計が示す時刻は、刻々と変化しているけれど、ランドルト環のシールは貼られた状態で動かないのだから。

きみはふと思いついて、ポケットの中から最初に手に入れたデジタル時計を出す。

00：24

きみは左右の時計に目を走らせ、ランドルト環が手元の時計と同じ上向きになっているものを探す。いくつかの時計が目に留まる。

17：12、二時四八分、一〇時一六分、03：56。

その瞬間、分表示はいずれも四の倍数になっている。

時刻が変わる前に、目の届く範囲でほかの時計を確認すると、分表示を四で割った余りが一のものはランドルト環の向きが右、余りが二の時計のランドルト環は下向き、余りが三のものは左を向いている。

ということはやはり、ランドルト環の向きには周期性があるということだ。サンプル数が限られた局地的な観察なので、ただちに結論に飛びつくのは危険だが、おそらく分刻みにすべての時計を順番に並べていけば、ランドルト環もそれに合わせて右へ九〇度ずつ回転していくのだろう。

しかし――。

装飾的な目くらましか、ときみはつぶやく。

これまでの経験から、《出題者》の事前の説明に嘘《うそ》やごまかしのないことはわかっている。当面の間、それらを無視してかまわない、と《出題者》が明言している以上、今の段階でランドルト環の向きにこだわるのは賢明ではない。

それにきみの推測が正しいとしても、ランドルト環の向きが示す四の倍数ごとの周期性は、一四四〇通りの時間の流れと同様に、円環を描いて内に閉じている。したがって、外部に通じる「現在」の正確な時刻を導く手がかりにはならないのではないか？

ランドルト環の問題は、とりあえず棚上げにしておこう。きみは自分にそう言い聞かせて、おのおのの時計の観察と一〇メートルおきのマーキング作業に集中する。

ところが、作業を再開して一分あまりで、きみは異常に気づく。

一〇メートルおきのマーキングが半周を越え、時計の文字盤でいえば、五時の地点に差しかかった時だ。きみは右手の壁に掛けられたアナログ時計に目をやって、おやっと思う。その時計自体に、変わったところはない。きみの目を引いたのは、その時計の針が指している時刻——短針は12と1の間、長針は5の次の目盛りに来ている。〇時二六分。

その時計に貼られたランドルト環のシールは、上向きのC。

きみははっとして、手に持っているデジタル時計の液晶表示を確認する。

00：26

まさか。きみは自分の目を疑いながら、壁のアナログ時計と手元のデジタル時計を見比べる。まちがいない。何度比べても、二つの時計は同じ時刻を指している。

きみはごくりと唾《つば》を呑《の》む。

壁のアナログ時計の秒針が一回りして、12の位置を通り過ぎる。〇時二七分。それと同時に、シルバーグレイのデジタル時計の表示が変わる。

00：27

どういうことだ？　きみは両目を見開いたまま、《出題者》の説明を反芻《はんすう》する。一四四〇個の時計は、たったひとつの例外もなく、すべて異なった時刻に合わせてあるからだ。二四時間は一四四〇分なのだから、どの瞬間を切り取っても、回廊に置かれた時計は、一日のすべての「分」に割り当てられていることになる。

3

いや、《出題者》の説明に嘘や誤りはない。きみはじきに落ち着きを取り戻す。壁のアナログ時計が示しているのは、午後〇時二七分――二四時間のデジタル表示なら、12:27に相当することに気づいたからだ。

一二時間で一回りするアナログ時計に、午前と午後の区別はない。しかし、対《つい》になる午前の時刻を示すデジタル時計が存在する以上、アナログの方は自動的に午後の時刻が割り当てられる。《出題者》の示した条件は、そのように理解されるべきだ。

緊張がゆるんだせいだろう。子供の頃に読みふけったクイズ本の一ページが、きみの脳裏《のうり》をよぎる。

「一日に一分ずつ遅れる時計と止まった時計。正確なのはどっち？」

答は止まった時計。一日に一分ずつ遅れる時計は、正確な時刻からどんどんずれていくけれど、止まった時計は一日に二回、正確な時刻を示すからだ。

クイズ本の挿《さ》し絵《え》に描かれていたのは、二つのアナログ時計——もし止まっているのが二四時間表示のデジタル時計だったら、答は一日に一回と修正しなければならない。その理屈でいけば、アナログの方がデジタルより二倍、正確だということになる。

ただし、その正確さは持ち主にとって何の役にも立たないが。

きみはゲームが始まってから初めて、口許《くちもと》に笑《え》みを浮かべる。

問題解決への糸口をつかんだような気がする。だが、焦《あせ》ってはいけない。きみははやる気持ちを抑《おさ》えて、交互に繰り出す足の間隔を一定に保ち、回廊を二二のブロックに分ける作業にあらためて専念する。

回廊を一周し、スタート地点に戻ると、きみはいったんホールへ引き返す。《出題者》が用意してくれたサポート・アイテムを確認するためだ。

ベッドのそばに置かれたデスク。その抽斗を開けると、糊《のり》付きの付箋《ふせん》のパックが入っている。付箋の色は赤と青の二種類、五〇枚×五パッドのパックが三つずつ。抽斗の中はそれっきりだ。

計数カウンターのようなものを期待していたが、付箋でも用は足りる。赤と青の合計一五〇〇枚という数字から、きみは自分の考えが的《まと》をはずしていないことを確信する。

きみはベッドの脇に置かれたショッピングカートに目をやり、それも付箋のパックと一緒に回廊へ持っていくことにする。

だが、カートの出番は後回しだ。まず最初に確認しなければならないのは、アナログ時計とデジタル時計の個数。ざっと半々ぐらいと見当をつけているが、その正確な個数をかぞえる必要がある。

きみはパックを開けて赤の付箋を取り出し、一二時の地点から回廊を時計回りに移動しながら、アナログ時計に一枚ずつ貼りつけていく。

五〇枚綴《つづ》りのパッドが尽きると、残った台紙をポケットに入れ、すぐに次のパッドから新しい付箋を貼っていく。頭を使う必要はない。目と手だけを動かす単純作業だが、油断は禁物《きんもつ》だ。一個たりとも、見落としがあってはならないからである。

回廊の三分の一、四時のマーキングをした地点の手前で、最初のパックが空になる。きみは二番目のパックを開け、同じ作業を続ける。

回廊の半周分を過ぎ、七時と八時のマーキングをした地点の中間あたりで、二番目のパックも空になる。ほぼ計算通りだ。きみは三番目のパックを開ける。

回廊を一周し、スタート地点にたどり着く。

すべてのアナログ時計に付箋を貼りつけると、三番目のパックはほとんど使いきった状態で、最後のパッドを残すのみ。きみは残った付箋の枚数をかぞえる。

三一枚。

使用した付箋の枚数は、五〇枚×一四パッド＋一九枚――。

回廊に置かれたアナログ時計の数は、七一九個ということになる。

施設内の時計の総数は、一四四〇個。

アナログの個数を引き算すると、デジタルの個数は七二一個。双方の個数はちょうど半数ずつではなく、デジタル時計の方がアナログより二個多い。

どうしてアナログとデジタルの個数がそろっていないのか？

なんとなれば、この問題は初めから解けるように構成されているからだ。

きみはほくそ笑む。やはり《出題者》の説明に、嘘や誤りはない。

午前と午後の区別がつけられないアナログ時計の個数の上限は、七二〇個まで。仮にそれを上回る個数があれば、最低でも二つの時計の長針と短針の位置関係が一致してしまうことになる。一二時間は、七二〇分しかないのだから。

この場合、対になった二つのアナログ時計は、いずれが午前で、いずれが午後に相当するか、論理的に決定することはできないはずだ。《出題者》がそれぞれの時計に午前と午後を割り振ろうとしても、そこには恣意《しい》的な判断が入らざるをえない。それでは後出しジャンケンと同じである。

そうした決定不能性は、きみに反駁《はんばく》するスキを与える。たとえそれらが誤った時刻を指しているとしても、午前と午後を特定できない以上、すべての時計が異なる時刻を指しているというゲームの前提に、異議を申し立てる余地が生じるということだ。

もちろん、それは単なる揚《あ》げ足取りで、実際はクレーマーの弄《ろう》する詭弁《きべん》と変わらない。しかし《出題者》は、このゲームの要諦が論理であると強調している。だとすれば、たとえクレーマーの詭弁であっても、それを論理的に一蹴《いっしゅう》できなければ、ゲームの土台が揺らいでしまう。そのような紛糾《ふんきゅう》を、《出題者》は望んではいないはずである。

というより、今回のゲームそのものが、あらかじめ想定されるクレームを巧妙《こうみょう》に回避する形で構成されているのではないか？

すなわち《出題者》のいう論理とは、そうした詭弁の無効化を織りこんだ一種のメタ解法を指している可能性が高い——ちょうど半数ずつではなく、デジタル時計の方がアナログより二個多いという事実が、きみの確信を深める。

そこまで考えを進めてから、きみはいったん思考を中断し、ポケットの中からシルバーグレイのデジタル時計を取り出して、これまでの経過時間をたしかめる。

00：58

与えられた六時間のうち、その六分の一が過ぎている。

思わずため息が出る。時間に十分な余裕があれば、青の付箋を使ってデジタル時計の個数が計算と一致するか、もう一度数えておきたい。しかし《出題者》の説明に嘘や誤りがないのなら、あえてそうする必要はないだろう。

次になすべきことはわかっているが、それはけっして楽な仕事ではない。はたして時間内に作業を終えることができるだろうか？
焦ってはいけない、ときみは自分に言い聞かせる。

そのことを念頭に置きながら、論理的に思考し、かつ効率的に行動したまえ。

効率的に——。

きみはかぶりを振って、大きく深呼吸すると、時計の分類作業に着手する。

ショッピングカートの出番だ。回廊のスタート地点、観音開きのドアの前から時計回りにカートを押していく。左右の、壁と長机の上を交互に見ながら、短針が12と1の間に位置するアナログ時計と、時刻表示の上二ケタが00、ないし12になっているデジタル時計をピックアップして、カートのカゴの中へ放りこむ。

午前、ないし午後〇時台の時刻を表示している時計をかき集めるということだ。

時計を乱暴に扱って、万一故障してしまったら元も子もない。スピーディで、なおかつ慎重な動作が要求される。

上のカゴが一五個ほどでいっぱいになる。上下のカゴを入れ替え、さらに同じ作業を続けると、三時のマーキングをした地点を過ぎたあたりで、二つ目のカゴも満杯になる。

いったんスタート地点へ戻り、集めた時計をひとかたまりにして床に置く。

合計三〇個。

Uターンした地点まで空のカートを押して、ピックアップ作業を再開する。ほぼ半周した地点で、上下のカゴが再びいっぱいになると、スタート地点へ戻り、先ほどのかたまりとまとめておく。

これで合計六〇個。

同じことをあと二回、繰り返す。

これで午前、ないし午後〇時台の時刻を表示している時計が、ほぼ一二〇個——一四四〇個の一二分の一に相当する——集まった勘定《かんじょう》になる。これをひとかたまりのグループにして、カートの移動の邪魔にならないよう、回廊の第一ブロックの床に並べておく。幅三メートル、長さ一〇メートルのスペースがあるから、どうにか通路は確保できる。

もちろん、その中には移動中の時間経過によって一時を回ってしまったものもあるが、その分は後から修正が利《き》く。ピックアップの作業に時間をかけすぎると、誤差が大きくなり、かえって修正がやっかいだ。いちいち判断に迷っている暇《ひま》はない。

次にピックアップするのは、第二ブロックに並べる時計だ。

短針が1と2の間に位置するアナログ時計と、時刻表示の上二ケタが01、ないし13になっているデジタル時計をピックアップして、カートのカゴの中へ放りこむ。やはりスタート地点との間を四往復して、午前、ないし午後一時台の時刻を表示している時計を約一二〇個、第二ブロックの床に並べる。

第三、第四、第五ブロック……と同じ作業を繰り返す。マーキングのためにまとめておいた長机の時計の山が徐々に小さくなっていくので、先のことを考え、その位置に青の付箋を貼っておく。一時の地点には一枚、二時の地点には二枚、という具合に。

最初からそうしておけば、ときみは少し反省する。二度手間になったのは、先見《せんけん》の明《めい》が足りない。

その間、ポケットの中に入れてあるシルバーグレイのデジタル時計は見ない。経過時間を意識すると、どうしても誤差の調整のことが気になってしまうからだ。だが、むしろこの段階では、無時間的に行動した方が効率がいいはずである。

単調な作業に、つい集中力が鈍《にぶ》りがちになるけれど、幸いなことにチェックしなければならない時計の総数はどんどん減っていく。しかも周回を繰り返すたびに、残りの時計がおよそどの時刻を指しているか、無意識に視認した記憶が累積《るいせき》していくので、ピックアップ作業のペースそのものも尻上がりに速まっていく。きみは壁と長机の空白部分が増えていくことに励《はげ》まされ、根気強く時計の選《え》り分けを続ける。

第九ブロックを片付けた段階で、きみはようやく一息つく。そろそろ潮時だろう。ポケットの中からシルバーグレイのデジタル時計を出し、経過時間を確認する。

01:45

きみは思わず舌を打つ。思ったより時間を食っているからだ。ピックアップのスタート時から五〇分近く経《た》っているので、各ブロックに振り分けた時計の表示時刻も、一時間弱のズレが生じているはずだ。取りこぼしの分は後から調整することにして、第一〇ブロック以降は、九時台を飛ばして処理した方がいいかもしれない。

第一〇ブロックは、短針が10と11の間に位置するアナログ時計と、時刻表示の上二ケタが10、ないし22になっているデジタル時計をピックアップ。

第一一ブロックは、短針が11と12の間に位置するアナログ時計と、時刻表示の上二ケタが11、ないし23になっているデジタル時計をピックアップ。

最終の第一二ブロックは、短針が12と1の間に位置するアナログ時計と、時刻表示の上二ケタが12、ないし00になっているデジタル時計をピックアップ……。

こうしてブロックごとの分類は一周したが、まだ洩れがある。飛ばした九時台と取りこぼしの時計を回収し、適切なブロックに並べなければならない。

02：00

きみはカートを押しながら、回廊を一周し、残された時計をすべてカゴに入れる。そして、回収した時計を大まかに選り分けてから、スタート地点に戻り、各時計の短針と上二ケタの表示を見て、それぞれのブロックに割り振っていく。

予想以上に時間をロスしたが、不幸中の幸いは分類の開始時点から、ちょうど一時間経っていることだ。分単位のズレを気にして、床に並べた時計といちいち時間を突き合わせる必要はない。各ブロックに並べた時計が、ピックアップのスタート時から一時間進んだ時刻を指していることはわかりきっている。

こうしてきみは、一四四〇個の時計をほぼ一二のブロックに分類し、第一段階の作業を終える。だが、本当にやっかいなのはこれからだ。

きみは異なる時刻を表示する一四四〇個を、すべて分刻みの順番に並べ直さなければならない。ブロックごとの分類も、そのための準備にすぎないのだから。

4

どうして一四四〇個の時計を、すべて分刻みの順番に並べる必要があるのか？《出題者》の説明と、デジタル時計の方がアナログより二個多いという事実から、きみが導き出した推論は次のようなものである。

アナログ時計とデジタル時計がちょうど半数ずつ、それぞれ七二〇個あったとしよう。この場合、午前と午後の対になる時刻は、すべてデジタルとアナログのペアに振り分けなければならない。そうでないと、長針と短針の位置関係が一致してしまうアナログ時計のペアが、少なくともひとつ以上できてしまうからだ。アナログ時計が七二一個以上あった場合と同じ理由で、《出題者》はそうした重複を避けるはずである。では、午前と午後で対になる時刻を、すべてアナログとデジタルのペアに振り分けさえすれば、《出題者》はきみのクレームを完全に排除できるだろうか？

いや、そうとは限らない。

次のようなシナリオが考えられる。きみはゲームの終了を宣言し、任意の時計を選ぶ。それが「現在」の正確な時刻を示している必要はない。《出題者》はきみに不正解だと告げるだろう。それに対して、きみは正解の時計を示すよう要求することができる。

その時点での「現在」の正確な時刻が、午前九時一五分だったとしよう。その場合、午前と午後で対になったデジタルとアナログのペアの組み合わせは、

09:15（デジタルが正解）／（午後）九時一五分

（午前）九時一五分（アナログが正解）／21:15

のいずれかである。

正解の時計がデジタルだった場合、きみはそれと対になるアナログ時計を《出題者》に突きつけ、「現在」の正確な時刻を示す時計がもうひとつある、前提条件が誤っている以上、今回のゲームは無効だと主張すればよい。アナログ時計には午前と午後の区別がないから、《出題者》はきみのクレームを拒《こば》むことはできない。ゲームを離れた第三者が見れば、対になるアナログ時計は「現在」の正しい時を刻んでいる。

逆に正解の時計がアナログだった場合、対になるデジタル時計は明らかに誤った時刻を表示しているので、同じ手口は使えない。したがって、きみはもっとたちの悪い詭弁を用いるほかない。《出題者》が正解と指摘したアナログ時計は、正しい時刻の午前九時一五分ではなく、午後九時一五分を指していると主張して、居直るのだ。

当然、《出題者》はゲームの前提条件を盾《たて》に、きみのクレームを封じようとするだろう。「すべての時計が一日の異なった時刻に割り当てられている」↓「デジタル時計は、21：15を示している」↓「ゆえにこのアナログ時計は、正しい時刻の午前九時一五分を指している」と。

だが、きみには《出題者》の論法を逆手《さかて》に取って、次のように反論する余地がある。「このアナログ時計が、午後九時一五分を指していることを否定する根拠はない」↓「少なくとも二つの時計が、同じ時刻を指していた可能性を排除できない」↓「そもそもの前提条件に欠陥がありうる以上、今回のゲームは土台から成立しない」と。

この反論は明らかに本末転倒している。しかし、アナログ時計は午前と午後の見分けがつかないので、どんなに苦しまぎれの詭弁であっても、《出題者》はきみのクレームを論理的に否定することはできない。不毛な水かけ論に終始するだけである。

いずれの場合でも、きみは《出題者》に楯突いて、ゲームの無効を訴えることができるというわけだ——アナログとデジタルの個数がちょうど半数ずつならば。

外部からの情報をいっさい遮断された状況で、きみが正解する確率は、一四四〇分の一——だが、くれぐれも当て推量や直感に頼ってはならない。きみはあくまでも論理的に、この問題に対処することを求められている。なんとなれば、この問題は初めから解けるように構成されているからだ。そのことを念頭に置きながら、論理的に思考し、かつ効率的に行動したまえ。六時間という時間は、けっして長すぎることはない。

きみは観点を変えて、あらためて自分の考えを整理する。

「現在」の正しい時刻を示す時計と、午前と午後で対になる時刻を示す時計の組み合わせには、四つのパターンが考えられる。

アナログ（正解）／アナログ
アナログ（正解）／デジタル

デジタル（正解）／アナログ
デジタル（正解）／デジタル

きみがゲームの前提条件にケチをつけるためには、午前と午後のペアに、少なくともひとつのアナログ時計が含まれていなければならない。逆に正解の時計を含むペアが、一二時間の差を持つデジタル時計どうしなら、クレームは成立しない。

したがって、《出題者》があらかじめきみのクレームを想定し、不毛な水かけ論を回避しようと考えるなら、正解の時計を含む午前と午後のペアは、いずれもデジタルでそろえるはずだ。デジタルどうしのペアなら、午前と午後の混乱は生じない。

——ゆえに、ときみは声に出して結論を固める。アナログ時計を含んだペアが示す時刻は、「現在」の正しい時刻ではない。

そう考えれば、今回のゲームで、アナログ時計とデジタル時計の個数がちょうど半数ずつではなく、前者より後者が二個多くなっていることの説明がつく。クレーム回避を織りこんだメタ解法によって、「現在」の正確な時刻を示す時計の候補を最小限に絞りこもうとすれば、必然的にその個数にたどり着くからだ。《出題者》が強調していた通り、今回のゲームは初めから解けるように構成されている。問題の効率的な解法から逆算して作られていると言ってもいい。

最初に検討したように、アナログとアナログのペアを作るのは、きみに付け入るスキを与えるだけだから、《出題者》はその組み合わせを避けるだろう。おそらく七一九個のアナログ時計はそれぞれ異なった時刻を示し、それと一対一対応をなす形で、同じ数のデジタル時計が、午前、ないし午後の対になる時刻に合わせてあるにちがいない。

一四四〇個の時計をすべて分刻みの順番に並べたうえで、ちょうど一二時間の差を持つペアを七二〇組作れば、そのうちの七一九組、計一四三八個からなるアナログとデジタルのペアを、一挙に消去できるということだ。

その結果、やはり一二時間差でペアになる二つのデジタル時計が残る。

外部に通じる「現在」の正しい時刻を示す時計は、そのどちらかだ。

02：45

頭で理屈を考えるのと、それを実行に移すことの間には大きな隔《へだ》たりがある。きみは時計の順番を並べ直す作業を始めたとたんに、そのことを思い知る。

一二のブロックのひとつひとつには、ピックアップ時に生じた誤差の分を度外視すれば、それぞれ一二〇個の時計がある。それを午前と午後に分けて並べる順列の総数は、単純計算なら一二〇の階乗通り。分表示だけに注目すればいいといっても、アナログとデジタルの二種類があるうえに、デジタルの方は午前と午後がランダムに混じっている。それを振り分けるだけでも、予想外に手間がかかるのだ。

第一ブロックの時計を午前と午後に振り分け、分刻みの順番に並べ替えるのにかかった時間は、ほぼ四五分。これでは時間がかかりすぎる。

あと一一ブロックもあるのに、残り時間は三時間一五分。一ブロック三〇分に短縮しても、合計七ブロック半を処理するのがせいぜいである。

このままでは時間切れだ。もっと効率のいい方法を考えなければならない。

きみは作業を中断してホールに戻り、冷蔵庫から栄養補助食品とペットボトルの水を出して、休憩《きゅうけい》がてら体力を回復する。そして、第一ブロックの時計一二〇個を順番に並べ直した結果をもとに、もっとスマートなやり方を思案する。

ひとつ収穫といえる事実がある。

それはランドルト環の向きの周期性を確認できたこと。実際に分刻みの順番に並べ直すと、それぞれの時計に貼られたランドルト環は、上↓右↓下↓左の順番をひとつの例外もなしに繰り返しているのだ。つまり、ランドルト環の向きに注目することで、時間経過による分表示の細かいズレに惑《まど》わされることを避けられる。

だが、それだけでは足りないだろう。並べ替え作業の最大の支障になるのは、アナログ時計の時刻が午前を指しているのか、午後を指しているのか、いちいち対になるデジタル時計を探し出さなければ決定できない、という両義性なのだから。

　もちろん作業の前提として、アナログ時計とペアになるデジタル時計は、いずれも「現在」の正しい時刻を表示していないとわかっているのだが、たった一組しかないデジタルとデジタルのペアを一本釣りのように見つけ出すのは、見かけ以上に困難であり、確実性に乏《とぼ》しい。遠回りのようでも、アナログとデジタルのペアをしらみつぶしにして、たったひとつの例外を浮かび上がらせる方が理にかなっているはず……。

　いや、はたしてそうだろうか？

きみはようやく、自分のミスに気づく。

デジタルとアナログのペアをしらみつぶしにするために、アナログ時計の午前と午後を決定する必要はないし、それと対になるデジタル時計を順番通りに並べる必要もない。各ブロック、六〇個のアナログ時計だけで、分刻みの列を作りさえすればいいのだ。

きみは歯噛みせずにいられない。なぜこんな単純なことに気づかなかったのか？　当然、すべてのブロックを一周した分刻みの列には一ヵ所だけ脱落した時刻がある。アナログ時計は、全部で七一九個しかないのだから。その脱落した時刻に対応しているのが、たった一組のデジタルとデジタルのペアにほかならない。そのいずれかが「現在」の正しい時刻を示しているのだ！

さらにもうひとつ、有利な点がある。アナログ時計の順番を決める際には、ランドルト環が最大限の効力を発揮するということだ。分刻みの目盛りをいちいち確認しなくても、長針のおよその角度とランドルト環の向きをイメージ処理すれば、並べ替えの作業効率は格段にアップする。

いうまでもなく、午前と午後のちがいは、ランドルト環の向きの周期性に影響しない。六〇（分）と一二（時間）は、いずれも四の倍数で、ランドルト環の向きも四の倍数ごとに一致するからだ。

5

五分間の休憩の後、きみは新しい方針に従って、第二ブロックのアナログ時計の並べ替えに専念する。作業はスムーズにはかどり、六〇個の時計が分刻みの順番に整列する。きみはシルバーグレイのデジタル時計に目を走らせる。

03：05

要した時間は一五分。このペースなら残りの一〇ブロックを一五〇分、つまり二時間半で処理できる。きみはその計算結果に力を得て、矢継ぎ早に次の第三ブロックに取りかかる。

脱落した時刻はない。

第四ブロック、脱落した時刻はない。第五ブロック、脱落なし。第六、第七、第八ブロック……、やはり脱落はない。

04：35

時間は刻々と過ぎていく。きみは不安に取り憑かれる。本当に、自分の考えはまちがっていないだろうか？　いや、ここで焦ってはならない。並べ替えの作業を完了し、長針と短針の位置関係が一致するペアの不在を確かめれば、土台となる推論の正しさも保証される。アナログ時計の個数は七一九個。必ずどこかに、時間の円環をこじ開ける切れ目があるはずだ。

コツをつかんで慣れていく分、作業ペースも上がっていく。第九ブロック、脱落なし。第一〇ブロック、脱落なし。第一一ブロック、脱落なし。

そして、最後の第一二ブロック。

アナログ時計を並べ直していくきみの手が、ふいに止まる。左向きのランドルト環が足りないのだ。残りのすべてを並べつくしても、一個だけ埋まらない箇所がある。

その時点でアナログ時計の配列から脱落している時刻は、三時三七分。

時間の円環を開き、いましめを解くための、たったひとつの切れ目。外部に通じる「現在」の正しい時刻。きみは静かに息を吐き、シルバーグレイのデジタル時計を確認する。

05：30

時計のブロック分けを開始したのが、ゲーム開始の一時間後だから、ちょうど四時間三〇分前。このブロックに含まれる時計は、午前、ないし午後一一時台を示していたことになる。《出題者》はきみの行動をシミュレートして、わざわざ最終ブロックに含まれる可能性の高い時刻を正解に選んだのだろうか？

だが、《出題者》の意図を詮索《せんさく》している暇はない。残り三〇分以内に、脱落箇所に対応する二つのデジタル時計を探し出し、さらにその二つの時計のいずれが「現在」の正しい時を刻んでいるのか、決定しなければならないからだ。

きみははやる気持ちを抑《おさ》えて、第一二ブロックのデジタル時計をチェックする。ピックアップ作業の途中、第一〇ブロックで経過時間を調整しているから、目的の時計が誤差の影響で隣接ブロックに紛《まぎ》れこんでいる可能性は低い。床に並べたデジタル時計の中から、左向きのランドルト環のシールが貼られたものだけに注目し、表示されている時刻を比べていく。

ここに来て、心身のストレスが目に集中しているようだ。時刻表示画面がぼやけ、何度もまばたきを繰り返す。どっと涙があふれて、視界がかすむ。きみは目をこすり、自分に言い聞かせる。ゴールはもうすぐだ。あと少しで、楽になる。

03：47
15：47

残り時間は二〇分。該当する二個のデジタル時計を選び出すのに、一〇分もかかるとは。きみは大きく息をつく。心臓の鼓動が速くなっている。

きみは最終候補の二つのデジタル時計と、経過時間を計《はか》るためのシルバーグレイのデジタル時計を持って、ホールに戻る。観音開きのドアを閉めると、ずっときみを包囲していた時を刻む音の壁から解放される。トイレで用を足し、洗面台で顔を洗う。ミラーに映ったきみの顔。長時間の緊張で憔悴《しょうすい》し、両目は真っ赤に充血している。一度見れば十分だ。タオルで顔を拭き、外に出る。

これまでの推論と選別作業から、二つのデジタル時計のいずれかが「現在」の正しい時を刻んでいるのはまちがいないはずである。しかし午前と午後、どちらが正しい時刻を示しているのか、表示画面をにらんでも、きみにはまったくわからない。

午前か？　午後か？

きみは《出題者》の皮肉を感じる。アナログ時計には、午前と午後の区別がない――ここに至るまでの絞りこみ作業で、きみの最大の武器となった論理の土台が、二四時間表示のデジタル時計には通用しないからだ。
最終段階では、まったく別のロジックが必要になる。
何の手がかりもないまま、一〇分が経過する。

03：57
15：57

外部との連絡を完全に絶たれ、抽象的な情報しか与えられず、体内時計まで狂わされているきみにとって、この施設の外にある「現在」が未明の午前なのか、日中の午後なのか、知るすべはまったくない。当て推量や直感に頼っても無駄なことは、《出題者》の説明通りだ。
さらに五分経過。残り時間は五分。

04：02
16：02

ふっと意識が途切《とぎ》れそうになり、きみは強くかぶりを振る。手足を動かして深呼吸。まぶたをこじ開けて、二つのランドルト環に目をこらす。表示画面の左側に貼られた左向きのC。

——その意味が明らかになるのは、きみが最終段階に到達した時である。

待てよ、ときみは声に出してつぶやく。アナログ時計を分刻みの順番に並べる時、ランドルト環の向きの周期性を手がかりにしたけれど、それはあくまでも中間作業であって、「最終段階に到達した時」とはいえない。むしろ、午前と午後に引き裂かれた今の状態こそ「最終段階」なのではないか。

残り時間四分。

04：03
16：03

——ということは、ランドルト環の持つ意味が明らかになるのは、これからだ。表示画面の左側に貼られた左向きのCが、正解に達するヒントを与えてくれるにちがいない。

残り時間三分。

○04：04
○16：04

今回のゲームの要諦は論理。ただ論理のみが、きみの用いる武器だ。ロジックの導きに従えば、きみは唯一の正解にたどり着けるだろう。

だがこの段階で、どこに論理を用いる余地があるのか？　午前と午後。きみは血走った目で、二つの時計を見つめる。心臓の鼓動がますますせわしないリズムを刻む。

残り時間二分。

○04：05
○16：05

ロジックの導きとは何だ？　ランドルト環の意味とは何だ？

残り時間一分。

04：06
16：06

きみは二つの時計を見つめ続ける。ゲームの基準、最小単位は一分。しかし、まだあきらめてはいけない。一分には六〇も秒があるのだ。

ロジックの導きに従えば、きみは唯一の正解にたどり着けるだろう。

6

カウントダウン。最後の瞬間に、閃《ひらめ》きが訪れる。

きみは二つの時計の一方をわしづかみにすると、表示画面の上下をひっくり返した逆さまの状態で、監視カメラのレンズに突きつける。

「これが『現在』の正しい時刻だ」

シルバーグレイのデジタル時計がタイムリミットのアラーム音を発するのと同時に、きみはゲームの終了を宣言する。きみを監視している《出題者》に向かって。

L0 : 9lC

「ロジック《Logic》の導き——それが正解だ」

とモニターの向こうで、《出題者》が言う。

円環は開かれた。ゲーム・クリア。

（小説NON　2008年3月号）

ハートレス

薬丸《やくまる》 岳《がく》

1969年、兵庫県生まれ。漫画原作者などを経て、2005年に『天使のナイフ』で第51回江戸川乱歩賞を受賞。作家デビューを果たした。その他の著書に、『闇の底』『虚夢』（ともに講談社文庫)、『悪党』（角川書店)、『ハードラック』（徳間書店)、『死命』（文藝春秋）などがある。表題作は『刑事のまなざし』（講談社文庫）に所収。

「次は高田馬場《たかだのばば》、高田馬場——」

アナウンスが流れるのと同時に、漫画雑誌を読んでいた会社員風の男が立ち上がった。

松下雅之《まつしたまさゆき》はゆっくりと男が座っていた座席に向かっていく。思ったとおり、男は電車を降りる前に漫画雑誌を網棚に置いていった。すかさず、その雑誌を手に取った。今日発売の人気雑誌だ。何事もなかったような顔をしながら雑誌を鞄の中に突っ込んで、雅之も電車を降りた。

ホームに立っている人たちのほとんどは疲れた顔をしている。今日は月曜日だ。休日を思いっきり楽しんで、またウィークデーが始まったことを憂えているのだろう。

雅之も会社員のときはそうだった。妻と息子の家庭サービスでどこかに連れて行った翌日は、きっとこういう顔をしてホームに突っ立っていたにちがいない。

少しだけ昔のことを思い出して、気持ちが沈み込んでいく。

雅之は脳裏《のうり》にこびりついている記憶を必死に払いのけた。月曜日は人気雑誌がたくさん発売される稼ぎ時なのだ。

雅之はごみ箱の前に行くと、鞄の中から金属製の道具を取り出した。針金ハンガーを折り曲げて作ったもので、口の小さいごみ箱から雑誌を取り出すために使う。あたりを行き交う人たちがじろじろと雅之を見ている。

この生活を始めて最初のころは、ただ街中を歩いているだけで周囲の視線がやたらと気になったが、今では何も感じない。

それから雅之は山手線を五周して、百冊ほどの雑誌をかき集めた。池袋にある古書店で売ると二千七百円になった。今日の稼ぎはまあまあだ。

古書店のある西口からアーケードをくぐって東口に向かう。まだ六時前だというのにあたりは暗くなっていた。十二月に入って寒さが一段と厳しくなってくる。雅之はダウンジャケットのポケットに手を突っ込んで、サンシャイン60の光に向かって歩いた。

コンビニに立ち寄った。今日はそれなりの稼ぎがあったのでいつもより豪華な夕食にするつもりだ。唐揚げ弁当とおにぎりをかごに入れた。それからふと思いついて、レトルトパックのたまご粥《がゆ》をかごに入れるとレジに向かった。

公園にたどり着くと、メインの広場で数人の若者がスケートボードで遊んでいる。ローラーが路面を擦《こす》る音が耳ざわりだったが無視して通り過ぎた。

広場を抜けると鬱蒼《うっそう》と木々が生い茂っている場所がある。ブルーシートで作られたテントがいくつか立ち並び、所々に空き缶を詰め込んだ袋が放置されている。ここが雅之の今の住まいだ。十人ほどのホームレスが暮らしている。

コンさんがこちらに向かって歩いてきた。本名は知らない。いつも一張羅《いっちょうら》の紺色のスーツを着ていることからそう呼ばれるようになったらしい。何でも数年前までは大手銀行の管理職をしていたそうで、それが今でも本人にとっての心の拠《よ》り所になっているようだ。

「こんばんは。面接はどうでした？」

雅之はコンさんに声をかけた。

コンさんは主にアルミ缶の回収で生計を立てているが、まだ社会復帰を諦めていない。今日はビルの清掃を請け負っている会社に面接に行くと言っていた。

「駄目だったよ」コンさんが不機嫌そうに答えた。「まあ、あんな小さな会社、給料も安いし、こちらから願い下げだったけどな」

悪い人物ではないが、プライドが高いのが難だ。

コンさんと別れてから、ナカさんのテントを覗いてみた。

「ナカさん、差し入れだよ」

雅之が声をかけると、寝袋にもぐっていたナカさんがこちらを向いた。ゴホッゴホッと咳《せ》き込んでいる。

「いつも悪いなー」

ナカさんがかすれた声で礼を言った。

「まだ風邪治ってないのか？　だんだんひどくなっているようだけど……」

出会ったときからやつれた感じの老人だったが、この一週間でさらに頬がこけている。

ナカさんは三ヵ月前にここにやってきた。雅之がここで生活を始めて一ヵ月後のことだから唯一の後輩ということになる。年齢は六十歳ぐらいだろうか。ずっと青森で生活していたが、十年ほど前に会社をリストラされたことからホームレスに転落し、東京に流れ着いてきたそうだ。

「病院に行ってきたらどうだい？」

雅之は言った。

「そんな金はないよ……」

ナカさんが咳き込みながら笑った。

十年間もこんな生活をしているというのに、淀《よど》みを感じさせないナカさんの穏やかさが好きで、雅之は何かと気にかけている。

「たまご粥買ってきたから温めてやるよ」

雅之はテントの中に入ると鍋に水を入れてカセットコンロの火にかけた。温まったたまご粥を丼《どんぶり》に注いでナカさんに差し出した。

「ありがとう……」

ナカさんが寝袋から出て、たまご粥をすすった。

「おれもここで食べていっていいかな」

雅之はコンビニの袋から唐揚げ弁当を取り出して、ナカさんと一緒に夕食をとった。

「マサー！　マサー！」

表から雅之を呼ぶ声が聞こえて、ブルーシートの入口をめくって外を見た。

ショウが雅之のテントの前で叫んでいる。

「ここだよ」

雅之が呼ぶと、ショウがこちらにやってきた。

「何だ、ここにいたのかよ。酒飲ませてやるからうちに来いよ」ショウがちらっと奥を覗き込んだ。「じじいにも飲ませてやるからきな」

雅之はナカさんと顔を見合わせた。

別に酒を飲みたいわけではないが、ショウの誘いを断って後で面倒なことになっても困る。ショウは雅之と同世代に見えるがここではボス的な存在だ。雅之はナカさんと一緒にテントを出てショウについていった。

ショウの小屋はみんなのテントから少し離れた所にある。テント群の中でもひと際大きな小屋で、鉄パイプを柱にしてベニヤ板で覆っている。何度か入ったことがあるが、中にはテレビや柔らかそうなマットレスが置いてあってなかなか快適そうだ。

ショウは人を使うことに長けている。路上で雑誌を売る青空書店の仲買人をやっていたり、新人のホームレスに仕事を指南して稼ぎの一部を搾取したりしていた。ホームレスとしてはかなり羽振りがいい。

ショウが小屋のドアを開けて中に促した。雅之が小屋に入ると、コンさんが居心地悪そうに座っている。

小屋の中には高そうな酒瓶が並んでいた。ショウがその一本をつかんで四つのコップに注いだ。

「高い酒だからありがたく飲めよ」

ショウがあぐらをかいて言った。

ナカさんが咳をしながらコップの酒をゆっくり飲んだ。

「ナカさん、水で割ったほうがいいんじゃない？」

雅之が気になって言うと、ナカさんは「大丈夫。酒は百薬《ひやくやく》の長《ちょう》って言うし」と笑った。

「マッカランか……昔は毎日のように飲んだな。銀座のクラブなんかで」

コンさんがコップに口をつけてしみじみと呟いた。

「そうか、あんた、昔は大企業の部長様だったたって言ってたな。それが今じゃこのザマか。世の中わかんねえよな」

ショウがせせら笑うように言った。

コンさんの表情が一気に曇った。プライドの高いコンさんの心を傷つけたらしい。

小屋の中に険悪《けんあく》な空気が漂《ただよ》う。

「ショウさんはどうしてこの暮らしを続けているんだい？」

雅之はこの重苦しい雰囲気を何とかしようと話題を変えた。

「どうしてだよ」

「いや、ショウさんみたいに人の扱いがうまかったら、いくらでも普通の仕事に就けるんじゃないかと思って」

雅之が言うと、ショウが高笑いした。

「普通の仕事なんか糞《くそ》くらえだよ。そこのおっさんを見てみろよ」ショウがコンさんを指さした。「人にこき使われて、へいへい頭下げて、中途半端に偉くなっても、あんたは用なしだと簡単に切られる。馬鹿みたいじゃないか。おれは族のヘッドをやってた男だぜ。人の下になるなんてまっぴらごめんだね。ここにいれば人の上でいられるからおれはいるんだよ。ここはある意味おれにとっては天国さ」

「ごちそうさま！」

コンさんがコップを床に叩きつけて出ていった。

雰囲気を和ませようとして言ったのに、とんだ藪蛇《やぶへび》だったみたいだ。

ナカさんはじっとショウを見つめながら、淡々と酒を飲んでいる。

粗暴な男だとは思っていたが、暴走族のヘッドをしていたのか。どうりで人を顎《あご》で使うことが得意なはずだ。

雅之は酒をあおるショウの手の甲に刻まれたサソリの刺青《いれずみ》を見ながら思った。

「マサ、新しい稼ぎを教えてやるから明日ついてきな」

ショウが言った。

「うん、わかった」

「じゃあ、明日の九時に広場でな」


シューッという轟音《ごうおん》に驚いて、雅之は寝袋から飛び起きた。あたりを見回す。真っ暗なテントの中で、ブルーシート越しに無数の火花が飛び交い、あちこちで炸裂音《さくれつおん》が響き渡っている。

いったい何事だ――

テントから出ると、雅之の足もとで火花が弾けた。枯れ木に火が燃え移り、慌てて靴で踏みつけて消した。まわりのテントからも驚いたように人が飛び出してくる。

「社会のごみは出ていけー!」

などと笑い声を上げながら、広場から三人の若者が打ち上げ花火をテントに向かって発射させている。

雅之は若者を睨みつけながら舌打ちした。

最近、ホームレスに対して嫌がらせをする連中が多いのだ。いたずらで済んでいるうちはまだいいが、先週新宿でホームレスが住むテントが放火されてひとりが亡くなっている。犯人はまだ捕まっていないそうだ。

「てめえら、ふざけんじゃねえぞ！」

小屋から出てきたショウが激昂《げっこう》しながら広場に向かった。

雅之は加勢《かせい》すべきかと様子を見ていたが、ショウは三人の若者をあっけなく叩きのめした。さすがは暴走族でならしただけのことはある。

若者たちは必死に許しを乞うているがショウの暴力は止まらない。いくら相手のほうから仕掛けてきたとはいってもさすがにやりすぎではないか。このまま放っておいて警察沙汰にでもなったら困る。

雅之はしかたなくショウのもとに向かった。

「てめえら、なめてんじゃねえぞッ！　おまえらを血祭りにあげて殺すぐらい屁とも思わねえんだからなッ！」

ショウが怒鳴り散らしながら地面に這《は》いつくばった三人を蹴り続ける。

「ショウさん、そのへんでやめといたほうがいいんじゃないかな。警察が来ちゃうと面倒だからさ……」

雅之が声をかけると、ショウがこちらを向いた。すぐに地面に倒れている三人を見下ろす。

ショウは少し考えて三人のズボンのポケットから財布を抜き取っていった。中に入っている札だけ取ると財布を放った。

「迷惑料だ。いいか、警察にちくったらおまえら殺すからな。こっちはてめえらとちがって失って惜しいものなんかねえんだから」

ショウがすごみを利《き》かすと、三人の若者は泣きながら財布を拾って公園から出て行った。

「まったくザコのくせしやがって。なあ……？」

ショウが同意を求めるように笑いかけてきたが、頷くことはできなかった。

翌朝、雅之は昨日買ったおにぎりを食べるとテントを出て広場に向かった。

ベンチに座って煙草を吸いながらショウを待ったが、なかなか現れない。まだ寝ているのだろうか。雅之は煙草を根元まで吸って灰皿に捨てるとショウの小屋に向かった。

小屋のドアをノックしたが応答がない。何度かノックをしてからドアを開けてみた。

ショウは頭から布団をかぶって寝ている。

「おはよう。もう九時半だよ」

雅之は布団の上からショウの体を揺すってみた。反応がない。さらに強く揺すってみる。それでもまったく反応がない。おかしいなと思い、ゆっくりと布団を剝いだ瞬間、雅之は絶叫した。

うつ伏せになったショウの頭部がぐちゃぐちゃに叩き割られていた。

雅之が一一〇番通報をしてから十分後に自転車に乗った制服警官が現れた。それから蜂の巣をつついたような騒ぎになった。何台ものパトカーがやってきて公園は封鎖され、雅之たち公園に住むホームレスは警察から事情を聴かれることになった。

「名前は？」

刑事のひとりがコンさんに訊いた。

大柄《おおへい》な物言いで、臭いが気になるのか顔を歪めている。

「コンさんだよ」

コンさんがふてくされたように返した。

「本名だよ、本名！　あと住所はないだろうから本籍地を教えろ」

「何で悪いことをしてないのに名乗らなきゃいけないんだよ。名前を訊くときは自分から名乗るのが礼儀だろう」

「ここで言えないんなら署に来てもらってもいいんだぞ」

「人権侵害だ！」とコンさんが抵抗して、刑事と言い争いになっている。

ここで生活する者はみなさまざまな事情を抱えている。警察に自分の素姓《すじょう》を話すことに抵抗がある者もいるだろう。

雅之もそうだ。もし妻の冴子《さえこ》が捜索願を出していたらどうしようと思っている。だが、しばらく考えてそんなことはないだろうと内心で苦笑した。冴子は離婚届を役所に出してとっくに実家に戻っているはずだ。

雅之の隣に立っていたナカさんが激しく咳き込んだ。

「大丈夫ですか？」

背広を着た長身の男がやってきてナカさんに訊ねた。

「寒いのに申し訳ありません。すぐ済みますからこちらで休んでいてください」

男はナカさんの体を支えるようにベンチに促した。背中をさすっている。あの男も刑事のようだが、コンさんと話している相手とはえらいちがいだ。

「名前は何とおっしゃるんですか」

男が微笑みかけながらナカさんに訊いた。

「中島安太郎《なかじまやすたろう》――ここじゃ、ナカさんって呼ばれてるよ」

「じゃあ、ぼくもナカさんでいいですか。ナカさんはずっと東京で暮らしてるんですか？」

「いや、東京は最近来たんだよ。ずっと青森にいた」

「へえぇ。ぼくも青森出身なんです。青森のどちら？」

「八戸市」

「ぼくが住んでいたところの近くですね……」

男は人懐っこそうな笑顔を浮かべながら、ナカさんの本籍地や最後に住んでいた住所、昨日の夜にこの近辺で変わったことがなかったかなどを訊いた。

男が今度は雅之のそばにやってきた。

「こんにちは。お話を聞かせてもらえますか」

男はナカさんに尋ねたことと同じことを訊いてきた。

雅之は正直に自分のことや、ショウの死体を発見したときの様子などを話した。

「ところで、亡くなったショウさんですが……本名などはご存じですか？　ここの人たちはみなさんショウさんとしか知らないようで」

「いや、おれもショウという名前しか知らないな。免許証とかは持ってなかったんですか?」

「ええ。彼が住んでいた小屋を捜索しているんですが、身元につながるものがまだ発見されていないんです」

「そうなんですか」

「ところで、最近、このあたりで何か変わったことはありませんでしたか」

男がさらに訊いた。

「そういえば……」

雅之には思い当たることがあった。昨晩、テントに打ち上げ花火を発射してショウに殴り飛ばされた若い男たちだ。もしかしたら、そいつらが報復のためにショウを襲ったのではないだろうか。雅之はそのことを男に話した。

「テントに花火を打ち込むなんてまったくひどいですね。あなたはその若い男たちを目撃しましたか?」

雅之は頷いた。

「もし、その男たちを見かけたり、またそんなことをする人が現れたらぼくに連絡してください」

男がそう言って名刺を差し出した。

『東池袋署《ひがしいけぶくろしょ》　夏目信人』と書いてあった。

翌日には公園の封鎖は解かれたが、ここに住んでいたホームレスのほとんどが荷物をまとめて出ていった。物騒《ぶっそう》な場所ということもあるだろうし、警察官がたびたびやってくることになったら何かと面倒だという思いもあるのだろう。

雅之もここを出て行こうかと悩んだ。だが、体調が悪くて簡単に移動できないナカさんを放って出て行くことにためらいがあった。雅之はナカさんとふたりでここに残ることにした。

数日すると警察官の姿も見かけなくなった。ただひとりを除いては——

「こんにちは」

テントの前でアルミ缶をつぶしていると、夏目がやってきた。

雅之は軽く会釈を返して、すぐアルミ缶に視線を戻した。

「何をしてるんですか？」

夏目が物珍しそうに作業の様子を見つめている。

「これを売るためにつぶしてるんですよ」

「いくらぐらいになるんです？」

「ちょっと前はキロ二百円ぐらいだったけど、今は百円になるかならないか。これだけあっても千円ちょっとぐらいだろうね」

「これだけ集めるのは大変でしょう」

「扶養家族《ふようかぞく》がひとり増えたから」雅之はナカさんのテントを見て苦笑した。「稼がないとね」

「ナカさんの具合はどうですか」

夏目もテントのほうに目を向けた。

「風邪がなかなか治らないね」

「そうですか……ここもすっかり静かになりましたね」

夏目があたりを見回しながら言った。

「犯人が捕まらないからね。まあ、ホームレスひとりが殺されたところで警察もそう躍起にはなれないか」

雅之は夏目を見ながら皮肉を返した。

「ちょっとお茶でも飲みませんか」

夏目が広場のほうを指さした。

「ショウさんの身元がわかりましたよ」

夏目が自動販売機で買った缶コーヒーを差し出しながら言った。

「本名は相沢翔太《あいざわしょうた》さん、三十七歳、実家は神奈川県にあります」

三十七歳——雅之よりも一歳年下だ。

「どうやってわかったんですか？」

雅之は訊いた。

「言いづらい話なんですが、ここだけの話にしていただけますか」

「ええ」

「前科があったんです。相沢さんは十七年前に傷害致死事件を起こしています」

傷害致死事件——ということは、人を殺したということなのか。

それを知った瞬間、雅之の心の中からショウに対する嫌悪感が湧き上がってきた。

「誰を殺したんですか——もちろん、ここだけの話で」

雅之が訊くと、夏目は少し躊躇するように話した。

「殺されたのは十九歳の会社員でした。初めて給料をもらった日の帰り道に、彼に暴行されました」

「それが原因で亡くなった」

「ええ。同じ中学校の先輩後輩だったようです。亡くなった彼は学生時代からたびたび相沢さんから金品をたかられていたようでした」

夏目の言葉を聞いて、三人の若者を殴り飛ばして財布を奪ったときの光景がよみがえってきた。

若いころからちっとも変っていないようだ。

「ひとつお訊きしたいことがあるんですが——相沢さんの財布からある映像プロダクションのディレクターの名刺が出てきたんですが、そういう知り合いがいると聞いたことはありませんでしたか？　その会社に連絡してみたんですが倒産していて話を聞けなかったもので……」

「半年ぐらい前にテレビに出たことがあったって聞いたよ」

「テレビ？」

「よくやっているでしょう。ホームレスの生活に密着したドキュメンタリー番組。一応、顔にはモザイクをかけてもらったそうだけど」

「そうなんですか……」

夏目が唸《うな》りながら考え込んでいる。

「何を考えているんですか？」

「いや……」

夏目が言葉を濁《にご》した。

だが、雅之には夏目が考えていることが何となくわかった。

ショウを殺したのは、この前公園にいた若者ではなくて、ショウが殺したという会社員の遺族ではないだろうかと夏目は考えているのではないか。

可能性はあるだろう。ドキュメンタリー番組を観た遺族が息子を殺したショウが池袋でホームレス生活を送っていると知った。顔にはモザイクがかかっているが、あの手の甲の刺青を遺族が知っていれば、ショウだと断定できるのではないか。

遺族のことを考えるとなんともやり切れない気持ちになった。雅之には息子の命を奪われた親の気持ちが痛いほどよくわかる。

もし、友樹《ともき》を撥《は》ね殺した人間をどこかで見かけたら、自分だって……

「なあ、マサ……」

寝袋の中からナカさんが呼んだ。

「なんだよ、酒でも飲みたいのか」

雅之はナカさんのそばに寄って微笑んだ。

「そろそろ出て行ったらどうだ？」

ナカさんが呟いた。

「何言ってんだよ。ナカさんを放って出て行けるわけないじゃないか」

「こんなじじいは放っておいていいんだよ。わたしはもうそんなに長くは生きられない。だけど、マサの人生はこれからまだまだ長いんだぞ」

ナカさんが珍しく気弱な表情を見せた。

「たかが風邪ひいたぐらいで何オーバーなことを……」

「いつまでもこんな生活をしてちゃだめだ！」

ナカさんが雅之の言葉を遮るように大声を出した。

「こんな生活をしていると、どんどん心が荒《すさ》んでいくよ」

「もうとっくに荒んでいるよ」

雅之は呟いた。

ナカさんが覗き込むように雅之の目を見つめてくる。

「何のために生きていくのかわからないんだよ……」

「マサ、おまえ、家族は？」

「いるよ――いや、いた、か」

雅之は薄暗いテントの中で、息子の友樹のことを思い出した。

友樹は七ヵ月前に亡くなった。小学校に入ったばかりだった。横断歩道を渡っているときにひき逃げにあったのだ。

雅之も妻の冴子もひとり息子を喪《うしな》った悲しみに打ちひしがれた。友樹をひき逃げした犯人はなかなか捕まらない。雅之は行き場のない悲しみと怒りを冴子にぶつけた。友樹は冴子からおつかいを頼まれた帰りにひき逃げにあった。決して妻が悪いわけではない。そんなことはじゅうぶんわかっている。本来なら、自責の念に苦しめられている妻を慰めてやるべきなのだ。だが、あのときの雅之は冴子を責めることでしか、理不尽な現実を受け止めることができなかった。

次第に夫婦仲は険悪なものになっていった。会社に行っても仕事をする気になれず、上司や同僚ともやり合うことが多くなった。家に帰っても冴子との冷え切った家庭があるだけだ。今までは、妻と息子にいい暮らしをさせてやるために仕事を頑張ってきた。それが自分の生き甲斐だと思っていた。だけど今は、何のために働いて、何のために生きていくのかがわからない。

ある夜、雅之は些細《ささい》なことがきっかけで冴子と激しい口論になった。

その翌朝、雅之が起きても、冴子は部屋から出てこない。友樹が亡くなってから夫婦は別々の部屋で過ごすようになっていた。雅之は数日前に手に入れていた離婚届を書き、テーブルの上に置いてそのまま家を出た。

雅之の会社は大手町にあった。だが、電車が大手町駅に着いても席から立ち上がる気になれなかった。友樹が亡くなってからずっとそうなのだが、今までは気力を振り絞って何とか電車を降りていた。だけどそのときはどう自分を鼓舞《こぶ》してみても立ち上がることができなかった。

もう、どうにでもなってしまえ——そんな心境だった。

それから四ヵ月間、家も仕事もない、徘徊《はいかい》の日々を続けている。

「息子さんのお墓はどうするんだい？」雅之の話を聞いていたナカさんが訊いた。

「奥さんひとりに背負わすのかい？」

痛いところを突いてくる。

「墓参りにはもちろんちゃんと行くさ」

「こんな生活をしていて、そこらへんで盗んだ花を息子さんに供えるのかい？」

ナカさんの言葉に何も言えなかった。

「あんた、卑怯だよ」

ナカさんの口から初めて聞く辛辣《しんらつ》な言葉が胸に突き刺さった。

「ああ、おれは卑怯な男だよ。それはわかってる。だけど、もっと卑怯なのは人を殺して、傷つけて、逃げ果《おお》せるやつらだよ」

雅之は今まで溜まっていた自分の思いを吐き捨てた。

雅之がテントの前でアルミ缶をつぶしていると夏目がやってきた。片手に買い物袋を提げている。

「ナカさんはテントの中ですか?」

夏目が声をかけてきた。

「ああ」

雅之が答えると、夏目はナカさんのテントに入っていった。

三十分経っても夏目はテントから出てこない。何をしているのだろうと気になって、雅之はナカさんのテントを覗いた。

「マサさんも一緒にどうですか?」

テントの中で、夏目が中腰になって料理を作っている。

肉やごぼうやにんじんが入った汁をカセットコンロの火で煮込んでいる。夏目が小麦粉を練った生地を薄く引きちぎって鍋に落とす。

汁を丼に入れてナカさんに差し出した。

ナカさんが汁をすすり、おいしそうに食べた。

「うまいなー。すいとんかぁ、懐かしいなぁ」

ここのところナカさんはめっきり食欲がなかった。そのナカさんが旺盛に食べているということは本当に美味しいのだろう。

「すいとんに似ていますが、これは『ひっつみ』と言うんです」

夏目がナカさんに教えた。

「へえ、ひっつみかぁ、初めて聞いたなあ」

ナカさんが感心したように言った。

夏目は三人分のひっつみを作り、雅之と夏目は広場のベンチで食べることにした。

不思議な男だな——丼を持ってひっつみを頬張る夏目を見ながら雅之は思った。

夏目には刑事と聞いて感じる威圧感がまったくない。ホームレスである自分たちにも親切にしてくれる。おそらく人柄はいいのだろう。だが、警察官として考えるとどうなのか。こんなところで自分たちに手料理を振舞ってくれるのはいいが、ちゃんと事件の捜査はしているのだろうか。

雅之は夏目という人間に対する好感と同時に、それに反する思いも抱いていた。

「この前話していた……ショウが殺した会社員のことだけど」

雅之は夏目に切り出した。

「ええ、それが何か？」

「その会社員の遺族がショウを殺したって可能性はないのかな」

「やはりマサさんもそういうことを考えていましたか」

夏目が雅之を見つめて言った。

「可能性はあるでしょう」

「一昨日、そのかたのお父さんにお会いしてきました」

やはり、夏目もショウに殺された会社員の遺族が怪しいのではないかと思っていたのだ。

「息子さんが亡くなったときには横浜に住んでいたんですが、現在は静岡のほうでひとりで暮らしています。事件当時のアリバイが確認されました」

「被害者の母親のほうは」

「二年前に病気で亡くなられたそうです」

「そう……」

被害者の父親のアリバイが確認された――

雅之にとっては他人事であったが、その言葉を聞いて安堵した。

やはり犯人は、あのとき公園にいた連中ではないかという思いが強くなってくる。

「ひとつ見ていただきたいものがあります」

そう言って、夏目がポケットから写真を取り出した。外国製の酒瓶が写っている。

「相沢さんの事件の凶器です。昨日、別の公園のごみ箱から発見されました」

雅之は目を凝らして見た。瓶全体に泥がついていた。ラベルも血痕らしいもので汚れていて読み取りづらい。だが、マッカランと読めた。

「これがそうなのかはわからないけど、ショウの小屋にこれと同じ酒が置いてあったよ」

「そうですか。ありがとうございます」

夏目が礼を言った。

「そろそろいいかな？　仕事をしなきゃいけないから」

雅之はベンチから立ち上がった。

「もうひとつだけいいですか」

夏目が呼び止めた。

「マサさんはおいくつですか？」

「三十八歳ですよ」

「ぼくと同い年ですね。余計なお世話だと思いますが、いつまでこういう生活を続けていくつもりですか」

夏目の言葉に虚《きょ》をつかれた。

「本当に大きなお世話だよ」

雅之は腹立たしさを嚙み締めながら言った。

「さっき、ナカさんとあなたの話をしていました。お子さんを亡くした辛さは察するに余りあります。ですが……」

「あんたに何がわかるんだよ！」

雅之は激昂した。

「あんたにひとり息子を喪った悲しみがわかるか？　悲しみだけじゃない。悲しみの後にはどうしようもない虚《むな》しさが襲ってくるんだ。大切な家族を守るためにずっと頑張ってきた。だけど、どんなに努力しても、他人が、他人が勝手におれの幸せを奪っていく。おれはこれから何のために頑張り、何のために生きていけばいいっていうんだ。頑張るだとか、努力なんて言葉は、今現在幸せなやつらだけが使えばいい言葉なんだよ！」

雅之は一気にまくし立てると、逃げるようにテントのほうに向かった。

その夜、雅之はテントの中でひさしぶりに酒をあおった。

ナカさんの言葉が、夏目の言葉が、心に突き刺さって離れなかった。

あの家を出れば、友樹を喪った心の痛みから少しでも解放されるのではないかと思っていた。こんな根無し草のような生活を続けていけば、心が麻痺《まひ》して楽になれるのではないかと考えていたのに、心の中の傷はどんどんと広がっていくばかりだ。どんなところに逃げても、けっきょくおれは過去から逃れられないのだろうか。

急にひとりでいることが耐えられなくなった。おれは何て弱い人間なんだ。冴子と一緒にいるときには、人といることが無性に辛くなり、ひとりで生きていこうとしたら、どうしようもない孤独感に押しつぶされそうになる。

雅之は酒瓶を持ってナカさんのテントに向かった。

「ナカさん、一緒に飲もう」

雅之はテントの外から声をかけた。

返事がない。もう寝てしまったのだろうか。

まあ、いいや。隣で飲んでいればナカさんも起き出してくるだろう。

雅之はブルーシートをめくってテントの中に入った。懐中電灯をつける。コップに酒を注ぎ一気にあおった。

「ナカさん……おれ、ナカさんのこと尊敬するよ。十年もこんな生活を続けているんだもんな。ひとりでさあ……おれにはとても無理かもな……こんな生活を続けていったら生きていくことさえ嫌になっちゃいそうだよ……おれ、弱いから……なあ、何とか言ってくれよ」

雅之は懐中電灯を寝袋のほうに向けた。

異変を感じてナカさんに顔を近づける。ナカさんの口もとが赤く染まっている。

それを見た瞬間、雅之の鼓動がせわしくなった。

「ナカさん、ナカさん、どうしたんだ……！」

雅之はナカさんの体を揺すった。ナカさんが苦しそうに唸っている。酔いが一気に引いていった。

病院の廊下でベンチに座って待っていると、医師が近づいてきた。

雅之は立ち上がって医師に会釈をした。

「ご家族のかたですか？」

医師が訊いた。

「いえ、ちがいます」

雅之は答えた。

「ご家族のかたに連絡を取ってもらいたいんですが」

「ぜんぜん知らないんです。ナカさんの具合はそんなに悪いんですか」

「末期の肺がんです。どうしてここまで放置していたのか。残念ですが、もう、手の施しようがないですね。あとはできるだけ苦しまないで済む処置をすることしか……」

医師が雅之に告げて立ち去った。

雅之は力なくベンチに座り、うなだれた。

「ナカさん、運がよかったじゃないか。ここにいれば栄養のあるものを食べられるし」

雅之はベッドのナカさんに言った。

救急車で病院に運ばれた二日後、ナカさんの意識は回復した。

だが、医師からは依然予断を許さない状態だと言われている。

「マサ、おまえだって仕事があるだろうから毎日見舞いに来なくてもいいよ」

ナカさんが穏やかな笑みを浮かべて言った。

「仕事はきちんとやってるよ。それより、今まで訊いたことなかったけど……ナカさんには家族はいないのかい？」

「家族……いないよ、わたしはずっとひとりだよ」

ナカさんが寂しそうに笑った。

「そうか」

ナカさんが死んだらどうなるのだろうか。雅之以外の誰にも知られることなく、無《む》縁仏《えんぼとけ》としてひっそりと葬られることになるのだろうか。

雅之は漏れそうになる溜め息を必死に押し留めた。

ノックの音が聞こえて、雅之は振り返った。ドアが開いて夏目が入ってくる。

「具合はどうですか？」

夏目がベッドに近づきながらナカさんに訊ねた。

「だいぶいいよ。退院したらまたひっつみを作ってほしいね」

「そうおっしゃるだろうと思って作ってきました」夏目が片手に持ったビニール袋を

掲げた。

「看護師さんには了解を取ってますので」

「でも、冷めているでしょう。どこかでチンしてきましょうか」

雅之が言うと、夏目は「大丈夫です」と答えた。

「この病院は知っている人が多いので、ちょっと調理場をお借りしてさっき作ったところです」

そういうわけか――夏目の話を聞いて、雅之は納得した。

ホームレスのナカさんが入院しているにしては、ずいぶんと手厚い扱いをしてくれていると思っていた。もしかしたら、夏目が病院に対して何らかの口添えをしてくれたのかもしれない。

夏目がビニール袋からプラスチックの丼を取り出してナカさんの前に置いた。蓋《ふた》を開けると湯気が立ち上る。夏目がパイプ椅子を引き寄せ、雅之の隣に座った。

ナカさんがひっつみを食べる様子を、夏目は嬉しそうに見つめている。

「ちょっとナカさんとふたりで話をしたいんですが」

ナカさんがひっつみを食べ終えると、夏目が雅之に目を向けた。

「それじゃ……」

雅之は立ち上がった。

「いいよ。マサもここにいてくれよ」

ナカさんが言って、夏目と視線を交わした。

「お願いだよ」

ナカさんの言葉を聞いて、夏目は目を閉じた。何かを考えているようだ。目を開けると、「よろしいんですか」とナカさんを見つめながら言った。

「ああ……お願いします」

「わかりました……相沢さんを殺害した犯人がわかりました――」

「えっ？　犯人って……あの連中を捕まえたんですか」

雅之は驚いて隣の夏目に目を向けた。

だが、夏目はこちらに視線を向けず、じっとナカさんを見つめたまま話を続けた。

「凶器となった酒瓶から検出された指紋と、あなたのテントにあったコップや丼などについていた指紋が一致しました。相沢さんを殺害したのはあなたですね」

雅之は呆気《あっけ》にとられて、ナカさんと夏目の顔を交互に見やった。

この男は何を言っているのだろう。ナカさんが犯人のわけが……

「そうです」

ナカさんの言葉に、雅之は目を瞠《みは》った。

「どうして？　どうしてナカさんがショウを殺すんだよ」

「なんだかあいつを見ていると腹が立ってきたんだよ。覚えているだろう、あの夜のことを。わたしのことをじじい呼ばわりしやがって、偉そうなことを言って……」

「それでも、そんな理由で……おれは信じられない」

雅之はナカさんに訴えた。

「マサ、この前も言っただろう。こんな生活をしているとどんどん心が荒んでいくんだよ。それがわかったらおまえもこんな暮らしからさっさと足を洗うんだな」

ナカさんは鋭い視線を雅之に向けながら言い放った。

「あんたにはいろいろと世話になった。あまり手間をかけさせたくない。刑務所でもどこでも行く覚悟はあるよ」

ナカさんが夏目をじっと見つめた。

「本当のことを話してもらえませんか」

夏目はナカさんから視線をそらさず決然と言った。

「本当のこと？」

ナカさんが眉をひそめた。

「あなたはナカさん、中島安太郎さんではなくて、相沢さんに殺された本木《もとき》幸也《ゆきや》さんの父親の本木幸彦《ゆきひこ》さんですね」

「本木？　誰だね、その人は……そんな人は知らんね」

ナカさんが首を横に振った。

「おそらくあなたは半年前に相沢さんが出たドキュメンタリー番組を観たのでしょう。顔にモザイクはかかっていたが、手の甲の刺青を見て相沢さんだと確信した。相沢さんが池袋でホームレス暮らしをしていることを知ったあなたはすべてをなげうって彼のそばにいることを選んだ。東京にやってきたあなたは、ホームレスの中から自分と年恰好の似ている人物を捜し出して身分を交換しないかと持ちかけた。その人物が青森でずっと暮らしていて最近東京にやってきた中島安太郎さんだった」

「何を証拠にそんなことを……」

「証拠はあります」夏目がナカさんの言葉を遮った。「本物の中島安太郎さんには過去に三度の傷害事件を起こした前科があります。指紋を照合すればわかることです」

夏目が言うと、ナカさんは呆然とした表情のまま押し黙った。

「ナカさん。ナカさんはショウに復讐するためにわざとホームレスになったっていうのか？」

雅之はやり切れない思いで訊いた。

ナカさんは雅之の問いかけに答えようとしなかった。

「それはちがうと思います……おそらく、そのときには彼を殺そうと思ってホームレスになったわけではないでしょう。彼がどういう風に今を生きているのかを、息子さんを殺したという罪をどういう風に受け止めているのかを知りたかったから。そうではありませんか？」

ナカさんが小さく頷いた。

「ああ……別に殺すつもりでこんな生活を始めたわけじゃない。殺すつもりなら……もっと早くにあいつを捜し出してやっていたさ。そうできればどれほど楽だったことか。わたしら夫婦は幸也が殺されてからずっと胸を引き裂かれるような苦しみに耐えてきた。それでも何とかふたりで支え合いながら生きてきたんだ。こういうときに支え合えるのは、お互いに同じ苦しみを抱えている家族だけだからね」

ナカさんが雅之に目を向けた。

一瞬、冴子の顔が脳裏をよぎった。

「その女房も二年前に亡くなってしまったがね……そして、わたしも半年前に体調を崩して病院に行ったら肺がんに罹っていると告げられたんだ」

ナカさんが肩を落として呟いた。

雅之は夏目の横顔を見た。ナカさんを見つめながら話を聞いている。

「医師は特に余命などは告げなかったが、そう長くはないだろうと感じました。わたしにはもう妻も息子もいない。ホスピスにでも行って残り少ない人生を終えようと思っていました。そんなときに、偶然テレビであいつのことを知ったんです。最初は死ぬ前に、幸也を殺したあの男がどんな惨めな生活をしているのか見届けてやろうという一心だった。池袋でホームレス生活を始めて、あいつを捜しているときに知り合ったのが中島安太郎さんでした。わたしと同世代だったこともあったのか、彼はわたしに優しく接してくれました。彼はこれからも生き続けたいと思っているのに生きるのが難しい状況に置かれていた。わたしはどうせもうすぐ死んでしまう。そんなことを考えているうちに決心したんです。わたしは死ぬ寸前まであいつのそばにいてやろうと。もしその間に、あいつの中にわずかであっても人間らしさや良心を見ることができれば、少しは救われるんじゃないかと……」

「それで中島さんと身分を替わることにしたんですね」

「交換条件を出しました。わたしは家を処分して残った財産を彼に渡す。彼はどこかよその土地でわたしに成り代わり、これからずっと妻と息子の墓の供養をきちんとすると」

「でも、そんなことをしたら、ナカさんは奥さんと息子さんと一緒の墓には入れなくなるじゃないか」

雅之は言った。

「そんなことは覚悟の上だよ。死んだらまた、妻と息子と一緒になれるんだから」

ナカさんが悲しそうな目で言った。

「十七年経ってもあいつはまったく変わっていなかった。あの夜……テントに花火を打ち込んだ若者を殴り飛ばしながらあいつはこう言ったんです。おまえらを血祭りにあげて殺すぐらい屁とも思わないと——そして、若者から金を奪ったんです。失うものが何もないことを誇るように言い、人からかけがえのない大切なものを奪ってもその自覚も反省もない……そのとき、今まで必死に抑えてきたやり場のない怒りが爆発してしまった」

「それでテントに戻って眠った相沢さんの頭を酒瓶で殴って殺害したんですね」

「そうです……別にこんな身だからそのまま警察に自首してもよかったんです。だけどね……もう少しだけマサと一緒にいたいと……マサと一緒にいると大きくなった息子と接しているみたいでね……」

ナカさんが寂しそうに雅之を見た。

「今までありがとう……」

ナカさんの言葉に涙がこみ上げてきた。

「それにしても……わたしたちはお互いの境遇をきちんと聞き合ってことを始めたと思っていたのに……まさか彼に前科があったとはね……」

ナカさんが嘆息を漏らした。

夏目が立ち上がってナカさんの前に一枚の写真を置いた。ナカさんと妻と息子らしい三人が写っている写真だった。

「探すのに苦労しました。おそらくご自身で持っていた写真の類はすべて処分してしまったのではないですか」

ナカさんが写真をつかんで感慨深そうに見つめている。

「いつからわたしを疑っていたんですか？」

ナカさんが訊いた。

「初めてお会いしたときに名前や本籍地をお訊きしましたよね。それから署に戻って身元を照合したときに引っかかったのです。中島さんには傷害の前科がありました。でもあなたは何のためらいもなくご自身のことを正直にお話しされた。普通、傷害の前科があれば、警察から訊かれたときに、痛い腹を探られたくないから多少なりとも言いよどむものだろうと思ったんです」

「なるほどね……」

ナカさんが苦笑を浮かべた。

「確信したのはあなたのテントでひっつみを作ったときです」

「ひっつみ？」

ナカさんが目の前に置かれた空の丼を見つめた。

「ひっつみは南部地方の有名な郷土料理なんですよ。八戸にずっといらしたかたなら、ひっつみはご存じのはずだと」

「あなたにうまく引っかけられたわけだね」

「いえ、あのときは純粋に郷土料理を食べて元気になってほしかっただけです」

夏目が答えた。

「ひとつだけわからなかったことは、なぜあの時期に急に凶器が発見されたのかということです。おそらくあなたは犯行後に凶器の酒瓶を地面かどこかに埋めたのでしょう。どうしてわざわざそれを掘り出して、別の公園のごみ箱に捨てたのか……」

「名刑事さんにもひとつぐらい解けない謎があってもいいでしょう……」

ナカさんが謎かけをするように言う。

だが、雅之はその答えを知っていた。

もっと卑怯なのは人を殺して、傷つけて、逃げ果せるやつらだよ――

あのときの雅之の言葉がナカさんにその決意をさせたのだろう。

「たかがホームレス殺しにここまで捜査するとは……マサ、警察も捨てたもんじゃないな」

ナカさんが雅之に目を向けた。

「たかが――なんていう人間はどこにもいませんよ」

夏目が諭《さと》すように言う。

「そうだね……」ナカさんが噛み締めるように呟いた。「あのとき、わたしは住む家だけじゃなくて、心まで失ってしまったのかもしれない。わたしは死んだら妻と息子のところにいけるでしょうかね」

ナカさんが夏目に問いかけた。

「そう願います」

ナカさんを見つめながら、夏目がゆっくりと頷いた。

雅之は夏目と並んでエレベーターに向かった。

「あら、夏目さん」

すれ違った看護師が夏目に声をかけた。

「絵美ちゃんのお見舞いですか？」

看護師が訊いた。

「いえ、今日はちがうんですよ」

夏目が答えてエレベーターに向かった。

「絵美ちゃんって誰なんです」

雅之は訊いた。

「娘がこの病院に入院しているんですよ」

「じゃあ、お見舞いしていけばいいじゃないですか」

雅之が言うと、夏目はしばらく考えて、「そうですね」と頷いた。

雅之もついでだから寄っていこうと夏目についていった。

エレベーターに乗って、廊下を歩き、病室のドアの前で夏目が立ち止まった。

夏目がノックをしてドアを開ける。病室のベッドの上で女の子が寝ていた。枕元にはたくさんのぬいぐるみが置かれている。

「絵美、元気にしているか」

夏目がベッドに近づいていって愛《いと》おしそうに女の子の髪を撫でる。だが、女の子は夏目の言葉にぴくりとも反応を示さない。寝ているのかと思ったが、しばらく見ているうちにそうではないと察した。女の子の鼻には管が差し込まれている。

夏目は女の子にいろいろと話しかけてからこちらに戻ってきた。

「また来るからね」

まったく反応を示さない女の子に声をかけて、静かにドアを閉めた。

エレベーターに乗って出口へと向かう。

「どこが悪いんですか」

雅之は気になって訊いた。

「ハンマーで頭を殴られて、それからずっとああなんですよ」

夏目の言葉に衝撃を受けた。

「ハンマーで殴られたって、誰に？」

「十年前にこの近くで幼い子供を狙った連続通り魔事件が発生したんです。ぼくが今の仕事を始める前のことですが」

夏目が唇を噛み締めて言った。

「犯人は？」

「まだ捕まっていません」

あんたにひとり息子を喪った悲しみがわかるか？

いつか、この男にそう問いかけた。だが、夏目も自分と似た境遇にあったのだ。

「自分は何のために頑張り、何のために生きていけばいいいんだ。いつかあなたは言いましたよね。正直言ってこの十年間ぼくにもよくわからない。自分が何のために頑張って、何のために生きるのか。でも、マサさん――」

夏目が熱い眼差しを向けてくる。

「踏ん張りましょうよ」


（小説現代　２００８年12月号）

解説

日下三蔵（ミステリ評論家）

本書『Ｓｐｉｒａｌ《スパイラル》　めくるめく謎』は、二〇〇九年七月に講談社から刊行されたアンソロジー『推理小説年鑑　ザ・ベストミステリーズ２００９』の文庫版である。十六篇を収めた元版は二段組で四八〇ページにおよぶ大部の単行本なので、文庫化に際しては二分冊に再編集されている。曽根圭介「熱帯夜」、門井慶喜「パラドックス実践」、伊坂幸太郎「検問」、沢村凜「前世の因縁」、黒崎緑「見えない猫」、折原一「音の正体」、山田深夜「リターンズ」、連城三紀彦「夜の自画像」の八篇は、『Ｂｌｕｆｆ《ブラフ》　騙し合いの夜』としてすでに講談社文庫に収録されており、本書には残る八篇が収められている。

日本推理作家協会の編による「推理小説年鑑」シリーズは、各年度の秀作をまとめた年間傑作アンソロジーで、本書の元版『推理小説年鑑　ザ・ベストミステリーズ２００９』は、二〇〇八年に発表された作品が対象になっている。

作家、評論家、イラストレーターなど、ミステリに関わるプロによって構成される日本推理作家協会は、一九四七（昭和二十二）年に探偵作家クラブとして発足した。五四年に日本探偵作家クラブと改称、さらに六三年の社団法人化にともなって日本推理作家協会となって現在に至る。協会の主な事業は、日本推理作家協会賞、江戸川乱歩賞の授与、そして「推理小説年鑑」をはじめとした各種アンソロジーの編纂である。

この年間ベストアンソロジーは、四九年に『探偵小説年鑑』１９４８年版と１９４９年版の二冊が刊行され、翌年からほぼ毎年一冊のペースで刊行が続いている。六十年以上の歴史を持ったシリーズなのだ。出版社は岩谷書店、宝石社、東都書房、講談社と変遷し、タイトルの表記も時代に応じて「探偵小説傑作選」「推理小説ベスト〇（収録作品数）」「推理小説代表作選集」「ザ・ベストミステリーズ」と変わっているが、「推理（探偵）小説年鑑」というシリーズ名は常に奥付で踏襲されてきた。

推理小説は先人の生み出したアイデアを継承することで発展してきたジャンルだか

ら、後から読み始める読者にとっては、こうしてその時々の傑作をまとめた刊行物があるのはありがたい。もちろんリアルタイムの読者にとっては、未知の作家に出会うきっかけとなる良質のアンソロジーであることはいうまでもないだろう。

付け加えるなら「推理小説年鑑」の作品選定は、推理作家協会賞短編部門の予備選考を兼ねている。「年鑑」の収録候補にあがった作品の中から協会賞短編部門の候補が選ばれるのである。つまり、逆にいうと、基本的に「年鑑」には協会賞短編部門の受賞作と候補作がすべて収められていることになる。

例えば〇九年の第六二回日本推理作家協会賞の短編部門は、門井慶喜「パラドックス実践」、沢村凜「前世の因縁」、曽根圭介「熱帯夜」、田中啓文「渋い夢」、柄刀一「身代金の奪い方」の五篇が候補となり、曽根圭介「熱帯夜」と田中啓文「渋い夢」が受賞しているが、これらの作品は『Ｂｌｕｆｆ　騙し合いの夜』と本書で、すべて読むことができるのだ。

ミステリのプロが選んだ現代ミステリの最新の収穫を、どうかじっくりとお楽しみいただきたい。

それでは各篇について、簡単にご紹介していこう。

道尾秀介は二〇〇四年に『背の眼』で第五回ホラーサスペンス大賞特別賞を受賞し、翌年に幻冬舎より同作品が刊行されてデビュー。同年に発表した第二長篇『向日葵の咲かない夏』（新潮社）でミステリ界の注目を集め、たちまちのうちに人気作家の仲間入りを果たした。〇七年には『シャドウ』（東京創元社）で第七回本格ミステリ大賞、〇九年には『カラスの親指』で第六二回日本推理作家協会賞、一〇年には『龍神の雨』で第十二回大藪春彦賞、『光媒の花』で第二十三回山本周五郎賞、一一年には『月と蟹』で第一四四回直木賞と、エンターテインメントの主要な文学賞を総なめにした実力派である。

「犭（ケモノ）」は〇六年から〇八年にかけて「野性時代」に発表され、〇九年に『鬼の跫音』（角川書店）としてまとめられたシリーズ短篇の一作。イニシャル「S」の人物が登場する点が共通するだけで、ストーリーとしては個別に独立した連作だが、いずれもミステリのテクニックで人間の心の裡に潜む「鬼」を鋭く描いている。「ミステリ（特に本格もの）は人間が描けていない」というよくある批判に対して、「ミステリの技法は人間の感情を効果的に描くのに最も適している」と応えてきた著者の持論が、実作として提示された連作といってもいいだろう。

この作品でも、最後に明かされる真相で読者は奈落の底を垣間見ることになるが、全体の構図が分ってから冒頭の部分を読み返してみると、アンフェアにならないよう極めて慎重な描写がなされていることに気がつくはずだ。

石持浅海は、鮎川哲也が選者を務めた光文社文庫の公募アンソロジー『本格推理』の常連投稿者であった。〇二年、中東の紛争地域の宿屋を密室に見立てた本格ミステリ『アイルランドの薔薇』を光文社カッパ・ノベルスから刊行して本格的にデビュー。

以後、ハイジャックされた飛行機の中で殺人事件が発生する『月の扉』（カッパ・ノベルス）、殺人犯と探偵が密室となった犯行現場の扉の前で対決する『扉は閉ざされたまま』（祥伝社ノン・ノベル）など、閉鎖状況下での推理ゲームに徹した作品を次々と発表して高い評価を得る。

「駈込み訴え」は〇四年から一〇年にかけて「月刊ジェイ・ノベル」に発表され、一〇年に『攪乱者』（実業之日本社ジョイ・ノベルス）としてまとめられた「テロリスト」シリーズの一篇。テロ組織に所属するコードネーム久米、輪島、宮古の三人は、上層部からの指令によってさまざまな任務を遂行する。しかし、それらは一見、どういう意図で行なわれるのか不明なものばかり。曰く、スーパーのレモン売り場に三個のレモンを置いてくる、公園の砂場にプラスチック粉を撒いてアライグマを置いてくる、丸めた新聞紙を詰めた紙袋を電車の網棚に置いてくる、「駈込み訴え」ではバイトとして潜入したコンビニで自動ドアを故障させる――。政府を転覆に追い込むために、こうしたミッションがどんな意味を持っていたのか、組織の一員である串本が最後に推理を披露する、というのが連作の基本パターンである。特殊な前提を設定したうえでの論理の応酬を得意とする著者ならではのシリーズといえるだろう。「檸檬」「一握の砂」「小僧の神様」「蜘蛛の糸」など各話のタイトルが、近代文学の短篇作品から採られているのも洒落た趣向だ。

なお、同じ組織の別の部署の構成員を主人公にした長篇『煽動者』が一二年九月に実業之日本社から刊行されている。

乾ルカは、〇六年に短篇「夏光」で第八十六回オール讀物新人賞を受賞してデビュー。以後、ホラーから青春小説まで幅広い作品を手がけている。ミステリ専門作家ではないが、企みに満ちた小説の書き手として推理小説サイドからも注目される存在である。

「モドル」は〇八年から〇九年にかけて「ミステリーズ！」に発表され、一〇年に最終話を書き下ろしで追加して『メグル』（東京創元社）としてまとめられた連作の一篇。大学の奨学係の女性にアルバイトを斡旋された学生たちが、そのバイト先で出合った奇跡の物語が綴られていく。専門誌に連載されただけあって著者の作品としてはもっともミステリ味が強いが、超自然的な要素もあり一筋縄ではいかない傑作だ。学生に「あなたは行くべきよ。断らないでね」といい、半ば強引にアルバイトに送り出す彼女。この「モドル」では「長い髪の女」としか説明されないが、シリーズを通して読むと、彼女の名前も、少し足を引きずるようにして歩く理由も、判る仕掛けになっている。

北海道で生まれ育った著者は、作家デビュー以前に北海道大学の臨時職員を務めたことがあり、このシリーズに登場する大学のモデルは当時の北大のキャンパスだという。

前述の公募アンソロジー『本格推理』は、九三年から九九年までに十五冊を刊行したが、ここには北森鴻、田中啓文、柄刀一、三津田信三、光原百合、黒田研二、東川篤哉、大倉崇裕、霧舎巧、石持浅海と、後に作家デビューして活躍する人たちの投稿作品が、数多く採用されていた。

○一年からは鮎川哲也の後を引き継いで二階堂黎人が選者を務め、『新・本格推理』として○九年までに九冊が刊行された。澤本等「第四象限の密室」は○八年の『新・本格推理08　消えた殺人者』に掲載された作品で、著者はこれが初採用。同書に寄せたアンケートでは、好きな作家として、大阪圭吉、坂口安吾、鮎川哲也、泡坂妻夫、有栖川有栖、クリスティ、チェスタトン、アイリッシュ、エドワード・D・ホック、ディーヴァーの名を挙げている。

作品の舞台となるのは、民営化が進んで刑事事件の捜査の一部を民間に外部委託できることになった近未来。ただし民間の外注探偵の捜査に当たっては、工事の現場監督のように特別捜査係の刑事が付き添わなくてはならないのだ。関刑事と草馬《くさめ》探偵の「インフルエンザ・コンビ」は、密室状態の部屋で発生した傷害事件の謎に挑むが、唯一の目撃者である少女は盲目であった……。

ユーモラスなタッチの本格ミステリだが、江戸川乱歩の分類した三種類の密室に当てはまらない「第四の密室」というアイデアが面白い。重要な伏線の場面では、草馬探偵がくしゃみをしてくれる親切仕様だ。

柄刀一も、本格的なデビューの前に『本格推理』に三篇の作品が採用されている。

九八年、前年の第八回鮎川哲也賞の候補となった『３０００年の密室』が原書房から刊行されてデビュー。以後、不可能犯罪とその論理的解決に重点を置いた現代的な本格ミステリに意欲的に取り組み、大胆かつ緻密な作風でファンを魅了している。

「身代金の奪い方」は「小説ＮＯＮ」に発表されている天地龍之介を探偵役とした「天才・龍之介がゆく！」シリーズの一篇で、〇九年の『ＵＦＯの捕まえ方』（ノン・ノベル）に収録された。これは表題の長篇と三つの短篇を収めた変則的な作品集で、シリーズとしては十一巻目に当たる。

小笠原諸島で祖父に育てられた天地龍之介はＩＱ１９０の天才で、科学や物理の分野では驚くほど広い知識を持っているが、世間的な常識には欠けたところのある好青年だ。祖父の死後、後見人の中畑氏を訪ねて東京へ出てきた龍之介は、従兄の天地光章（ワトソン役＝シリーズの語り手）と出会う。龍之介は行く先々で事件に巻き込まれるが、その知識と論理的思考力で解決していくのだ。

紆余曲折の果てにようやく中畑氏と対面した龍之介は、相続した祖父の遺産を使って秋田県に体験型の学習施設を造ることにした。本書に収められた「身代金の奪い方」では、施設の仕事で箱根を訪れた龍之介と光章が、奇妙な誘拐事件の身代金運びを担当することになる。犯人が考えた奇想天外な身代金受け渡しの方法とは――？

本格ミステリのトリックに一般読者の知らない専門知識を用いるのは禁じ手とされているが、柄刀一の天地龍之介と東野圭吾の探偵ガリレオは、このタブーに真っ向から挑んで生み出された探偵役といっていい。さすがにどちらのシリーズも、巻を重ねるごとに登場人物たちのドラマが進行して科学的トリック一辺倒ではなくなり、心理的トリックや叙述トリックも用いられるようになったが、意欲的な連作であることは間違いない。

九三年に刊行された『本格推理2』にジャズ・ミステリ「落下する緑」が採用された田中啓文は、同年に第2回集英社ファンタジーロマン大賞の佳作に入選し、まずライトノベルの作家として執筆活動を開始。その後、ホラーやSFのジャンルにも進出し、高い評価を得る。

SFミステリ『UMAハンター馬子』シリーズ（学研M文庫↓ハヤカワ文庫）を経て、落語ミステリ『笑酔亭梅寿謎解噺』シリーズ（集英社）で推理作家としても非凡な才を発揮した。現在では、ミステリ、SF、ホラーから創作落語まで、ジャンルを問わず幅広い活躍を続けている。

〇三年から「ミステリーズ！」でジャズ・プレイヤーの永見緋太郎を探偵役とした

シリーズをスタート。永見は「落下する緑」の探偵役だったから、十年ぶりに続編が書かれ、連作に発展したわけだ。

「渋い夢」は〇八年に刊行されたシリーズ第二集『辛い飴　永見緋太郎の事件簿』(東京創元社)に収録。翌年の第六十二回日本推理作家協会賞短編部門を受賞したことは、既に述べたとおりである。他に、第一集『落下する緑』(〇五年)と第三集『獅子真鍮の虫』(一一年／いずれも東京創元社)が刊行されており、連載はまだ続いているから、このシリーズは著者の代表作といえるだろう。

なお「ジャーロ」に発表された作品をまとめた一二年の新作『ウィンディ・ガールサキソフォンに棲む狐1』(光文社)のヒロインは、吹奏楽部でアルトサックスを担当する高校生の永見典子。亡くなった父の名は光太郎というから、永見緋太郎との関連が気になるところだ。

法月綸太郎は、八八年に島田荘司の推薦を受けた長篇『密閉教室』(講談社ノベルス)でデビュー。八七年に登場した綾辻行人の後を受けて、歌野晶午、有栖川有栖、我孫子武丸といった本格ミステリを志向する若手作家が次々と現れ「新本格派」と呼ばれたが、法月綸太郎も、その中心的な作家のひとりであった。

〇二年に「都市伝説パズル」で第五十五回日本推理作家協会賞短編部門、〇五年に『生首に聞いてみろ』で第五回本格ミステリ大賞を、それぞれ受賞している。後者のタイトルは都筑道夫のアクション長篇『なめくじに聞いてみろ』をもじったもの。「小説NON」に発表され、〇八年に祥伝社から刊行されたノン・シリーズ短篇集の表題作となった「しらみつぶしの時計」も、都筑のミステリ長篇『やぶにらみの時計』（現在は光文社文庫の都筑道夫コレクション『女を逃すな』に収録）を踏まえたものだが、こちらはタイトルだけでなく、都筑作品が二人称で書かれている点も踏襲している。ただし著者が二人称でミステリを書くのはこれが初めてではなく、九四年の長篇『二の悲劇』（ノン・ノベル）という前例がある。

評論家としても実績のある法月綸太郎は、フリースタイルから復刊された都筑の評論集『黄色い部屋はいかに改装されたか？　増補版』に詳細な解説を寄せているし、作品集『しらみつぶしの時計』には、都筑作品のパスティーシュが二本（「退職刑事」と「酔いどれ探偵」）も収められている。一分ずつ時間の異なった一四四〇個の時計の中から、論理《ロジック》だけを頼りに、たったひとつの「正しい時刻」を示している時計を見つけ出す、というタイムリミット型サスペンスの本作品にも、本格ミステリの本質を「論理のアクロバット」と位置付けた都筑道夫のスタイルが確実に受け継がれているのだ。

〇五年に『天使のナイフ』で第五十一回江戸川乱歩賞を受賞した薬丸岳は、現代社会ならではの犯罪の形と、それに関わった人々の境遇を誠実な筆致で描き続ける作家である。

「ハートレス」は〇六年から〇九年にかけて「小説現代」に発表され、一一年に書き下ろしの表題作を加えて『刑事のまなざし』(講談社)として刊行された夏目刑事シリーズの一篇。ホームレスの中でもリーダー格だったショウが何者かに撲殺された。彼がかつて犯した傷害致死事件の遺族による復讐か、それともホームレスのテントを襲って逆にショウに叩きのめされた若者たちによる報復か。夏目刑事は粘り強く実直に捜査を続け、ついに意外な犯人に到達する……。

薬丸岳はサプライズを演出するために奇抜なトリックを用いようとはしていない。隠された人間関係と、そこに潜む犯人の感情を丁寧に追いかけることで、結果的に効果抜群のどんでん返しを生み出しているのだ。

『刑事のまなざし』に収められた作品のラストで、夏目は事件の関係者――犯人を、被害者を、同僚の刑事を、さまざまな視線で見つめている。怒り、同情、共感、さまざまな想いを込めた眼差しである。自身が犯罪被害者の家族でもある夏目は、この短篇集の表題作で自分の娘を襲った事件の真相を知り、過去の一応の区切りをつけた。だが、この世に犯罪のある限り、夏目刑事の戦いは終わらない。「小説現代」では短篇シリーズの第二期が予定されているし、夏目が登場する長篇の執筆も予告されている。

ここに収められた八短篇のうち、実に六篇までがシリーズ連作に含まれる作品である。本書を読んで気になる作家がいたら、ぜひその作家個人の作品集にも手を伸ばしていただきたい。そうしてお気に入りの作家を増やすことで、読書の愉しみはますます広がっていくはずである。

Spiral《スパイラル》 めくるめく謎《なぞ》 ミステリー傑作選《けっさくせん》
日本推理作家協会《にほんすいりさっかきょうかい》 編《へん》

講談社文庫
定価はカバーに
表示してあります

2012年11月15日第1刷発行

発行者――鈴木 哲
発行所――株式会社 講談社
東京都文京区音羽2-12-21 〒112-8001
電話 出版部 (03) 5395-3510
販売部 (03) 5395-5817
業務部 (03) 5395-3615

デザイン―菊地信義
本文データ制作―講談社デジタル製作部
印刷―――豊国印刷株式会社
製本―――株式会社若林製本工場

Printed in Japan

ISBN978-4-06-277427-7

講談社文庫刊行の辞

二十一世紀の到来を目睫に望みながら、われわれはいま、人類史上かつて例を見ない巨大な転換期をむかえようとしている。

世界も、日本も、激動の予兆に対する期待とおののきを内に蔵して、未知の時代に歩み入ろうとしている。このときにあたり、創業の人野間清治の「ナショナル・エデュケイター」への志を現代に甦らせようと意図して、われわれはここに古今の文芸作品はいうまでもなく、ひろく人文・社会・自然の諸科学から東西の名著を網羅する、新しい綜合文庫の発刊を決意した。

激動の転換期はまた断絶の時代である。われわれは戦後二十五年間の出版文化のありかたへの深い反省をこめて、この断絶の時代にあえて人間的な持続を求めようとする。いたずらに浮薄な商業主義のあだ花を追い求めることなく、長期にわたって良書に生命をあたえようとつとめるところにしか、今後の出版文化の真の繁栄はあり得ないと信じるからである。

同時にわれわれはこの綜合文庫の刊行を通じて、人文・社会・自然の諸科学が、結局人間の学にほかならないことを立証しようと願っている。かつて知識とは、「汝自身を知る」ことにつきていた。現代社会の瑣末な情報の氾濫のなかから、力強い知識の源泉を掘り起し、技術文明のただなかに、生きた人間の姿を復活させること。それこそわれわれの切なる希求である。

われわれは権威に盲従せず、俗流に媚びることなく、渾然一体となって日本の「草の根」をかたちづくる若く新しい世代の人々に、心をこめてこの新しい綜合文庫をおくり届けたい。それは知識の泉であるとともに感受性のふるさとであり、もっとも有機的に組織され、社会に開かれた万人のための大学をめざしている。大方の支援と協力を衷心より切望してやまない。

一九七一年七月

野間省一